Fêmea (quase) Fatal

MISHA BELL

♠ MOZAIKA PUBLICATIONS ♠

Título original: *Femme Fatale-ish*
Copyright © 2022 Misha Bell
www.mishabell.com/pt/

Tradução: Nany
Preparação de Texto: Vania Nunes

Capa: Najla Qamber Designs
www.najlaqamberdesigns.com

Fotografia: Wander Aguiar
www.wanderbookclub.com

Bell, Misha

Fêmea (quase) Fatal, de Misha Bell. Tradução: Nany. 1ª edição. Rio de Janeiro, BR, 2022.

Publicado por Mozaika Publications, por Mozaika LLC
www.mozaikallc.com

e-ISBN: 978-1-63142-772-5
Print ISBN: 978-1-63142-774-9

CAPÍTULO
Um

Eu COLOCO meu dedo no buraco de silicone de Bill.

— Que diabos? — Fabio exclama em um sussurro horrorizado. — Isso é cutucar. Você tem que ser gentil. Amorosa.

Grunhindo de frustração, eu puxo minha mão.

A nádega de Bill faz um som guloso de sugar.

— Viu? — digo — Ele sente falta do meu dedo. Não pode ter sido *tão* ruim.

— Olha, Blue. — Fabio estreita os olhos âmbar para mim. — Você quer minha ajuda ou não?

— Tá bom. — Eu lubrifico meu dedo e examino meu alvo mais uma vez. Bill é um torso de silicone sem cabeça com abdômen, bunda e um pau duro – ou é um consolo? – ereto, pelo menos normalmente. No momento, o pobrezinho está espremido entre o estômago de Bill e meu sofá.

— Que tal você fingir que é sua boceta? — O nariz de Fabio enruga de desgosto. — Tenho certeza de que você não aperta *aquilo* como um botão de elevador.

— Eu geralmente esfrego meu clitóris quando me masturbo — murmuro enquanto adiciono mais lubrificante ao meu dedo. — Ou uso um vibrador.

Fabio faz um som de engasgo. — Você não me paga o suficiente para ouvir merdas como essa.

Com um suspiro, eu circulo meu dedo sedutoramente em torno da abertura de Bill algumas vezes, então, lentamente, entro apenas com a ponta do meu dedo indicador.

Fabio assente, e eu afundo mais o dedo, parando quando a primeira junta está toda dentro.

— Muito melhor — diz ele. — Agora, mire entre o umbigo e o passarinho.

Eu me encolho. Eu odeio a palavra "passarinho" – e tudo o mais relacionado a pássaros. Ainda assim, faço o que ele diz.

Fabio balança a cabeça dramaticamente. — Não dobre o dedo. Esta não é uma situação-convite.

Eu puxo meu dedo e começo tudo de novo.

Meu dedo vai direto para a haste desta vez.

— Huh — digo depois de estar com duas juntas de profundidade do dedo. — Tem algo ali. Parece uma noz.

Fabio bufa. — Isso é uma noz, sua boba. Enfiei lá para fins educacionais. A próstata – ou ponto-P – está onde você está agora, mas a real parece mais macia e suave. Agora que você entendeu, massageie suavemente.

Enquanto dou prazer à noz de Bill, Fabio sacode o manequim para simular como um homem de verdade

2

estaria agindo. Então, ele começa a dublar Bill também, usando toda a sua habilidade de ator pornô.

"Bill" geme e ofega até ter, nas palavras de Fabio, "um P-gasmo mais forte que tudo".

Eu removo meu dedo mais uma vez. Tenho sentimentos confusos sobre minha tarefa.

Fabio agarra meu queixo e levanta meu rosto. — Mostre-me sua língua.

Sentindo-me como se tivesse cinco anos, coloco minha língua para fora.

Ele balança a cabeça em desaprovação. — Não longa o bastante.

Eu retraio minha língua. — Bastante para quê?

— Para alcançar a noz, obviamente. — Ele suspira teatralmente. — Acho que vou trabalhar com o que tenho.

Ugh. Posso dar um tapa nele? — Que tal trabalharmos no pênis?

Com outro suspiro, ele vira Bill. — Você chupou aquelas pastilhas, como eu te disse?

Não pela primeira vez, duvido do meu instrutor. O objetivo desse treinamento é simples: quero ser espiã, o que significa ganhar habilidades como sedutora/femme fatale. Pense no personagem de Keri Russell em *The Americans*. De acordo com sua história naquele programa, ela frequentou uma escola de espionagem assustadora que ensinava sedução. Na verdade, essas escolas são comuns em filmes sobre espiões russos – o último foi apresentado em *Anna*. Infelizmente, essas escolas são mais difíceis de encontrar na vida real.

Então, pensei em contratar um profissional, mas a prostituta a quem solicitei ajuda recusou. O mesmo aconteceu com as estrelas pornôs femininas que procurei nas redes sociais. Como último recurso, recorri a Fabio, um amigo de infância que agora é um ator pornô. Por participar da pornografia gay, ele afirma ser capaz de agradar a um homem melhor do que qualquer mulher.

— Sim, eu chupei as pastilhas — digo. — Minha garganta está dormente e mal posso sentir minha língua.

— Excelente. Agora, coloque todo esse pau garganta abaixo. — Fabio aponta para Bill.

Eu examino o comprimento de Bill apreensivamente. — Você tem certeza disso? As pastilhas não deixariam o pênis dormente? Se Bill fosse real, claro.

Ele levanta uma sobrancelha. — Bill?

Eu encolho os ombros. — Imaginei que já que eu teria relações com ele, ele não deveria ser anônimo.

Fabio dá um tapinha no meu ombro. — As pastilhas são apenas para lhe dar um pouco de confiança. Depois de ver que encaixa, você ficará mais relaxada para a realidade e não precisará de anestésico. Não se preocupe. Eu vou te ensinar a respiração adequada e tudo mais. Você será uma profissional em pouco tempo.

— Ok. — Tiro minha peruca sexy e coloco no sofá. Antes que Fabio diga alguma coisa, garanto que vou mantê-la durante um encontro real.

Agora confortável, eu me inclino e coloco Bill em minha boca o mais fundo que posso.

Meus lábios tocam a base de silicone. Uau. Isso é

mais profundo do que fui capaz de engolir qualquer um dos meus ex – e eles nem eram tão grandes. Meu reflexo de vômito é sensível. Normalmente, até mesmo uma escova de dentes me causa problemas quando a uso para limpar minha língua. Mas, graças ao entorpecimento, o consolo de silicone entrou direto.

Isso é interessante. As pastilhas também podem ajudar a resistir a afogamento? Se vou me tornar uma espiã, preciso aprender a resistir à tortura, caso seja capturada. Claro, o afogamento não é minha maior preocupação. Se o inimigo tiver acesso a um pato – ou a qualquer pássaro, na verdade – vou contar todos os segredos de Estado para manter a monstruosidade emplumada longe de mim.

Sim, ok. Talvez a CIA tenha um bom motivo para rejeitar minha candidatura. Então, novamente, em *Homeland – Segurança Nacional*, outro de meus programas favoritos – eles deixaram Claire Danes ficar na CIA com todos os *seus* problemas. O que me lembra: eu preciso praticar como fazer meu queixo tremer de propósito.

Fabio bate no meu ombro. — É o bastante.

Eu me solto e engulo uma superabundância de saliva. — Isso não foi tão ruim. Devo ir de novo?

Ele balança a cabeça. — Acho que você precisa de uma motivação.

Eu sei do que ele está falando, então, pego meu telefone.

— Sim. — Ele esfrega as mãos como um vilão dos primeiros filmes de Bond. — Mostre-me a imagem novamente.

Eu puxo a imagem do codinome Gostosão McSpy.

Um agente do FBI disfarçado tirou esta foto porque ele estava atrás de um dos homens nela, mas não meu alvo. Não. Todo mundo pensa que Gostosão McSpy é apenas um cara qualquer, mas *eu* acredito que ele é um agente russo.

Fabio assobia. — Quanta carne premium de homem.

É verdade. Na imagem, um grupo de homens de aparência extremamente deliciosa está sentado ao redor de uma mesa dentro de uma *banya* de estilo russo – um híbrido de saunas – vestindo apenas toalhas e, no caso de Gostosão McSpy, um óculos de sol espelhado de aviador que deve ter algum tipo de revestimento antiembaçante. Com o suor escorrendo dos músculos brilhantes de todos, eles parecem um sonho molhado ganhando vida.

— Eles estão jogando pôquer — digo. — É por isso que estou tendo aulas de pôquer.

— Sim, eu imaginei isso, já que a imagem se chama Hot Poker Club. — Fabio pronuncia as três últimas palavras, meio tonto. — Você percebeu que isso soa como o título de um dos meus filmes?

Eu encolho os ombros. — Um agente do FBI deu o nome a esta imagem, não eu. Eles estavam atrás de outro cara que estava naquela sala, e eu estava ajudando como parte da colaboração entre as agências.

Fabio bate na tela para dar zoom no Gostosão McSpy. — E é ele que você está procurando?

Assentindo, eu bebo a imagem mais uma vez. Gostosão McSpy tem os músculos mais duros desse grupo já impressionante, e a mandíbula mais forte. Seus traços masculinos esculpidos são vagamente eslavos, um fato que me fez suspeitar dele de cara. Seu cabelo é loiro escuro e saudável como um comercial de xampu. Nem mesmo minhas perucas são tão bonitas.

Se eu soubesse que esse homem era o resultado de geneticistas soviéticos tentando criar o espécime masculino/super-soldado/agente de campo perfeito, não ficaria surpresa. Nem ficaria chocada ao descobrir que ele foi a inspiração para o equivalente russo de um boneco Ken (Ivan A. Pieceof?) Mesmo se eu não achasse que ele era um espião, eu me infiltraria naquele jogo de pôquer apenas para arrancar aquele óculos idiota dele e ver seus olhos. Embora eu os imagine...

— Você está babando — diz Fabio. — Não que eu possa culpá-la.

Quase engasgo com a saliva traiçoeira. — Não, eu não estou.

— Sim, claro. Seja honesta, você está indo atrás dele porque ele pode ser um espião, ou porque você quer se casar com ele?

— A primeira opção. — Eu guardo meu telefone. — Espião ou não, casamento está fora de questão para mim. Minha atitude atual em relação ao namoro compartilha uma sigla com o nome da agência para a qual trabalho: Amor Nenhum. Mas não é disso que se trata, de qualquer maneira. Se eu denunciar sozinha um espião, a CIA certamente notará e repensará sua rejeição à minha candidatura. E mesmo se eles não me aceitarem, terei tornado a América mais segura. Os espiões russos ainda estão entre as maiores ameaças à nossa segurança nacional.

— Claro, claro — diz Fabio. — E a gostosura dele não tem nada a ver com você se concentrando nele, especificamente.

Eu franzo a testa. — Sua gostosura é o motivo de ele ser o agente perfeito. Imagine James Bond. Imagine Tom Cruise em *Missão Impossível*. Imagine...

Fabio levanta as mãos como se eu estivesse ameaçando atirar nele. — A senhora protesta demais, eu acho.

Eu aponto para o falo de silicone. — Devo ir de novo? Acho que o entorpecimento está passando.

Por alguma razão desconhecida, sinto-me super motivada para engolir profundamente alguém.

Fabio pega seu telefone. — Certo. Você trabalha nisso, mas eu tenho que correr. Meu encontro Grindr me aguarda.

Ele me mostra uma foto de pau.

— Cara — digo. — Você não tem ação suficiente no trabalho?

Fabio brinca com a ereção de Bill, e ela balança para frente e para trás como um pêndulo travesso. — É por isso que agradeço aos céus por ser atraído por homens. Seus impulsos sexuais são muito mais fortes.

— Isso é sexista. Só porque as mulheres não atropelam tudo que se move, não significa que temos desejos sexuais fracos.

Ele sacode a masculinidade de Bill – ou sua borracha? – de novo. — Se seu pinto e seu cu não estão sempre doloridos, seu desejo sexual está faltando. Isso é tudo que há.

Eu me encolho novamente. O que os "galos"

grandes ou pequenos – verdadeiras máquinas de matar que são – têm em comum com os pênis? Por que não chamar o órgão masculino de píton, salsicha ou favo de mel? Qualquer um desses seria mais apropriado.

Fabio sorri e sacode o apêndice em questão mais uma vez. — Desculpe por dizer 'pinto'. Eu sou um...

Antes que ele possa terminar, um borrão de pele passa por ele. Um felino gigante pousa no abdômen tanquinho de Bill e golpeia suas garras afiadas no falo semelhante a um pêndulo.

Gritando em falsete, Fabio se afasta da cena do crime de ódio que se desenrola.

O dono das garras é meu gato, Machete, e, aparentemente, ele não terminou, porque ele passa suas garras sobre o que sobrou da borracha pendurada de Bill.

— Isso é simplesmente obsceno. — Fabio fica de pernas cruzadas, como se precisasse urinar. — Você deve levar seu gato a um terapeuta.

Como se entendesse o que meu amigo acabou de dizer, Machete lhe lança um olhar felino cheio de ódio.

Como de costume, posso imaginar o que Machete diria em um mundo de pesadelo onde os gatos pudessem falar:

O macho de silicone não conseguiu escapar de Machete. O mais macio e carnudo será o próximo.

— Venha aqui, querido — eu sussurro e abaixo para pegar o gato.

Machete deve estar se sentindo extremamente magnânimo hoje porque ele me deixa segurá-lo e manter meus olhos.

Fabio ri e eu olho para ele com curiosidade.

— Seu gato estava tentando matar Bill — explica ele.

Machete sibila para Fabio.

Machete não acha graça. Uma Thurman tem muito alcance, mas ela não é páreo para Machete.

Eu sorrio. — Ele deve ter ouvido você chamar isso de pinto. — Eu aponto para o desastre de Bill. — Meu queridinho me protege dos pássaros. — Acaricio o pelo sedoso de Machete e sou recompensada com um ronronar profundo. — Quando eu o peguei, ele atacou o que acabou sendo um travesseiro de ganso para mim.

Fabio olha para a porta. — Tudo o que sei é que ele parece que já lutou em várias brigas de rua ilegais antes de você adotá-lo. E perdeu muitas.

É verdade. Machete, na verdade, parecia ainda pior quando o encontrei no abrigo. Também foi a única vez que me lembro de tê-lo visto vulnerável de alguma forma.

Desnecessário dizer que usei meus recursos de trabalho para rastrear seus proprietários anteriores e, logo depois, eles misteriosamente acabaram em uma lista de exclusão de viagem aérea... pouco antes das grandes férias.

Eu paro de acariciar por um momento, e Fabio recebe mais uma encarada mal-humorada.

— É melhor eu ir — diz Fabio, recuando.

Eu o sigo. Uma tela de videochamada aparece em um dos meus monitores de parede. Sim, tenho vários monitores de parede. Minha configuração doméstica é inspirada em todos os filmes em que espiões assistem alguém de uma sala de vigilância.

Esquecendo o perigo do gato, Fabio para e olha para a tela. Se meu amigo fosse um da espécie de Machete, sua curiosidade o teria matado há muito tempo.

— É minha videoconferência com Gia e Clarice — explico. — Você pode ir.

Fabio franze os lábios. — Quem é Clarice?

— Minha professora de pôquer — digo. — Vá.

Ele parece prestes a bater o pé. — Mas eu quero dizer oi para minha amiguinha, Gia.

— Certo. — Aceito a ligação, e Gia e Clarice aparecem na tela.

A MULHER de rosto pálido que se parece com Morticia Addams é minha irmã, Gia, uma das minhas duas irmãs que não fazem parte do meu núcleo de sêxtuplas idênticas.

Sim, tenho cinco irmãs que compartilham cem por cento do meu DNA. Gia também tem uma irmã com quem compartilha cem por cento de seu DNA – sua irmã gêmea, Holly.

Tenho um pouco de ciúme das gêmeas. Para começar, elas têm menos clones idênticos entre si. Além disso, elas têm o nome de nossas avós, enquanto meu grupo recebeu os nomes hippies que nossos pais devem ter inventado durante uma viagem particularmente extensa de LSD.

Veja meu nome: Blue Hyman. Parece que você precisa quebrar para deflorar um daqueles alienígenas em *Avatar*. Então, novamente, eles não faziam sexo telepático através de seus rabos de cavalo assustadores? A propósito, os mesmos rabos de cavalo que usavam em animais. Ah, e meu nome também atrapalha minha linha de trabalho. Depois que fiz algo – cujos detalhes são confidenciais – para alguns computadores, meus colegas começaram a me chamar de BTeM, como Blue Tela da Morte.

Limpando a garganta, Gia olha entre Fabio e o pau danificado de Bill. Seu rosto se contorce em uma de sua assinaturas, seu sorriso tortuoso. — Devasso.

Fabio revira os olhos para ela. — Nojento, como de costume.

Clarice reajusta seu chapéu de pirata. — É seu queridinho?

— Não — Fabio e eu respondemos, enquanto Gia diz: — Sim.

Bem, tanto faz. Não é um insulto presumir que estou com Fabio. Ele é um cara bonito, assim como o modelo italiano que sua mãe desejava o suficiente para dar seu nome ao filho. O peito nu de Fabio também não ficaria fora de lugar em um romance do início dos anos noventa.

— Tudo bem — diz Gia. — Talvez ele não seja o queridinho, mas Blue já pagou boquete.

— Eu não paguei boquete — digo. — Nós brincamos de *mostra o seu e eu mostro o meu*. Uma vez.

— Sim. E isso foi suficiente. — Fabio faz uma careta e resisto em jogar Machete na cara dele.

— Oh, sim — diz Gia. — Não foi quando Fabio percebeu que era melhor ser gay?

Eu estreito meus olhos para ela. — Você não disse que dormiu com ele no colégio?

Uma rara expressão aparece no rosto de Gia – culpa.

13

— Foi uma piada. — Ela olha para Fabio incisivamente. — Uma piada particular.

Não era uma piada, e todos nós sabemos disso. Por alguma razão, Gia se esforçou para fazer todos pensarem que ela era a mais vadia de nós oito.

— Gente — Clarice diz. — Esse homem não é o queridinho de quem estou perguntando. — Ela aponta para Machete. — Aquele é.

— Ah. — Coço Machete sob seu queixo e ele fecha os olhos, extasiado. — Ele *é* meu queridinho.

— Qual o nome dele? — Clarice pega um persa fofo e o mostra diante da câmera. — Este é Hannibal, a propósito. *Meu* queridinho.

Clarice tem um gato chamado Hannibal?

Claro que tem.

Quando Machete abre os olhos e avista Hannibal, ele sibila ferozmente.

Machete não gosta de desculpas fofas e mimadas para gatos. Além disso, essa cara não é exatamente a que está em uma lata da Purina? Faz Machete se perguntar se toda aquela raça é um bando de canibais.

Para seu crédito, Hannibal parece imperturbável. Ou ele sabe que o gato à sua frente não consegue alcançá-lo através da tela ou ele é tão corajoso quanto Machete.

— Então, Clarice — diz Fabio. — Qual é a do traje de pirata? Isso é uma coisa de mágica, como a roupa de vampiro de Gia?

É, de fato. Minha irmã e Clarice são mágicas, e a maneira como se vestem é para suas personas de palco. Embora eu não tenha ideia de como a roupa de pirata que Clarice usa se relaciona com sua especialidade: jogar cartas. Talvez o pôquer seja o link? Piratas jogavam pôquer, e Clarice sabe muito sobre esse jogo, e é por isso que ela é minha professora.

Antes que alguém possa responder, é a vez de Hannibal começar a sibilar para Fabio. E – embora pudesse ser minha imaginação – eu ouço palavras no silvo: *Chame minha parceira de pirata novamente, e eu comerei seu fígado com algumas vagens e um bom Chianti.*

Confundindo o alvo do rosnado, Machete aumenta sua hostilidade. Não pela primeira vez, eu me pergunto se eu poderia treiná-lo para ser meu espião auxiliar. Ele pode intimidar, em algumas situações, e se infiltrar em lugares difíceis de alcançar, em outras.

— Eu realmente deveria ir — Fabio diz, mudando seu olhar de um lado ao outro entre os dois gatos furiosos. — Estou atrasado para o meu encontro.

— Vou acompanhá-lo até a porta — digo com um sorriso maligno. Ele não vai escapar de Machete tão facilmente.

— Não há necessidade — diz ele, mas Machete e eu o seguimos, de qualquer maneira. Depois que ele sai, eu tranco a porta do apartamento e deixo Machete na cozinha para comer.

Quando volto para a sala de estar, o gato de Clarice também não aparece na câmera. Deve estar caçando, procurando alguém para canibalizar.

— Uma pena que ele é gay — diz Clarice. — Eu também mostraria o meu se ele me mostrasse o dele.

Realmente uma pena. Fabio é gostoso e seria muito foda se não fôssemos atraídos pelo mesmo sexo. Bem, quase. Ao contrário de Fabio, que é o cromossomo do Time Y, eu também dormiria com Claire Danes, Keri Russell e algumas outras atrizes que interpretam espiãs que eu admiro.

Em todo caso, Fabio é um amigo que todas nós, sêxtuplas, compartilhamos, em parte porque o ajudávamos a disfarçar no colégio. Até hoje, acho que ele nos vê como uma única pessoa com transtorno de personalidade múltipla.

— Aposto que Fabio é popular no gênero pornográfico em que um gay seduz um homem hétero — diz Gia.

Eu levanto minhas sobrancelhas. — Você assiste pornografia gay?

Gia encolhe os ombros. — Eu assisto todo tipo de pornô. Você tem preconceito com o seu?

Eu apenas balanço minha cabeça. Piadas idiotas à parte, Gia é a irmã que me entende melhor, apesar de não fazer parte do meu grupo. Ambas amamos enganar. Magia e espionagem têm isso em comum. Além disso – e isso é importante – sempre fomos vinculadas pelo mesmo evento traumatizante, o codinome Massacre do Tit Zumbi.

Veja, nossos pais vivem em uma fazenda onde resgatam todos os tipos de animais – e eu sou totalmente a favor, exceto naquele caso em que eles adotaram um pássaro chamado Chapim-real, ou como também é conhecido, o Tit Zumbi. A razão do segundo nome é tão apavorante quanto tudo o que tem a ver com pássaros. Esses monstros têm sede de cérebros de morcegos e, ocasionalmente, de outros pássaros –

incluindo galinhas, que foi o que testemunhei naquele dia horrível.

Meu batimento cardíaco acelera enquanto eu o revivo mais uma vez.

A bicada.

O sangue coagulado.

Os cérebros espalhados por toda parte.

O maldito Tit Zumbi, com seu bico sangrento e olhos sedentos por mais cérebros, olhando para mim.

Os Pássaros, de Hitchcock, não eram nada naquele show de terror.

Desde aquele dia, tenho pavor de pássaros e evito-os cuidadosamente em todas as formas, incluindo cozidos.

Ei, pelo menos eu não vou morrer de gripe aviária.

O que eu não entendo é por que só eu penso assim. Os pássaros são dinossauros. Todo mundo viu *Jurassic Park*. Os velociraptors eram assustadores? Sim. Eles poderiam ter sido mais assustadores se os criadores do filme não fossem humanos e os tivessem retratado corretamente, com penas e tudo? Claro que poderiam.

Sim, isso mesmo. Na verdade, os velociraptors tinham penas e eram do tamanho de um grande peru.

Combustível de puro pesadelo.

— Ei, mana, eu só estava brincando — diz Gia, claramente entendendo mal por que meu rosto ficou tão pálido quanto o dela. — Que tal começarmos a trabalhar?

— Certo. — Eu afasto as memórias terríveis. — Vamos. O jogo será hoje à noite.

— Pela glândula adrenal de Houdini — diz Gia. — Você está pronta?

Eu dobro um dedo. — Revi tudo o que Clarice me ensinou. — Dobro outro dedo. — *Cassino Royale* novamente assistido. — Eu dobro mais um dedo. — Vi *Cartas na Mesa* pela primeira vez – e, como Clarice disse, John Malkovich estava incrível como Teddy KGB, e os jovens Ed Norton e Matt Damon pareciam deliciosos.

— Presumo que sejá um sim, então — diz Gia.

Assinto. — Agora, só quero saber sua opinião sobre como executo os movimentos mágicos que você me ensinou e ouvir dicas de pôquer de última hora de Clarice.

Gia puxa a câmera para mais perto. — Faça os movimentos.

Pego a peruca que designei para a infiltração e coloco sobre o meu corte de cabelo. Em seguida, pego uma ficha de pôquer com meu número de telefone gravado e coloco sob a peruca, perto da orelha esquerda. Por último, pego o gadget de microcâmera/GPS e escondo-o perto da orelha direita.

— Aqui. — Enfio os dedos sob a peruca e tiro a ficha, segurando-a com o aperto que Gia me ensinou. Aparentemente, este é um movimento clássico ensinado em todos os livros para iniciantes sobre magia com moedas. Resumindo, a moeda/ficha de pôquer não está visível na minha mão. — E aqui está o movimento da câmera. — Pego o gadget e seguro-o em uma pegada mais avançada – novamente a partir dos livros de magia com moedas. Então, tiro uma foto da sala, assim como farei no jogo de pôquer, e secretamente prendo o dispositivo na parede com um pouco de cera pegajosa mágica.

— Ótimo trabalho — diz Gia. — É óbvio que você tem praticado.

— Qual é o plano exatamente? — Clarice pergunta.

— Coloco secretamente a ficha de pôquer no alvo e espero que ele me ligue — digo. — Também vou tirar algumas fotos com isso. — Eu desgrudo o acessório da parede.

— Furtivo. — Clarice examina o dispositivo com admiração. — Mas, e se eles examinarem você em busca de eletrônicos antes do jogo?

Tiro a peruca e mostro a malha do lado de dentro. — Isso tem uma gaiola de Faraday costurada. — Diante do olhar vazio de Clarice, eu digo: — Não permite que os sinais eletromagnéticos entrem ou saiam.

Gia dá uma risadinha. — Como aqueles chapéus de papel alumínio que impedem os alienígenas de ouvir.

Coloco a peruca de volta. — Papel alumínio não daria uma boa gaiola de Faraday, e você sabe disso.

— Crianças — diz Clarice. — É a minha vez de dar conselhos.

Nós duas olhamos para ela com expectativa.

— Não fale sobre estratégia de pôquer na mesa — diz ela. — Você pode ter adquirido esse hábito comigo, mas pode se ferrar durante um jogo real.

— Não farei — digo. — O que mais?

— Cuidado com os avisos inocentes — diz ela.

— O que é isso? — Gia pergunta.

— É quando alguém diz algo como 'Estou farto de ver você ganhando o tempo todo. Vou apostar tudo'.

Eu ruborizo. Esse exemplo é de um jogo que jogamos algumas semanas atrás.

— O que você faz quando alguém diz isso? — Gia pergunta.

Clarice parece presunçosa. — Obviamente, você assume que é uma atuação, e a verdadeira razão pela qual eles estão agindo assim é porque eles têm uma mão forte.

— Vou me certificar de não fazer isso — digo. — E vou ficar de olho nos outros que fizerem.

Clarice me dá mais lembretes e eu ouço com gratidão. Eventualmente, ela diz: — Ok, você está tão pronta quanto pode estar.

— Obrigada — digo.

— O que importa se você ganha ou perde? — Gia pergunta. — Achei que a ideia era apenas estar na mesma sala que o alvo.

Reviro meus olhos. — Você quer dizer além de não parecer uma idiota?

Ela assente.

Eu suspiro. — O valor para entrar no jogo é de meio milhão de dólares. Eu gostaria de ficar com esse dinheiro.

Ambos os pares de olhos na tela se alargam em proporções cômicas. Acho que esqueci de mencionar esse pequeno detalhe. Ui.

Gia limpa a garganta. — Onde você conseguiu tanto dinheiro? Não sabia que a AN pagava tão bem.

— Eu trabalho para a Agência Nenhuma — digo no piloto automático. — E não. Eles *não* pagam bem. Acabei de vender um pouco do meu bitcoin.

Desde que estudei criptografia na faculdade, fez sentido para mim investir em – e nas minhas –

criptomoedas, e meus investimentos cresceram bastante nos últimos anos. Para uma jovem de 25 anos, estou muito bem. Ainda assim, eu ficaria muito triste se perdesse esse valor.

— Nunca imaginei. — Clarice parece desanimada. — Acho que não tenho chance de ir num jogo desse.

— Eu farei um acordo com você — digo. — Se eu dobrar meu dinheiro esta noite, graças ao seu treinamento, vou te financiar. O problema é que você vai compartilhar seus ganhos comigo.

— Combinado — Clarice diz, seus olhos brilhando. — Eu vou ficar rica.

— Uh-huh — Gia diz, ignorando-a. — Eu posso ver por que você é tão pró-ativa com toda a preparação. Meio milhão. Eu sei que você tem aquele carro chique, mas não fazia ideia de que você era tão rica. Esta é a primeira vez que invejo seu enfadonho curso universitário.

— Não sou tão rica — digo. — Pelo menos não normalmente. Crypto é algo recente, então, peguei o carro e, agora, isso. Esquecendo o valor por um segundo, simplesmente pareceria suspeito se eu aparecesse naquele jogo e fosse muito mal. Obviamente, é um bando de tubarões do pôquer, ou pessoas que pensam que são.

Gia balança as sobrancelhas lascivamente. — Tenho certeza de que eles dariam uma folga para uma *mulher*.

— Percebendo o olhar meu e de Clarice, ela rapidamente acrescenta: — Eu não quis dizer isso de uma forma sexista. É um jogo cheio de pedaços de mau caminho nus que aparentemente estão cheios da grana.

Uma garota rica pode ser desculpada por querer ir lá para deleitar os olhos... ou talvez conhecer seu futuro marido.

— Isso me lembra — diz Clarice. — Por que os caras que jogam naquele clube são tão bonitos?

Eu encolho os ombros. — Tenho certeza de que jogadores pouco atraentes entram de vez em quando. Mas aposto que depois que eles identificam os outros, sua autoestima cai e eles provavelmente não querem mais voltar. Eu também não gostaria de fazer Bikram Yoga cercada por modelos da Victoria's Secret.

— Acho que faz sentido — diz Clarice. — Também tenho me perguntado por que você tem tanta certeza de que seu alvo estará lá. Você não sabe quem ele é ou o que faz. Ele poderia simplesmente ter aparecido naquele jogo.

— Verdade — digo. — Mas se ele é um espião, faria sentido ele continuar e se misturar com essas pessoas. A maioria deles é rica e poderosa, o que os torna ótimos contatos para se ter.

Gia e Clarice assentem sabiamente.

— Ok, vocês duas — digo. — Eu preciso ir.

— Última pergunta — Gia diz. — Por que você está fazendo isso?

Isso vai levar a uma declaração tipo Fabio "você o quer"?

— Isso é ultrassecreto — digo. — Precisa saber a base, e você não precisa saber.

— Mas, falando sério — Clarice interrompe. — Eu também quero saber.

Eu encolho os ombros. — Acho que quero mostrar à CIA que eles erraram ao me rejeitar.

— Por que você iria querer trabalhar para eles? — Clarice pergunta. — Eles têm uma má reputação. O FBI pode ser uma escolha melhor.

— Os agentes do FBI não são espiões — digo. — Eles fazem trabalho disfarçado, mas não é a mesma coisa.

— A AN espiona — diz Gia. — E eles também têm uma péssima reputação, se é isso que você está procurando.

— Ficar sentada em frente ao computador o dia todo não é minha ideia de espionagem — digo. — Eu quero trabalho de campo, e esta noite, terei um gostinho da coisa real.

— Bem, boa sorte — diz Gia.

— Espere aí — diz Clarice. — Você nunca explicou o que aconteceu com o boneco caído no seu sofá.

— Oh, não. — Crio um som de estática com o canto da minha boca. — Acho que estou perdendo vocês.

Gia ri. — Antes de ir, eu queria perguntar... Você virá ver meu show de mágica?

— Claro. Envie-me os detalhes. — Com isso, eu desligo antes que elas possam me atrasar ainda mais.

É hora de me preparar para a infiltração no Hot Poker Club.

CAPÍTULO
Três

PRIMEIRAS COISAS PRIMEIRO. Devo usar meu traje sedutor de ladrão para isso?

Não. Isso seria inútil. Tem que ficar nu para jogar.

Em vez disso, coloquei meu melhor biquíni. Com sorte, eles me deixarão mantê-lo.

Roupa decidida, vou para a maquiagem, priorizando o seguinte: à prova d'água, para não escorrer na *banya*, e realçar meu sex appeal, daí, Gostosão McSpy vai querer me ligar depois.

Protegendo minha peruca Faraday no topo da minha cabeça, eu caminho até a porta e verifico a hora.

Merda. É mais tarde do que eu pensava. Terei que dirigir em vez de ir a pé para o encontro.

Meu telefone toca com um alerta de campainha.

Estranho. Não estou esperando ninguém.

Mesmo estando ao alcance do meu olho mágico, eu puxo meu telefone e verifico a transmissão de vídeo da minha câmera inteligente da campainha.

A pessoa atrás da porta parece idêntica a mim,

especialmente eu com a peruca que estou usando no momento.

Cabelo loiro-avermelhado, maçãs do rosto salientes, queixo forte, olhos esverdeados – claramente uma de minhas companheiras de útero. Acho que sei quem é com base na maneira como está vestida, mas por precaução, pergunto: — Qual é você?

— Olive — ela diz.

Sim. Como eu pensava. Olive – ou Polvinha, como eu amorosamente penso nela. Não porque ela me lembra o personagem do filme de Bond de 1983, Octopussy, mas porque ela é obcecada por polvos.

Abro a porta e ela entra.

Oh, não. Eu não preciso da telepatia de gêmeas para determinar que ela está chateada.

— Posso ficar com você? — Ela deixa escapar em vez de um 'olá'.

— Claro. O que aconteceu?

Se minha irmã precisa de mim, posso reagendar a infiltração. Mesmo que isso signifique que eles manterão o valor que eu já enviei.

— Por favor — diz Olive. — Eu não quero falar sobre isso.

Eu pego a mão dela. — Você está bem?

— Sim — ela diz, embora seus olhos estejam excessivamente brilhantes daquele jeito de conter as lágrimas. — Eu só preciso descansar. Tudo bem?

— Claro — digo, embora esteja ficando cada vez mais preocupada.

— Eu também preciso de um tempo para mim. —

Ela me olha suplicante. — Você acha que eu poderia tomar um banho demorado?

— Sem problemas. — Algo está claramente errado, mas entendo que ela precisa de espaço. — Tome o banho e depois conversaremos.

Ela desvia o olhar. — Eu planejava deitar no seu sofá e dormir um pouco depois. Tudo bem?

Ela não quer falar hoje sobre o que a está incomodando. Certo. Vou dar a ela até amanhã, e, então, é hora do interrogatório.

— Você precisa de mim aqui? — pergunto. — Eu estava saindo para um lugar, mas...

— Por favor, vá. — As palavras soam como se ela estivesse implorando – o que só me faz querer ficar.

— Tem certeza?

— Muita. Preciso de um lugar para ficar, não de companhia.

— Certo. Me siga. — Eu a conduzo pelo meu apartamento e explico onde está tudo o que ela pode precisar. Quando encontramos a ferinha, digo: — Você se lembra de Machete.

Ele olha para nós preguiçosamente, então, digo severamente: — Esta é Olive. Trate-a como você me trataria.

Ele lambe a pata, seu rosto peludo entediado.

Todos os humanos parecem iguais para Machete, mas especialmente vocês duas, por algum motivo. Quem alimenta Machete vive... por enquanto.

Quando voltamos para a sala, Olive vê Bill no sofá e esfrega os olhos.

— Oh, sim, você pode jogá-lo no armário do meu quarto? — peço.

É uma prova de como ela está chateada que, em vez de provocar ou fazer perguntas, ela simplesmente assente, como se guardar manequins com o pau danificado fosse completamente rotineiro.

— Tem certeza de que não quer me dizer o que há de errado? — pergunto.

— Não. Vá, por favor. — Olive coloca as mãos nos quadris. — Eu me viro a partir daqui.

É melhor ela contar todos os seus segredos amanhã. Não estou acima de usar a privação de sono – ou puxões de cabelo – para obter informações. Neste ponto, estou quase tão curiosa sobre os problemas de Olive quanto estou sobre a missão de Gostosão McSpy.

— Certo. — Eu me viro em direção à porta. — *Mi casa es su casa.*

Ainda me sinto desconfortável ao sair, mas ela parece tão aliviada que eu capitulo. O que quer que tenha acontecido, ela quer ficar sozinha por enquanto.

Depois do elevador, entro no estacionamento do porão do meu prédio e minha empolgação com a infiltração retorna.

Eu verifico a hora.

Porra. Estou atrasada.

Eu corro para o meu carro, um Aston Martin DBS V12. Ou, como eu penso sobre isso, o carro que Daniel Craig dirigiu como James Bond em *Cassino Royale* e *Quantum of Solace.*

Enquanto o motor potente ganha vida, coloco a

música-tema *Missão Impossível* no máximo e mentalmente traço minha rota.

O encontro é próximo ao lado de Manhattan da ponte do Brooklyn e, como moro perto do Battery Park, a distância que preciso percorrer é de apenas alguns quarteirões. Normalmente, leva cerca de seis minutos para atravessar, dependendo do tráfego. Dado que o encontro está prestes a começar, terei que reduzir pela metade, com trânsito ou não.

Giro o volante e piso no acelerador.

Ao sair do estacionamento, quase atropelo uma senhora que mora do outro lado do corredor.

Opa.

Pelo menos com o nível ilegal de tingimento em minhas janelas, ela não pode me ver atrás do volante. Esperançosamente.

Com os pneus cantando, viro na Water Street – e quase bato em um táxi amarelo.

O motorista do táxi nem pisca. Ele já passou por coisas piores. Na verdade, o cara de quem eu tive aulas de direção perdeu os dentes em um daqueles táxis.

Pisando fundo à frente, procuro por pedestres antes de passar por um sinal vermelho e rezo para que nenhum policial me veja. Felizmente, consigo me safar e aniquilar o limite de velocidade. Quando chego à famosa Wall Street, passo outro sinal vermelho. A partir daqui, fico tudo verde até aumentar o zoom na Pearl Street.

Se eu realmente estivesse indo para a ponte, pegaria a rampa, mas não estou, exatamente, então, viro para um estacionamento, meus pneus guincham e o volante sacode em minhas mãos. Saltando para fora do carro, deixo minhas chaves dentro e jogo uma nota de cem dólares para o atendente nas proximidades.

— Você é louca? — ele pergunta, boquiaberto.

— Estarei de volta em algumas horas — digo. — Guarde o troco, e eu darei outra gorjeta a você se meu carro estiver inteiro.

Antes que ele possa me pedir para preencher um formulário, escrever um recibo ou fazer qualquer outra coisa para me atrasar, eu corro de lá direto para o local do encontro.

Quando chego lá, ofegante, verifico a hora.

Um minuto atrasada.

Meu contato do FBI me avisou que essas pessoas são pontuais, mas espero que um único minuto não seja um obstáculo.

O encontro foi organizado na Dark Web de acordo com as instruções do meu contato. Fiquei impressionada com os organizadores do Hot Poker Club. Eles me enviaram um e-mail que não consegui rastrear, apesar de todas as minhas habilidades. Um e-mail autodestrutivo, na verdade – muito *Missão Impossível*.

Sem falar que a sua localização é otima. Uma ponte. Isso é um clássico para coisas como trocas de prisioneiros à la *Ponte dos Espiões*, então, é um lugar adequado para me levar como uma prisioneira... de alguma espécie.

Eu faço sinais com as mãos do jeito que fui instruída, e noto dois caras mascarados saindo de um Chevrolet Suburban preto do outro lado da rua.

Devem ser as pessoas que devo encontrar.

Sim. Um deles faz o sinal com a mão em resposta.

Meu contato me avisou sobre o que vem a seguir, me sinto um pouco apreensiva. Sou a primeira mulher que conheço a fazer isso. E se eles decidirem ficar com meu dinheiro e fazer algo inominável comigo em vez de jogar pôquer?

Mas não. Mulher ou não, isso seria ruim para os negócios, pois poderia dissuadir futuros jogadores. Além disso, se algo desagradável começar a acontecer, sempre posso usar minhas habilidades de combate de Krav Maga. E se isso falhar, posso dizer a eles onde trabalho. Matar agentes do governo é muito ruim para os negócios – basta observar *Sicario: Terra de Ninguém*.

Ainda assim, não importa o que eu diga a mim mesma, meus joelhos estão bambos quando atravesso a rua. Meu instrutor de Krav Maga me chamaria de galinha agora – uma expressão idiota. Para mim, ser um galinha significa ser um monstro de penas, e não sentir medo. Eu acho que quando se trata de galinhas, eu sou uma galinha, mas esses caras não são tão assustadores assim.

— Olá — digo quando os alcanço.

Ei, minha voz está firme. Um ponto para mim.

— Qual é a senha? — O cara mais à esquerda solta.

Eu digo.

— Entre — ele diz.

Sim. Estou entrando em uma van preta comum. É hora de ver se estou apta para o trabalho de campo.

A lembrança do meu objetivo final dá um impulso

aos meus passos e pulo para dentro do carro quase vertiginosamente.

Infernos, sim, eu fui feita para isso. Na verdade, uma foto minha deveria estar no dicionário sob o título "espiã fodona".

O homem sentado como uma espingarda se vira na minha direção. Além de sua máscara, ele está usando um daqueles óculos de sol grossos e gigantes que os idosos usam para reduzir o brilho.

Talvez esse idiota vá se aposentar logo?

— Dê-me seu telefone — Ele exige.

Hmm. Ele não parece *tão* velho.

Entrego meu telefone a ele e ele o desliga.

— Você pode mantê-lo no bolso, mas não ligue até que a traga de volta aqui — diz ele. — Saberemos se você fizer isso.

Então, eles planejam me trazer de volta. Isso é um alívio. Claro, ele diria isso mesmo que eles estivessem planejando me transformar em ração para pássaros.

— Vou mantê-lo desligado — digo.

— Ótimo. — Ele puxa um saco preto do porta-luvas, moderando o que restou do meu entusiasmo. Meu contato do FBI me avisou sobre esta parte, mas, ainda assim. Um saco preto sobre a cabeça é como você acaba em uma masmorra terrorista, não em um jogo de pôquer.

— O que você está planejando fazer com isso? — pergunto, canalizando uma indignada – e muito rica – jogadora de pôquer.

— Não quero que você veja para onde estamos indo — diz o cara do óculos de sol. — Até que você se torne

31

um regular, preferimos manter a localização do clube privada.

Huh. Meu contato do FBI não sabia que o saco é uma medida temporária. Eu acho que minhas incríveis artimanhas femininas já estão falando demais.

Eu pisco meus cílios lindamente. — Por favor, tome cuidado com meu cabelo.

A última coisa que quero é que a ficha de pôquer e a câmera caiam da minha peruca. Eu não iria para o jogo com certeza, e talvez nem para casa.

O cara olha para o meu penteado/peruca impecável, depois, para um de seus colegas.

O outro cara dá de ombros.

O homem do óculos escuro enfia a mão no porta-luvas e tira a fita adesiva.

Opa. Isso é para minha boca? O contato do FBI não disse nada sobre isso. Porra. Exagerei na minha mão antes mesmo de chegar à mesa de pôquer? Se eu estiver amordaçada, não poderei dizer a eles que sou uma agente.

Antes que eu possa dizer qualquer coisa, o cara tira o óculos escuro, arranca um pedaço de fita adesiva e o cola dentro das lentes.

Oh. Ele...?

Sim.

Depois de transformar seu óculos em uma venda improvisada, ele o coloca no meu rosto.

Que amável. Minha avaliação no Yelp sobre o Hot Poker Club acabou de passar de uma estrela para três.

Em seguida, alguém coloca protetores de ouvidos em minhas orelhas. Meu contato do FBI teorizou que eles são do tipo usado em atiradores de elite. Você ainda pode ouvir, mas o som está bastante abafado.

— Dirija — Ouço alguém dizer, mas a voz é baixa.

Começamos a nos mover.

Uma melodia suave emana dos alto-falantes do carro. Mesmo sem os protetores de ouvidos, é improvável que eu ouça o que está acontecendo lá fora.

Eu espreito para baixo e para o lado.

Não.

O óculos é tão bom quanto um saco preto quando se trata de bloquear minha visão.

Se eu tivesse o "conjunto muito particular de habilidades" de Liam Neeson em *Busca Implacável*, seria capaz de dizer para onde estamos indo, mesmo sem visão ou som. Infelizmente, eu não posso fazer isso (ainda), mas em minha defesa, nem meu contato no FBI.

Está bem. Eu tenho um aparelho com GPS. Se eu viver o suficiente para tirá-lo da minha peruca, terei a localização do clube.

A voz de uma cantora se junta à música. — You are beautiful...

É Nelly Furtado? Mas que música é essa?

Quando a resposta vem, é tão perturbadora quanto a minha situação.

Nelly grita: — I'm like a bird...

Eu não quero ouvir o resto.

Uma música sobre pássaros? O que vem a seguir, um jingle sobre Hitler? Charles Manson? Patolino?

Eu recito algoritmos criptográficos na minha cabeça para desligar a melodia de terror pelo resto da viagem.

Paramos em cerca de meia hora. Isso significa que poderíamos estar no Brooklyn, Midtown ou mesmo no Queens se estivéssemos em alta velocidade e não encontrássemos trânsito.

Alguém me leva pela mão e andamos no asfalto, depois, no chão acarpetado. Eventualmente, sinto ladrilhos sob meus pés.

Também há um cheiro que fica mais forte. Cloro e limão. Deve ser o que eles usam para desinfetar o spa no jogo de pôquer.

Ei, pelo menos eles não me abaixaram em uma daquelas engenhocas de elevador, ou me jogaram no ralo da lavanderia.

Depois de outro corredor curto, entramos em uma sala onde o aroma de cloro e limão é dominado por cheiros de vestiário. Homens suados e nus devem estar por perto.

Alguém tira meu óculos escuro e protetores de ouvidos.

A sala é iluminada, então, levo um segundo para me ajustar.

Na minha frente está o valentão que me deu o óculos, e ao lado dele está outra pessoa mascarada, claramente uma mulher.

Ela está segurando duas toalhas – um detalhe de que não gosto.

— Sra. Black vai cuidar de você — diz o cara e sai, óculos na mão.

— Por razões de segurança, pedimos que você use o

vestiário masculino — diz Black em um tom alegre. — Fique tranquila, os jogadores masculinos já estão na mesa e, quando terminar, você terá prioridade aqui sobre um homem que decidir sacar ao mesmo tempo que você.

— Obrigada — respondo.

— Suas fichas estão na mesa e você pode deixá-las lá quando terminar. Vamos sacar para você eletronicamente. — Ela joga as toalhas em mim. — Tire e coloque isso.

Ela se vira.

Eu tiro tudo, exceto o biquíni e limpo minha garganta.

Ela se vira.

— Posso jogar nisso? — pergunto.

Ela me examina. — Eu terei que verificar você.

— O que você quer dizer?

— Vou precisar examinar seus seios se você quiser manter a parte de cima, e...

— Entendi. — Solto a parte superior do biquíni. — Vou usar uma toalha na cintura.

É difícil ter certeza com a máscara, mas acho que ela está aliviada por não precisar dar uma olhada na minha vagina.

Ela dá um tapinha na parte de cima do meu biquíni, dá uma rápida olhada em meus seios – não há muito para olhar – e devolve a peça para mim. — Deixe suas roupas lá e defina uma combinação. — Ela aponta para um armário aberto.

Ela se vira enquanto eu troco a parte de baixo do meu biquíni por uma toalha. Então, coloco minhas coisas no armário e a deixo me levar para o outro lado da sala.

— Lá. — Ela aponta para uma grande porta de madeira com uma pequena janela de vidro que está completamente embaçada, como o carro no *Titanic*.

Eu olho para ela. — Então, eu só entro?

Ela assente. — Seu lugar está esperando por você.

Eu me aproximo da porta apreensivamente.

Depois de tudo isso, Gostosão McSpy pode não estar realmente do outro lado. Ou ele pode estar lá, mas acabar se revelando desinteressado por mim. Ou aquela sala pode estar cheia de pássaros malignos.

Não. Esse último é contra a Convenção de Genebra.

Respirando fundo, abro a porta e entro.

CAPÍTULO
Quatro

UMA EXPLOSÃO de calor me atinge no rosto quando a porta da sauna se fecha atrás de mim. Pisco e luto contra a vontade de tossir com o vapor. A mesa de pôquer à minha frente é igual à que vi na foto. Os homens seminus ao redor também parecem iguais, pelo menos a princípio. Quando os examino mais de perto, vejo alguns rostos novos, incluindo um cara nada atraente que, como eu suspeitaria, parece muito desconfortável em sua pele devido à beleza masculina que o cerca.

Falando em beleza masculina, lá está ele.

Gostosão McSpy – rosto esculpido, óculos de aviador e tudo. Ele parece ainda maior pessoalmente, e mais fácil de lamber com todas aquelas gotas de suor escorrendo pelo torso musculoso.

Meu coração pula na minha garganta.

Não só ele está aqui, como a única cadeira vazia está bem ao lado dele.

Meu lugar.

Movendo-me como se estivesse atordoada, eu me jogo cegamente naquela cadeira. É um milagre eu não acabar no colo dele.

Um milagre decepcionante.

— Olá — digo, quase derrubando a pilha de fichas de pôquer que alguém preparou para mim.

Os homens suados me estudam atentamente enquanto me cumprimentam, mas eu só me importo com a atenção do meu alvo.

Virando na minha direção, Gostosão McSpy levanta seu óculos de sol. — Bem-vinda.

Uau.

Eu sonhei em ver seus olhos por tanto tempo, mas de alguma forma, eles superam até minhas expectativas impossíveis. Em vez de azul ou cinza, as cores que normalmente acompanham o cabelo loiro, eles são um verde-floresta escuro, com manchas de mel que mudam até a borda em avelã. E aqueles cílios castanhos escuros.

Preciso falar com meu contato do FBI sobre o caso, porque tenho quase certeza de que é crime um homem ter cílios desse comprimento e espessura.

— Obrigada — consigo dizer, tardiamente percebendo que a única palavra que ele pronunciou até agora não tinha nenhum indício de sotaque russo.

Não que isso prove alguma coisa. Ele poderia ser um agente secreto, como em *The Americans*.

Alguém pega as cartas e começa a embaralhar.

Merda. Eu preciso colocar minha cabeça no jogo.

Examinando a sala com isso em mente, observo as pilhas de fichas de todos.

Alguns caras, incluindo McSpy, arrumaram as deles.

De acordo com Clarice, isso significa que eles serão mais organizados e metódicos em seu jogo, enquanto a pilha de aparência desleixada do cara pálido na minha frente significa o oposto.

Tomo nota particular de um jogador. Ele construiu uma escultura com suas fichas, um sinal claro de alguém que vive e respira pôquer.

Conforme as cartas são distribuídas, eu organizo minhas pilhas de fichas – o que faz com que meu cotovelo toque em McSpy.

Puta merda. É como um choque direto nos meus mamilos, codinomes Sargento e Capitão.

Dou uma espiada em McSpy.

Suas narinas estão dilatadas e uma gota de suor rola por sua testa, mas por outro lado, é difícil dizer se ele foi afetado pelo toque, ou mesmo se percebeu. Maldito óculos de sol que esconde seus lindos olhos.

Do meu lado, a temperatura já quente na sala parece disparar. Estou suando enquanto o calor líquido se acumula entre minhas pernas – é melhor que seja o efeito da sauna e não daquele toque de cotovelo. Ah, e o cheiro maravilhoso do meu delicioso vizinho de mesa também não ajuda no departamento entre as pernas. Detecto algo amadeirado – bordo, acho – com apenas um toque de lavanda.

Quando a última carta é distribuída, minha excitação esfria. Ajudando ainda mais nisso está o cara da pilha desleixada. Eu o pego olhando rudemente para meus seios.

Eu dou uma olhada para baixo para ter certeza de que Sargento e Capitão não estão aparecendo. A última coisa que você quer em uma sala cheia de homens é pagar peitinho.

Não. Sargento e Capitão estão escondidos, mas graças a esse encontro com McSpy, eles estão em posição de sentido, prontos para a batalha – uma situação visível mesmo através de todo o enchimento do meu biquíni.

O jogo começa, então, tiro Bagunçado da minha cabeça.

Graças a Deus por Clarice. Em um piscar de olhos, ganho cinco mil dólares. O golpe de dopamina é forte, embora a proximidade de McSpy possa merecer parte do crédito. Não admira que algumas pessoas se viciem em jogos de azar.

Na próxima rodada, McSpy leva o monte e, na rodada seguinte, é Bagunçado – embora eu suspeite que ele apenas teve sorte.

Ele coloca suas fichas em sua pilha bagunçada. — Eu queria que isso fosse strip poker — ele diz sem quebrar o contato visual com meus seios.

— Cale a boca — McSpy rosna.

Ele está defendendo minha honra? Isso é legal ou sexista da parte dele? Certamente posso falar por mim.

— Está tudo bem — digo, minha voz misturada com mel. — Porém, se eu quisesse jogar strip poker, teria trazido minha lupa.

Pela primeira vez, Bagunçado levanta os olhos dos meus seios, sua expressão confusa.

— Você sabe. — Olho para a toalha dele. — Para ver seu micropênis.

Bagunçado aperta a mandíbula e todos parecem

desconfortáveis, exceto McSpy – que se vira na minha direção com um sorriso no rosto, levanta o óculos novamente e pisca para mim.

Caralho, ele tem uma covinha na bochecha esquerda. Mais sexy ainda, há uma leve camada de cabelo em seus dedos – algo para o qual a foto dele não me preparou.

Sinto um formigamento entre minhas pernas e definitivamente não é a sauna.

Eu *amo* pelugem nos nós dos dedos a ponto de uma vez colocar Rogaine nos nós dos dedos do meu ex-namorado – e quando isso não funcionou, eu colei sobrancelhas postiças lá para o meu sexo de aniversário.

Tudo começou depois de assistir Sean Connery e Pierce Brosnan como James Bond, e Elijah Wood como Frodo em *O Senhor dos Anéis*. Frodo não era exatamente um espião, mas ele (alerta de spoiler) se esgueirou até Mordor.

Graças a Deus, há uma toalha entre mim e a cadeira. Relembrar os vários vínculos não está me ajudando a manter meus fluidos.

O que McSpy faria se eu enfiasse a mão embaixo de sua toalha e desse prazer à sua noz? Talvez também acariciasse seu...

O que eu estou pensando? Sou eu que devo seduzir McSpy a me contar todos os seus segredos. Não posso deixar suas covinhas e nós dos dedos peludos – ou sua noz – fazer o mesmo comigo.

Além disso, está ficando ridiculamente quente aqui. Além de praticar com Clarice, eu deveria ter feito questão de desenvolver resistência à temperatura da sauna.

Bem, nada a fazer agora.

Com uma força de vontade, me esforço a me concentrar no jogo.

Felizmente, o engano na mesa de pôquer vem naturalmente para mim – como aconteceu com James Bond em *Cassino Royale*.

Eu logo perco cem mil, mas aprendo muitas dicas de pôquer das pessoas. Bagunçado exagera em ser desinteressado, mas continua apostando quando tem alguma coisa. O cara feio suspira para fazer parecer que ele tem uma mão ruim, mas é uma atuação sempre. Outro cara se endireita quando recebe cartas fortes. Outro desliza suas fichas delicadamente, fingindo estar agindo como um fraco quando, na verdade, é forte.

Eu até escuto o falatório do jogador que constrói esculturas. Ele dá uma espiada em suas fichas sempre que tem uma mão forte.

A única pessoa que digo não saber nada é McSpy, mas saber de todos os outros é o suficiente.

Usando meu conhecimento, começo a vencer e, quando estou prestes a desmaiar de insolação, já ganhei um quarto de milhão.

Ok. Se minhas artimanhas femininas não impressionaram McSpy, minhas habilidades no pôquer podem tê-lo feito. É verdade que ele duplicou suas fichas, mas ele deveria pelo menos me ver como um tubarão nas cartas – e me ligar para conversar sobre pôquer, se nada mais.

É hora de passar meu número para ele e fugir.

Na próxima rodada, coloco minha mão furtivamente perto da minha peruca e, quando ninguém está olhando, tiro a ficha de pôquer gravada.

Meu batimento cardíaco está louco. Há um motivo pelo qual as pessoas com problemas cardíacos devem evitar saunas. Elas devem evitar negócios sombrios nas saunas ainda mais.

Se eu for pega com esta ficha, posso ter um grande problema. Deixando meu número de telefone de lado, trazer sua própria ficha pode ser visto como uma fraude. Além disso, quando eles começarem a se perguntar onde eu escondi a ficha, eles podem encontrar o dispositivo – e ser pega com isso seria ainda pior.

A boa notícia é que ninguém está olhando para mim, exceto Bagunçado, e seu olhar ainda está em meus seios. A má notícia é que isso é muito mais difícil de fazer com as mãos suadas.

Ainda assim, consigo não deixar cair a ficha enquanto a agarro da maneira que Gia me ensinou.

Uma vez que as cartas foram distribuídas, eu verifico as minhas.

Dois ases e dois seis. Bom. Graças às estatísticas que Clarice perfurou em minha cabeça e à minha capacidade de processar números mentalmente, tenho um motivo para estar feliz. Isso venceria um único par e quaisquer cartas altas. Além disso, se eu conseguir outro ás ou seis, terei um Full House – que não é apenas o show onde as gêmeas Olsen começaram.

As apostas começam, e eu uso isso como um disfarce para passar minha mão sobre a pilha mais próxima de McSpy enquanto libero a ficha do número de telefone.

McSpy lança um olhar quase imperceptível para ela, e continua como se nada tivesse acontecido.

Uau.

Não fui pega.

Pelo menos acho que não.

Ainda assim, a segurança pode entrar em ação a qualquer momento. Ou ele pode apostar minha ficha, e pode acabar...

Não.

Como eu esperava, ele pegou rápido.

Ele tira minha ficha da pilha e a enfia embaixo da toalha.

Caralho.

Eu tenho um vislumbre de sua coxa. Eu não sabia que era uma mulher de pernas, mas acho que sou.

Além disso, onde ele vai enfiar isso? Na sua noz?

Hora de partir.

Mas espere.

Pego o ás para acompanhar meu par.

Eu tenho um Full House.

Eu seria louca se não aproveitasse esta oportunidade. Apenas três outras mãos são mais fortes do que isso. Eu só preciso ter cuidado para não expor minha alegria para todos na mesa.

Porra. McSpy deve saber algumas coisas minhas. Isso ou há alguma outra razão para ele desistir.

Os outros não, porém, então acabo fazendo duas coisas muito agradáveis ao mesmo tempo: mais do que dobro meu dinheiro e deixo Bagunçado sem nenhuma ficha.

Se eu gostasse de expressões relacionadas a pássaros (o que definitivamente não gosto), este seria um exemplo perfeito de "matar dois pássaros com uma pedra". Na verdade, essa expressão não é a pior. Afinal, matar dois pássaros é um bom começo. "Mais vale um pássaro na mão que dois voando" é muito pior. Primeiro, dê um beijo de despedida naquela mão. Em segundo lugar, a frase soa vagamente sexual, evocando ménage à trois, estilo bestialidade. E por falar em sexo, por que se chama "os pássaros e as abelhas", duas espécies que se reproduzem de maneira tão diferente dos humanos? Colocar ovos deveria fazer parte dessa conversa? Da mesma forma, você quer ter pesadelos? Em caso afirmativo, leia sobre reprodução de patos. Alerta de spoiler: órgãos genitais em forma de parafusos e o que é educadamente chamado de "cópula forçada" aparece com destaque. Eu preciso mesmo mencionar algo sobre "o pássaro madrugador pega a minhoca primeiro", ou existe uma maneira mais assustadora de medir a distância do que "como o corvo voa"?

— Isso é besteira — diz Bagunçado (ou devo dizer Depauperado de Fichas?), olhando para mim. — Você não pertence aqui.

Eu dou a ele meu olhar mais fulminante. — Sério? Uma mulher não pertence a este lugar? Talvez se você não tivesse ficado olhando para meus seios durante todo o jogo, você teria algumas fichas restantes. Da próxima vez, não deixe seu micropênis guiar sua estratégia de pôquer.

— Cadela. — Ele se levanta. — Estou fora daqui.

Todos olham para ele e, para crédito deles, os homens parecem unanimemente desaprovadores.

McSpy fica de pé, os músculos de seus ombros largos flexionando. Sua voz profunda é baixa e perigosa. — Há apenas uma cadela chorona nesta sala, e eu estou olhando para ele.

Enquanto a atenção está longe de mim, eu pego meu acessório e escondo em minha mão. — Você não vai embora ainda — digo a Bagunçado enquanto também fico de pé. — Vou sacar o dinheiro e tenho prioridade quando se trata do vestiário.

Pronto. Eu *poderia* jogar outra mão ou duas, mas ele me chamou de cadela, então, eu o farei esperar na mesa sem nenhuma ficha, como o perdedor que ele é.

— Foda-se. — Ele vai em direção à porta. — Tô saindo.

McSpy dá um passo à frente dele, bloqueando seu caminho. — Todos concordaram que a senhora teria prioridade no vestiário. Sente-se ou vou fazê-lo se sentar.

Droga. Normalmente, eu acho paternalista um homem fazer isso em meu nome, mas, neste caso, está derretendo a calcinha – não que eu esteja usando uma.

Uma vez que a atenção de todos ainda está no Bagunçado Sem Fichas, eu tiro uma foto da sala com meu gizmo.

Um dos jogadores da foto do FBI joga uma ficha no Bagunçado.

— Pronto — ele diz. — Você está de volta ao jogo. Pague-me mais tarde.

Resmungando, o idiota se senta novamente.

Grande erro. O homem a quem agora deve dinheiro é um dos frequentadores regulares – e, de acordo com o arquivo do FBI sobre ele, pode ser um membro da máfia. É melhor que Bagunçado tenha dinheiro para pagá-lo de volta.

— Obrigada — sussurro no ouvido de McSpy enquanto ele se senta novamente, e então eu me afasto antes de pegar um envenenamento por testosterona de segunda mão.

———

Quando estou de volta ao vestiário, percebo o quanto estou superaquecida.

Eu poderia desmaiar a qualquer momento.

Porcaria. Eu ainda tenho mais uma coisa a fazer.

Inclinando-me para trás como se para recuperar o fôlego – o que preciso fazer de qualquer maneira –, prendo meu aparelho na parede com a cera.

Pronto. Agora tenho um feed de vídeo no vestiário masculino, como uma pervertida.

É melhor eu sair daqui o mais rápido possível. Eles alegaram que saberiam se eu ligasse meu telefone, então, poderiam detectar o aparelho também.

Pegando toalhas próximas, eu limpo o suor do meu rosto e corpo. Não me atrevo a tomar banho nessas circunstâncias. Em vez disso, me visto tão rápido quanto meu estado de superaquecimento permite e coloco minha cabeça para fora do vestiário.

Um dos mascarados me diz para esperar e desaparece. Um minuto depois, ele retorna com a venda improvisada de antes, e seu dono.

O caminho de volta parece mais rápido, provavelmente porque é felizmente livre de canções sobre pássaros.

Quando os protetores de ouvidos e o óculos são removidos, o dono do óculos me pergunta onde me deixar.

Eu aponto para o estacionamento.

Eles me levam para dentro.

Meu carro está pronto para partir. Acho que o cara que dei gorjeta antes quer os outros cem.

— Você pode ir — diz um dos mascarados.

Estou prestes a sair quando vejo.

Um pombo.

Ele está bem acima da minha porta do lado do motorista.

Estou colada ao meu assento. Não tenho como chegar perto daquele carro agora.

— Eu disse que você pode ir — O mesmo cara rosna.

— Eu ouvi você, mas há um problema. Aquilo — Aponto um dedo instável para o pombo.

— O quê? — Ele olha pela janela, estreitando os olhos.

— O pássaro — digo. — Você pode se livrar dele, por favor?

Murmurando algo ininteligível, ele sai do Suburban e começa a espantar o pombo.

Minha avaliação do Yelp agora tem cinco estrelas brilhantes. Só espero que o cara não pague muito caro por sua bravura.

Engana-se quem chama os pombos de "ratos com asas". Comparados aos pombos, os ratos são fofinhos; eles também são muito mais limpos e transmitem menos doenças. Mesmo para os pássaros, os pombos são assustadores. Seus olhos são redondos e parecem sempre olhar para você, e eles não têm medo.

Aqui está uma ideia de filme de terror. Digamos que um pombo queira você morto. Você poderia transportar a criatura maligna, isolada (sem visão ou som), a mais de 2000 quilômetros de distância, e ela encontraria o caminho de volta. Os cientistas não sabem como fazem isso, o que faz sentido. O mal puro funciona de maneiras misteriosamente assustadoras.

E não vamos esquecer, se seu filho tem asma, as coisas que os pombos carregam nas asas irão detoná-lo. Se um pombo tocar em você e você conseguir viver, no mínimo você terá sarna. E se você fosse realmente amigo de um, poderia ter uma doença semelhante a um enfisema, chamada pulmão de criador de pássaros.

Eu poderia continuar, mas isso seria cruel.

Espere um segundo. Eu acabei de vê-lo sacar sua arma?

Não está claro, mas algo que ele faz finalmente afugenta o monstro, então, eu saio e agradeço profusamente ao meu herói.

— Posso te dar uma gorjeta? — pergunto no final.

Ele balança a cabeça com severidade.

— Bem, se algum dia eu encontrar seu chefe, vou me

certificar de contar a ele sobre suas incríveis habilidades de atendimento ao cliente.

Meu salvador resmunga alguma coisa e volta para seu Suburban preto. Eles vão embora, rápido.

Quando entro no carro, o atendente do estacionamento de mais cedo aparece.

— Um acordo é um acordo.

Dou-lhe o dinheiro conforme prometido e ligo o motor.

Antes de sair, decido verificar o feed ao vivo do gizmo – e tenho sorte de fazer isso.

Diante da câmera está ninguém menos que o próprio Gostosão McSpy, e ele parece estar tramando algo.

CAPÍTULO
Cinco

NAS MÃOS de McSpy está um dispositivo que eu já vi antes. É uma maneira desatualizada de se infiltrar no celular de alguém, e na Agência Nenhuma, fomos informados para ter cuidado para que alguém não o use em nós. Observação lateral: esses gadgets não são necessários para minha agência. Podemos entrar na maioria dos smartphones com as mãos amarradas nas costas.

Como eu suspeitei. Ele é um espião. Por que outro motivo ele teria um dispositivo como esse? A melhor pergunta é: onde ele escondeu aquela coisa durante o jogo?

Movendo-se furtivamente, McSpy caminha até um armário próximo.

Aposto meu dinheiro do jogo que o armário não é dele. Ele está claramente atrás do telefone de alguém que ainda está naquele jogo.

Em caso afirmativo, como ele sabe o código da outra pessoa?

51

De repente, a porta do vestiário se abre e uma pessoa mascarada entra, segurando também algum tipo de dispositivo. Se eu tivesse que adivinhar o que isso faz, diria que notifica o pessoal do Hot Poker Club quando alguém liga o telefone.

McSpy está prestes a ser pego espionando?

Reagindo com velocidade impressionante, ele deixa cair sua tecnologia de infiltração no chão de ladrilhos sob seus pés. Ela se estilhaça. Ele pisa rapidamente em uma das peças com um pé descalço e cobre o resto com o outro.

Isso vai doer, mas a evidência de sua dissimulação se foi.

Eu me encolho ao vê-lo arrastar os pés até outro armário, aquele que deve ser dele.

Para minha surpresa, o segurança não está indo para McSpy.

Em vez disso, ele está atrás de mim – na câmera.

Ah, merda.

Sim. Ele pega meu dispositivo, fazendo minha visão ficar confusa.

— Isto é seu? — O cara da segurança pergunta a Gostosão McSpy, examinando a pequena peça de tecnologia.

— Não — diz McSpy. — Nunca tinha visto isso antes.

O segurança deixa cair meu aparelho e pisa nele, então, não consigo ouvir o resto.

Porra. Eu sabia que havia uma chance de o dispositivo ser encontrado, mas não pensei que isso aconteceria tão rapidamente.

Será que Gostosão McSpy vai conseguir sair dessa situação? Se não, o que farão com ele? Não matá-lo, certo? Parece uma reação muito severa, mas nunca se sabe.

Mais importante, por que estou preocupada com um estranho que provavelmente é um agente estrangeiro?

Eu não estou. Essa dor no meu peito é apenas culpa pelo fato de que foi meu aparelho que trouxe a perseguição para ele.

Sim, deve ser isso.

Ainda assim, por um segundo, considero embarcar em uma missão de resgate. Afinal, além do vídeo, meu dispositivo capturou as coordenadas GPS da localização do Hot Poker Club.

Eu coloco essas coordenadas no GPS.

É em Midtown. Especificamente, fica bem no meio de um hotel chamado The Palace.

Interessante. Os hotéis têm salas de vapor e saunas, então, por que não uma banya?

Devo ir lá e salvar um colega espião, embora ele esteja trabalhando para o outro lado?

Não. Minha força é furtiva, não muscular. Ele vai ficar bem. Eles provavelmente vão verificar a câmera de segurança e ver se ele não esteve perto do local onde o aparelho foi colado.

Porcaria.

Eles poderiam *me* descobrir?

Eu saberei se eles não me pagarem.

Por enquanto, eu dirijo para casa.

Entrando no meu apartamento, vou na ponta dos pés pela sala de estar.

Olive está roncando no sofá, com Machete aninhado ao lado dela.

Traidor. É assim que ele geralmente dorme comigo. Sem dúvida, ele nem consegue perceber a diferença entre nós.

Pego um cobertor e cubro minha companheira de útero.

Agora que estou de volta, tenho que lutar contra a tentação de acordá-la e fazê-la me contar o que aconteceu com ela.

Machete abre um olho verde e sibila para mim.

Nunca acorde Machete assim. Ele pode matá-la com apenas um golpe de sua pata traseira.

Revirando os olhos para o gato, vou até a cozinha e bebo uma garrafa inteira de água.

O banheiro e o chuveiro são os próximos.

Uma vez que estou limpa e um pouco hidratada, eu caio na minha cama e desmaio.

CAPÍTULO
Seis

ACORDANDO, pego meu telefone.

Não.

Gostosão McSpy não ligou.

Isso não significa que ele se machucou ou que perdeu a ficha com meu número. É apenas a manhã seguinte. Alguns caras esperam três dias ou mais para ligar.

Tocando na tela, verifico a conta bancária que usei para fornecer o valor para o jogo.

Ponto! O dinheiro está todo aí. Clarice ficará feliz. Já que mais do que dobrei o que investi, vou financiá-la como prometido.

Acho que os visitantes do Hot Poker Club não perceberam que o aparelho que encontraram pertencia a mim ou não deixaram que isso os impedisse de pagar.

Salto da cama, corro para o banheiro e escovo os dentes. Então, localizo Olive na sala de estar. Ela está acordada e segurando um frasco de protetor solar de força industrial na mão.

— Oi, Mana. Como você dormiu? — pergunto.

Ela sorri para mim – um bom sinal. — Seu gato é melhor que Ambien. Assim que o abracei, dormi.

— Ele é bom assim. Então... — Coloco minhas mãos em meus quadris. — Eu dei a você seu espaço. Agora é hora de pôr para fora.

Ela aperta uma bola de protetor solar em sua mão e cobre o rosto com ela. Eu bato meu pé enquanto a vejo aplicar diligentemente a loção em toda a sua pele exposta.

Eu suspiro. — Sério? Estou preocupada com você. Como você se sentiria no meu lugar?

Ela estende o protetor solar em minha direção.

— Não, obrigada — digo. — Estamos dentro de casa.

Ela não recolhe. — Ainda existem raios de luz prejudiciais dentro de casa. Eles passam através do vidro, são emitidos por suas lâmpadas e aparelhos eletrônicos, e...

Eu pego o protetor solar. — Você vai me dizer o que aconteceu com você se eu usar isso?

Ela assente.

Cubro-me com a gosma branca. — Desembucha.

— Brett e eu terminamos — ela diz, sua voz falhando.

— Brett. O cara com quem você foi morar? — Massageio o protetor solar em minhas bochechas.

— Eu o peguei me traindo. — Ela cerrou os punhos. — Quando eu disse que tínhamos acabado, ele gritou comigo e me xingou.

Eu aperto o tubo de protetor solar com tanta força

que faz um som de sorver que me lembra dos ruídos que vinham do buraco de silicone de Bill – embora a associação anal possa ter algo a ver comigo querer rasgar seu ex por um novo.

— O que ele disse? — pergunto, escondendo a ameaça em minha voz no caso de ela ter sentimentos residuais por Brett.

— Eu não me importo com o que ele disse. — Ela funga. — Ele não me deixou levar Beaky comigo.

— Ele o quê? — Rosno. Em um tom mais normal, pergunto: — Quem é Beaky?

— Meu polvo — ela diz.

A confusão me faz esquecer minha raiva de Brett por um segundo. — Por que você chamaria um polvo de Beaky? Isso soa como um nome de pássaro.

Um nome horrível, parecido com Freddy, Jason e Chucky.

— Os polvos têm bico — diz ela. — E Beaky tem um enorme.

— Por que você me diria isso? — Agora eu preciso de alvejante cerebral. Ter medo de pássaros é difícil o suficiente. Eu não quero também evitar moluscos. Alguns deles são deliciosos.

— Você pode me ajudar a recuperar o Beaky?— ela pergunta, parecendo infeliz. — Eu não acho que Brett vai devolvê-lo de boa vontade.

— Acredite em mim, você vai receber seu polvo de volta. — Esfrego o protetor solar restante na minha pele descoberta. — Podemos ir juntos para fazer Brett desistir dele, ou...

— Vamos fazer o 'ou' — diz ela. — Eu não quero ver Brett nunca mais.

Devolvo a ela o protetor solar. — Eu posso ir sem você.

— Então, ele vai pensar que você sou eu e gritará com você.

Eu bufo. — Eu gostaria de vê-lo tentar. Estou ansiosa para usar minhas habilidades de Krav Maga.

Ela balança a cabeça. — Qual é o plano B?

Eu penso rápido. — Esperamos que ele saia para o trabalho na segunda-feira e, então...

— Não quero esperar dois dias. Ele não sabe como cuidar adequadamente de Beaky.

— Certo. Eu posso fazer com que ele seja forçado a sair de casa hoje. Então, pegamos o Beaky.

— Eu gosto desse plano.

— Certo. Deixe-me falar com algumas pessoas.

— Obrigada — ela diz enquanto me viro para ir para o meu quarto. — E aqui.— Ela enfia o protetor solar em minhas mãos. — Não se esqueça de reaplicar a cada duas horas.

———————

Meia hora depois, eu terminei a primeira etapa do meu plano maligno.

— Brett vai ser preso por um crime cibernético e levado para os escritórios do FBI adjacentes ao meu prédio de trabalho — digo a Olive.

Ela pisca para mim do sofá da sala. — Que cibercrime? Como? Por que...

— Detalhes confidenciais. A missão começa em quatro horas.

Ela bate palmas com entusiasmo. — Obrigada. Beaky deve...

Meu telefone toca.

É um número desconhecido.

— Desculpe, mana — digo. — Eu preciso atender isso.

Sem esperar por sua resposta, eu me tranco no quarto e atendo.

— Alô?

— Alô — uma voz masculina profunda e sexy diz.

— Ficha de pôquer legal.

CAPÍTULO

Sete

MEU PULSO SALTA. — Ei! Suas fichas de pôquer também não eram ruins.

Espere o quê? Isso não faz sentido.

Ele ri. — Qual o seu nome?

— Blue — digo.

— Como a cor?

— Não — respondo. — Como um humor deprimente.

— Bem, é um prazer conhecê-la, Blue. Eu sou Maxim.

Droga. Ele nem mesmo está tentando. Maxim, em uma variedade de grafias, é um nome comum em países eslavos como Mãe Rússia. A origem é o Romano, *Maximus*.

Eu gosto desse nome. A versão romana me deixa esperançosa com o que ele pode ter embaixo da toalha.

— Maxim — eu digo. — Como a revista que objetifica as mulheres?

Ele ri novamente. — Você pode me chamar de Max se isso soa mais feminista.

— Max — digo, saboreando a palavra e desejando que fossem seus lábios. — Isso é um pouco melhor, mas faz você parecer o melhor amigo de um homem.

Na verdade, Max me faz pensar no Teorema Min-Max e suas aplicações em criptografia, e então volto a torcer para que tudo o que ele tinha debaixo da toalha seja Max, e não Min.

— Você não quer dizer o melhor amigo de uma mulher? — ele pergunta. — Estou chocado que você use uma expressão tão sexista.

— Sinto muito se ofendi suas sensibilidades delicadas com esse sexismo flagrante, Max. Serei mais cuidadosa no futuro.

Posso praticamente ouvi-lo sorrindo enquanto diz:
— Eu agradeceria, Blue.

— Qual é o seu sobrenome? — pergunto, tentando soar indiferente.

Assim que tiver seu nome completo, eu o tenho.

— Stolyar — diz ele.

Sério, a falta de esforço que ele está colocando para esconder seu russo é um insulto. Ele assistiu muitos filmes de James Bond, como eu? Bond também diz a todos seu nome real por algum motivo, até mesmo espiões inimigos. Mas sim, Stolyar é um sobrenome profissional típico da terra natal de Max. Significa "marceneiro" ou "carpinteiro" – vou precisar verificar meu dicionário russo. Além disso, a maneira como ele pronunciou foi exatamente como um russo faria. O "L" no meio era uma consoante suave. Um falante nativo de inglês teria que quebrar a língua para dizer isso.

Excelente. Agora estou pensando na língua de Max. E, relacionado, sentada em seu rosto. O que vem a seguir, gemer como uma operadora de sexo por telefone?

— Stolyar — digo e faço questão de tocar o céu da boca com a língua enquanto digo o "L", enquanto meu professor de russo nos perfura – na maior parte inutilmente, devo acrescentar.

— E qual é o *seu* sobrenome? — ele pergunta.

Interessante. Ele não comentou sobre a minha pronúncia de seu nome. Talvez meu "L" fosse tão ruim que ele nem percebeu meu esforço? Ou talvez seja aí que ele traça o limite quando se trata de esconder suas origens russas?

— Hyman — eu digo e fico tensa. Se ele fizer uma piada sobre virgem, direi a ele para enfiar seu comunicador...

— É lindo — diz ele.

— É?

Ele claramente passou por uma daquelas escolas de espiões que ensinam sedução. Com quase nenhum esforço, ele está me fazendo sentir vontade de estourar naquela música do *Amor, Sublime Amor*, já que também me sinto "Oh, tão bonita" e talvez até "espirituosa", mas absolutamente não "gay".

— Blue também é bonito — diz ele.

Droga. Ele é bom. Eu tenho que ter muito cuidado aqui.

— Max também não é tão ruim — digo. — Associações caninas à parte.

— Obrigado. Então, qual é a daquela ficha de pôquer?

Dou de ombros antes de lembrar que ele não pode me ver. Esperançosamente. Se eu tivesse alguns minutos, poderia ser capaz de *vê-lo* pela câmera de seu telefone.

— Levei aquilo comigo porque me disseram que haveria muitos homens atraentes no jogo — digo. — Sou solteira, então, achei melhor passar meu número para um deles.

Ei, eu não vou ser sutil aqui.

— Eu me sinto especial — diz ele. — Obrigado por me dar a ficha.

— Você foi a escolha óbvia. — Sorrio maldosamente. — Perto o suficiente para eu colocar a ficha em sua pilha sem ninguém perceber.

Ele ri. — Então, foi como no mercado imobiliário: localização, localização, localização?

— Não só isso. Suas fichas foram empilhadas ordenadamente. Além disso, sua falta geral de feiura ajudou um pouco a sua causa.

— Eu me orgulho da minha falta de feiura — diz ele. — Estou feliz que você notou.

— É a sua melhor qualidade. Cuide disso.

— Gosto de falar com você — diz ele, fazendo-me sentir vontade de explodir naquela música de novo. — Mas acho que gostaria de ver você ainda mais.

Ok, eu preciso rastrear aquela escola que ele

frequentou. Eles claramente sabem mais sobre sedução do que Fabio. Então, novamente, nós mulheres somos criaturas mais simples quando se trata disso: sem nozes nas fendas de nossas nádegas, sem necessidade de sufocar as pessoas com nossos órgãos genitais – a lista é infinita.

— Você quer entrar em uma videochamada? — pergunto.

— Que tal nos encontrarmos no mundo real?

É porque ele não faz videochamadas? Talvez o não-vídeo seja uma coisa de espionagem? Talvez ele não queira que seu rosto seja capturado? Ou talvez ele pense que uma webcam pode roubar o que passa pela alma de um espião russo.

— O encontro precisaria acontecer em um lugar público — digo. — Não sabemos nada um sobre o outro. Eu poderia ser uma taxidermista serial killer que gosta de fazer troféus de homens não feios.

— Dado o quão específico isso é, concordo com a ideia de lugar público. Que tal o Central Park?

Ele está me convidando para um encontro, certo? Em caso afirmativo, estou realmente concordando? Bem, por que não? Era para isso que servia a ficha. Esta é minha chance de descobrir se ele é um espião.

Sim. É por isso que estou animada. É puramente profissional. Essa é a minha história, e eu vou mantê-la... a menos que haja alguma tortura por pardal envolvida.

— Claro — digo. — Podemos nos encontrar na escadaria do Museu Metropolitano. Quando você tem em mente?

— Você sabe... é uma bela manhã de sábado. — Ele

parece extremamente delicioso de repente. — Eu estou livre se você estiver.

Agora? Ele quer me ver agora? Eu não estou preparada. Preciso aprimorar ainda mais minhas habilidades de sedução e formar um plano de ação. Por exemplo, talvez eu pudesse sequestrá-lo, levá-lo para uma ilha particular e esperar que a síndrome de Estocolmo se manifestasse? Mas não. Na segunda-feira, tenho que trabalhar, e a Agência Nenhuma não me deixa trabalhar remotamente.

— Tenho algo em algumas horas — digo, lembrando-me da Operação Salvando o Soldado Beaky. — Talvez outro...

— Isso é ótimo — diz ele. — Eu só tenho duas horas antes de um compromisso de negócios. Se formos logo, teremos tempo de sobra para um passeio.

Meu coração martela de emoção. Eu acho que está acontecendo. — Ok, quando você pode estar lá?

— Quinze minutos?

— Faça em meia hora para mim — digo. Vai ter que ser a preparação mais rápida em todos os meus anos como mulher, mas estou pronta para o desafio.

— Combinado — ele diz. — Eu te vejo então.

Ele desliga e eu pulo de excitação (puramente profissional).

Eu me apresso para ficar pronta. Já que ele me viu com a peruca de Faraday, terei que usar isso, ou algo semelhante em termos de cor e comprimento do cabelo. Não estou pronta para contar a ele sobre meu corte de cabelo – uma conveniência para perucas da qual estou de repente me arrependendo. Bem, por sorte, eu tenho uma versão ainda melhor da peruca da noite passada. Comigo nela, Max não será o único que poderia estrelar um comercial de xampu. Com o cabelo determinado, escolho uma saia, sapatos e maquiagem que devem fazer o codinome Maximus se contorcer nas calças de Max, presumindo que ele ache qualquer coisa em mim atraente, o que é provável, dada a ligação, o encontro e tudo.

— Uau — Olive diz quando adentro a sala de estar. — Esse é um visual muito bonito para um resgate de polvo.

— Isso não é para Beaky — digo. — Vou primeiro a uma reunião rápida com um amigo. Não se preocupe, voltarei a tempo para nossa missão.

Ela me olha de cima a baixo. — Aposto cem dólares que seu amigo tem um pênis bonito.

Eu sorrio. — Estou tão otimista que já o apelidei de Maximus.

Ela tira um frasco de protetor solar de não tenho ideia de qual orifício. — Quer levar isso? Você vai querer reaplicar se for sair na luz do sol.

— Estou bem — digo e corro para chamar um táxi.

— — — — —

Saindo do táxi, examino a escada do MET e quase engasgo com a língua.

Max já está esperando por mim, um girassol na mão.

Como seu cabelo está ainda melhor hoje? Ele também usa peruca?

Como se a juba linda não bastasse, ele está vestido

com um terno sob medida – que agora é oficialmente meu segundo terno favorito dele, o primeiro sendo sua roupa de nascimento.

Ah, e eu mencionei a gravata? Isso o faz parecer que está prestes a pedir um martini, batido e não mexido, ou vodka direto... da garrafa.

— Oi — ele diz, me entregando a flor quando me aproximo.

Eu gostaria de poder silenciar as borboletas no meu estômago. O girassol é doce, embora esta planta em particular seja uma escolha estranha para um encontro. Uma rosa ou um lírio seria mais tradicional. Quase parece uma espionagem. Talvez se eu fosse um colega espião russo, eu daria a ele uma abóbora em troca, já que ambos produzem sementes que são ótimas para sua saúde cardiovascular.

— Você está de roupas — eu deixo escapar.

Ele me mostra aquela covinha devastadora. — Assim como você.

Conversa brilhante. Talvez eu devesse dizer a ele que o céu é azul, o que também pode soar como uma nave espacial.

— Eu sou Blue... ainda. — Estendo minha mão.

— Max. — Ele aperta minha mão, seus olhos salpicados de mel brilhando.

Puta merda.

O toque de cotovelo anterior não me preparou adequadamente para isso.

Minha palma parece que acabou de se transformar em um clitóris e ele o lambeu. E chupou. Meu corpo inteiro está vibrando com energia sexual. Capitão e Sargento dão a Max uma saudação militar nítida, e meu clitóris verdadeiro – cujo codinome é confidencial – anseia pelo tratamento que minha palma acabou de receber.

Antes de ter um orgasmo público – ou começar a falar em línguas eslavas – eu puxo minha mão.

— Quer ir por ali? — Aponto na direção da East 80th Street.

— Certo. — Ele me oferece o braço como se fôssemos um casal passeando. — Vamos?

Bem, eu acho que quando em Roma, faça como os russos fazem. Eu coloco minha mão na curva de seu cotovelo, a sensação de seu braço musculoso quase me enviando de volta ao frenesi orgástico.

Começamos a caminhar. A vegetação, as árvores e os bancos em todos os lugares me lembram daquelas cenas de filmes em que espiões têm encontros secretos. Ao contrário desses filmes, porém, não fingimos não nos conhecer.

Um bando de mulheres com carrinhos de bebê me olha com ciúme descarado.

Sim. Apenas mantenha-se andando. Ele é meu.

— Então — digo. — Como você acabou naquela mesa de pôquer?

Ele desacelera. — Você não acha que isso é mais um tipo de pergunta de terceiro encontro?

Terceiro encontro? Pretendo tê-lo seduzido até lá, e se isso acontecer, ele vai me dizer tudo o que eu quero saber durante a conversa íntima. Ou – se minhas habilidades no quarto forem suficientes – ele pode realmente se transformar. Minha boceta precisa ser *muito* boa. Por meu país. A virada acontece em filmes de espionagem o tempo todo, geralmente quando uma femme fatale inimiga dorme com o herói sexy, especialmente se ele for James Bond.

— Desculpe — ele diz. — Eu sou uma pessoa privada e, como você sabe, o clube envolve a Dark Web. Hipoteticamente.

Pessoa privada. Tanto eufemismo?

— Hipoteticamente, é claro — digo. — O que você *pode* me dizer sobre você?

Ele encolhe os ombros. — Ajude-me nas opções.

— Você é solteiro, certo?

Melhor ser.

— Sim, e você disse que também era. — Sua covinha aparece. — Você ainda é?

— Sim. Embora eu tenha recebido um monte de propostas de casamento vindo para cá. Sua vez. Onde você estudou?

Certamente, ele não vai simplesmente deixar escapar "Moscou".

— Universidade de York — diz ele. — E você?

Universidade de York? Como em Toronto. Como em Ontário. Tipo... Canadá?

Acho que é frio lá, então, um russo se sentiria em casa.

— Eu fui para a California State University — digo. — O que você estudou?

— Relações Internacionais — diz ele, parando em frente a uma estátua de três ursos.

Hmm. Relações Internacionais é exatamente o que

um espião estudaria. Devo me sentir insultado por sua falta de sutileza?

— E você? — ele pergunta, seus olhos nos ursos.

— Segurança cibernética — respondo.

Mais especificamente, tenho um mestrado em estudos nacionais de segurança cibernética, mas entrar em tantos detalhes está muito perto de admitir o que faço para viver. Não que eu pretenda esconder. No mínimo, meu trabalho pode ajudar na parte da sedução. Se ele decidir que quer se render a *mim*, as chances desse terceiro encontro aumentam. Além disso, se ele trabalha para os russos, talvez já saiba onde trabalho, já que eu disse meu nome a ele.

A única razão pela qual não procurei seu nome ainda é que estava com pressa para chegar aqui.

— O que você faz? — Ele se vira dos ursos e inclina a cabeça, olhando para mim com aqueles lindos olhos verde-floresta.

Huh. Talvez ele *não* saiba. Ou ele é bom em fingir.

— Meu trabalho está relacionado ao meu curso — digo. — A maior parte é confidencial. Desculpa.

— Não diga mais nada — ele diz sem pestanejar.

Aha. Ele entende a necessidade de sigilo – mais uma pista de que ele é um espião.

Voltando-se para os ursos, ele murmura: — Não é uma estátua incrível?

Certo. Se você está com saudades da Mãe Rússia, onde – como todos sabem – ursos vagam pelas ruas e nadam em rios de vodka.

— Eles são legais. Eu gosto mais da estátua de Alice

no País das Maravilhas. — Eu aponto o caminho que estamos seguindo.

— Sim — ele diz, me olhando de soslaio. — O coelho está bem feito. O rato também. E o gato.

Ah, então ele não gosta apenas de ursos. Mas todos os animais, aparentemente?

Isso ou ele percebeu que o urso o entregou.

Espero que não seja um disfarce. Crescendo na fazenda, eu, como a maioria de minhas irmãs, desenvolvi um amor pelos animais e aprecio isso nas outras pessoas. Vale a pena notar: embora a taxonomia afirme que os pássaros são animais, acho que eles deveriam estar em um reino próprio, como os cogumelos. Os cogumelos parecem plantas, mas na verdade são fungos.

À medida que retomamos a caminhada, pergunto:

— E você?

Ele passa a mão pelo cabelo loiro escuro. — O que tem eu?

Boa tentativa.

— *Você* trabalha com o quê?

Ele desacelera novamente, mas quase não dá para notar.

Isso é um sinal de quando ele mente? Se sim, ele tem sorte que na mesa de pôquer, ele fica quieto.

— Eu sou um consultor corporativo — ele responde.

Estou imaginando ou ele parece um pouco cauteloso?

— Que tipo? — pergunto.

— Oh, diferentes projetos em diferentes setores. Tudo chato...

Não ouço o que ele diz a seguir porque vejo um grande problema em nosso caminho.

Estamos falando de um problema do tipo borrar as calças e gritos de fuga.

Combina as piores palavras da língua inglesa.

Corvos assassinos.

CAPÍTULO
Oito

ESTA CAMINHADA ACABOU de se tornar um filme de terror, como *O Corvo*, que eu não vi, ou *28 Dias Depois*, que vi apesar de minha aversão a zumbis. Não fiquei surpresa que (alerta de spoiler) um corvo carregou o vírus.

— Você está bem? — Ele pergunta enquanto eu congelo no lugar.

Estou muda, fatos sobre corvos girando em minha mente, cada um mais aterrorizante do que o outro.

Os corvos estão entre os pássaros mais inteligentes. Sim. Eles são tão inteligentes que podem fazer e usar ferramentas, e o que é mais assustador do que um pássaro inteligente o suficiente para fazer isso? E fica pior. Eles comem quase tudo, incluindo carne humana, até mesmo carne humana apodrecida. Os corvos são comumente considerados símbolos de má sorte em muitas culturas, e por boas razões.

— Sério, qual é o problema? — Max aperta meus ombros e me dá uma sacudida suave.

73

— Vamos voltar — eu engasgo. Estou tão abalada que mal registro o fato de que ele está me tocando com aquelas mãos grandes e fortes.

— Certo.

Me liberando, ele se vira e eu sigo seu exemplo – só que é tarde demais.

Atrás de nós, uma senhora joga ração para pássaros no chão e um bando de pombos já está atacando. Eles têm apenas uma pequena janela para festejar antes que os corvos percebam e pulem.

Operando por puro instinto, eu me pressiono contra Max. — Os pássaros. Eu não gosto de pássaros.

— Entendi — diz ele, e envolvendo um braço em volta dos meus ombros para me segurar contra ele, ele começa a enxotar os corvos.

— Não seja um herói, vá para os pombos! — Grito, mas ele não está ouvindo e continua acenando com o braço livre para o assassino. Estremecendo, digo a ele:
— Eles vão se lembrar do seu rosto e guardar rancor. — Pelo menos eu li uma pesquisa de gelar o sangue para esse efeito.

Se eu fosse Max, dormiria com um olho aberto, e espero que não seja bicado.

Os corvos crocitam com raiva, mas meu salvador faz um som agudo e semelhante ao miado, que finalmente espalha os assassinos.

Eu solto um suspiro de alívio. Isso me lembra filmes sobre espiões que podem fazer feitos impossíveis, como fazer uma bomba com um micro-ondas, um donut e um absorvente interno.

— Vamos lá. — Segurando-me pressionado contra o

seu lado, Max me leva através da área que os corvos ocuparam apenas um segundo atrás.

Então, ele me solta e nós corremos.

Corvos crocitam com raiva, e um até tenta mergulhar na cabeça de Max, mas meu salvador prova sua boa-fé de espião novamente com alguns movimentos semelhantes a artes marciais que afinal assustam os corvos.

É isso. Estou investindo em um chapéu com um espantalho, assumindo que tais chapéus existam. Pelo menos o intelecto e a longa memória dos corvos poderiam trabalhar a meu favor desta vez. Eles podem ter acabado de aprender a não atacar Max ou qualquer pessoa com quem ele esteja.

Ou é o que digo a mim mesma para me acalmar enquanto diminuímos o ritmo para uma caminhada.

— Quer assistir a um modelo de barco navegando? — Max pergunta, apontando para a atração à frente. Ele não parece ser tão afetado pelo ataque do corvo quanto eu.

Eu balanço minha cabeça. — Pode haver patos lá, e eu não estou recuperada o suficiente para enfrentar pássaros com órgãos genitais em forma de parafusos.

Ele levanta uma sobrancelha. — Talvez haja algo que você queira me explicar?

Eu suspiro. — Certo. Mas você vai tirar sarro de mim.

— Eu juro que não — diz ele, pressionando a mão no peito.

Ahhh, aqueles nós dos dedos com cabelo. Ele sabe como apertar meus botões. Atrevo-me a dar-lhe munição para o caso de necessitar me torturar mais tarde? Ele poderia usá-lo como *kompromat*?

Dane-se. Ele já viu como eu reajo a corvos.

Conto a ele sobre o massacre, e ele escuta sem o menor sinal de deboche. Ele parece zangado com o Chapim-Zumbi em meu nome.

— Então, desde o massacre do Tit Zumbi — concluo —, tenho medo de pássaros e zumbis e não sou fã da palavra 'tit'.

Ele lança um olhar faminto para o meu peito. — Qual termo você prefere?

— Depende se eles são grandes ou pequenos — respondo.

Ele aperta os olhos. — Eu acho que são tamanho B.

Droga. É exatamente isso – supondo que estejamos falando sobre os meus. — Eu os chamo de gêmeos, mas isso é principalmente para irritar algumas irmãs. Para você, eles são babushkas.

E é assim que você pega um espião. Ele ri, o que significa que sabe que *babushka* significa "avó" em russo. Certo?

— *Babushkas* — diz ele, arrastando o olhar até meu rosto. — Vou me referir a eles dessa forma daqui para frente.

— Faça isso. — Estendo minha mão em direção ao seu cotovelo, e ele coloca o braço em posição para mim.

Quando retomamos a caminhada, eu digo: — Então, do que estávamos falando antes dos corvos?

Ele sorri. — O que fazemos, onde estudamos... coisas assim.

— Certo — digo. Na verdade, estou surpresa que ele

não mordeu a isca e mudou de assunto. A menos que... ele esteja ansioso para publicar seu disfarce, por mais frágil que seja? — De quem era a vez de responder a uma pergunta?

— Sua — diz ele.

— Conveniente.

Ele sorri. — Qual era a sua matéria favorita na escola? Ou isso é confidencial?

— Eu posso te dizer qual foi o mais incompreensível. — Eu aperto seu cotovelo. — Computação quântica.

— Computadores quânticos... Eles dividem os cálculos entre vários universos, certo?

Eu realmente espero que esta pergunta não signifique que a Rússia está trabalhando nisso também. Em aula, aprendemos que a computação quântica madura (que ainda não chegou) pode se tornar uma ameaça aos algoritmos criptográficos modernos. Também cobrimos alguns algoritmos que *poderiam* suportar a computação quântica no futuro, mas não estou compartilhando isso com ele. Na verdade, estou levando a conversa para longe disso.

— Universos múltiplos são apenas uma interpretação da estranheza que é a física quântica — digo. — Você pessoalmente acredita que eles existem?

Pronto. Não falemos mais sobre minha educação ou trabalho.

Ele desacelera um pouco, o que pode significar que é sua fala de pensamento real, em vez de sua fala mentirosa. — Sim. Acho que existem infinitos universos lá fora.

— Você não acha isso estranho?

Ele encolhe os ombros. — Por que eu acharia?

— Infinito significa que existe outra Terra lá fora, com outra versão de nós andando assim – ou uma em que estamos falando de corvos. — Eu estremeço com a imagem horrível.

Ele ri. — Somos amantes em algum desses universos?

Seu espião astuto. Se o objetivo era me deixar formigando – ou *ainda mais formigante* – missão cumprida. — Eu aposto que em alguns, nós somos, e em alguns, não somos. Esse é o problema com o infinito. Isso permite opções malucas, como um universo em que você é uma garota e eu, um cara com um pau muito, muito grande. Você gosta de algo áspero, e nós gostamos muito do estilo cachorrinho.

Ele ri. — Acho que gosto dos universos onde você não tem um pau. Neste, você não tem, certo?

— Eu não tenho um pau. — Eu suspiro melancolicamente. — Mas, ei, essa foi uma pergunta pessoal extra, fora de hora. Agora, você me deve duas respostas.

— Eu não sabia que isso era *quid pro quo*. O que você gostaria de saber?

— Para começar, você tem que me dizer algo de que tem medo — digo. — Eu te disse o meu.

Quais são as chances de eu conseguir algum *kompromat* dele?

Ele olha para as árvores próximas. — Isso não é exatamente um medo, em si, mas quando estava de férias na Flórida, comecei a me preocupar com as palmeiras... ou, mais especificamente, um coco caindo na minha cabeça.

Eu avisto um pombo à distância e viro para uma parte mais sombreada do parque.

— Você tem medo de palmeiras?

Isso faz um sentido estranho. A Rússia é muito fria para ele jamais ter encontrado uma palmeira lá, então, quando ele finalmente viu uma pela primeira vez, deve ter parecido com uma planta exótica que ele não entendia – e as pessoas tendem a temer o que elas não entendem.

— Os cocos caindo, e não tenho medo deles — diz ele. — Minha preocupação original era, na verdade, tubarões, mas me disseram que não era problema, e que dez vezes mais pessoas morrem de cocos caindo em suas cabeças do que de ataques de tubarões. Acho que eles pretendiam me fazer temer menos os tubarões, mas, ao invés disso, comecei a tomar cuidado com as palmeiras.

Devo dizer a ele como os pássaros podem ser mortais? Um chute de avestruz pode matar um leão. Um tubarão ou uma palmeira podem fazer isso? Uma vez, um avestruz quase matou Johnny Cash, mas eles não são os piores pássaros. As emas têm garras que podem eviscerar, os urubus barbudos sabem como abrir os ossos de suas vítimas para recuperar a medula óssea de dentro, e a força de aperto de uma grande coruja com chifres é suficiente para desfigurar, cegar ou matar.

Pois é. Não. É melhor ele temer apenas palmeiras dóceis, não o verdadeiro mal que são os pássaros. Esse fardo é meu para carregar.

— Você tem mais uma pergunta — diz ele.

Atrevo-me a perguntar a ele o que estou desejando? Foda-se. Como se costuma dizer em sua terra natal, quem não arrisca não bebe champanhe.

Respiro fundo e, o mais casualmente possível, pergunto: — De onde você é?

CAPÍTULO
Nove

— Nasci em Edmonton, Alberta — diz ele. — Isso é no Canadá, caso você...

Canadá de novo? Ele vai usar essa desculpa? Sério? Eu entendo que tem clima semelhante ao da Rússia, mas esse é o único...

— E você? — ele pergunta, me trazendo de volta à conversa.

— Eu nasci no interior do estado de Nova York — digo. — É onde fica a fazenda dos meus pais. Mas podemos voltar às suas supostas origens canadenses?

Ele ergue uma sobrancelha. — Suposta?

— Você não disse 'eh' nenhuma vez — pontuo. — Você não é mais educado do que a maioria dos outros caras, não mencionou hóquei durante esta caminhada e, por último, mas não menos importante, você não me ofereceu nenhum poutine.

— Você parece saber muito sobre nós canadenses, hein? — ele diz. — Acho que você se esqueceu de me perguntar se tenho Wi-Fi no meu iglu, se eu esquio ou

81

patino para ir para o trabalho, qual é o meu item favorito no cardápio do Tim Horton, quão severo é o meu vício em xarope de bordo e, por último, mas não menos importante, quais são os nomes de todos os meus animais de estimação – o urso polar, o alce e os cães que uso para andar de trenó.

Eu rio. Ele fez o dever de casa, vou admitir. — Enquanto crescia, você conhecia Justin Bieber ou os dois Ryans – Reynolds e Gosling?

Sua covinha aparece. — Não, mas *sou* um grande fã de Celine Dion.

Um cara que gosta de Celine Dion? Seu disfarce pode ser destruído por uma lufada de ar durante um teste de glaucoma.

Devo dizer a ele o quanto a vovó Gia gosta de Celine Dion?

Não. Tenho uma ideia melhor.

— Quem é Celine Dion? — Eu digo, fazendo o meu melhor para manter uma cara de blefe.

Ele para e se vira na minha direção, os olhos arregalados. — Ela é uma das artistas mais vendidas de todos os tempos. Você nunca viu o *Titanic*? Ela canta a música tema.

— Ah. — Um sorriso tortuoso levanta meus lábios. — *It's all coming back to me now.*

— Uau. — Ele volta a andar. — Você estava brincando. Eu quase tive um ataque cardíaco.

— Desculpe — digo. — Estou feliz que *your heart will go on.*

Ele ri novamente e aponta para o lago próximo. — Quer alugar um barco?

Eu olho para o lago. — Pode ser. Depende da situação do pato.

Ele está usando meu medo de pássaros para parar de falar sobre sua suposta terra natal?

— Vamos verificar. — Pegando seu ritmo, ele me leva o mais perto possível da água.

Eu examino a água.

Sem patos, e o local também é extremamente romântico.

Por que de repente quero algo canadense em mim? Bacon, o Maximus de Max... Não. Do que estou falando? Maximus, como seu dono, é tão russo quanto Tolstoi.

Como se estivesse lendo minha mente, Max se vira na minha direção, seus olhos semicerrados.

Eu engulo em seco.

Graças ao meu treinamento de Krav Maga, estou ciente de quão próximos estamos – apenas alguns centímetros de distância. Um mergulho de sua cabeça e uma subida na ponta dos meus pés, e seríamos capazes de nos beijar.

Ambos percebendo essa verdade, balançamos um em direção ao outro, atraídos pela mesma força que os russos para a vodka.

Meu coração dispara loucamente. É isso. Esta é minha primeira aventura na terra da femme fatale. Fabio não me disse quando usar a manobra para agradar as nozes, mas acho que não é o tipo de coisa para um primeiro encontro. Um beijo é o primeiro movimento clássico na sedução. Falando em sedução, quem está seduzindo quem agora? Ou é o início de um daqueles duelos de sedução da ficção de espionagem?

Quando nossos lábios estão separados por apenas um fio de cabelo, eu ouço.

Um som horrível que é um híbrido entre uma buzina e um latido, com uma gargalhada maligna.

Eu pulo para longe de Max, girando no meu calcanhar.

Meu olhar pousa na fonte do som, e meu coração já hiperativo ameaça pular do meu peito.

Não.

Por favor, não.

Mas não pode haver engano.

É o monstro mais agressivo e assustador que você provavelmente encontrará, incluindo assassinos em série e dragões de Komodo. Uma criatura verdadeiramente insana que não sabe o significado do medo. Os texugos de mel com sua reputação maluca não têm nada a ver com essas coisas terríveis.

Seu mero nome transforma minhas entranhas em gosma congelada.

O alto...

O terrível...

O ganso.

Eu RECUO.

Max se coloca entre nós. Conforme estabelecido anteriormente, o homem é tolamente corajoso.

O ganso bate suas asas enormes e abre seu bico esmagador, expondo sua língua serrilhada de filme de terror que parece ser dentes brotados.

Ah, e os gansos têm algo chamado *prego* em seus bicos e também possuem pregos de verdade – ou garras – em seus pés chatos.

A besta grita novamente.

Minha pele fica arrepiada. Sem dúvida, essa penúltima reação de medo recebeu o nome de um encontro fatídico.

Uma dúzia de cursos de ação voam pelo meu cérebro em um piscar de olhos, graças ao meu treinamento em artes marciais.

Fingir de morta? Não, é isso que você faz com os ursos – e se fosse um urso, Max apenas dançaria com ele. Problema resolvido.

Correr? Não, esses filhos da puta são famosos por perseguir pessoas. Tentar fugir de um é fútil – daí a expressão "uma caça ao ganso selvagem". Além disso, não seria legal deixar Max para trás e tudo mais.

Pular no lago? Acho que só funciona com abelhas em desenhos animados.

O que, então? Sem contato visual, obviamente. Sem movimentos bruscos – não que eu fosse capaz de fazer algum se tentasse.

Existem gansos por perto? Essas criaturas podem se tornar especialmente assassinas ao proteger seus filhotes.

Porcaria. Eu invoquei esse mal mencionando Ryan Gosling antes?

Além disso, este é definitivamente um ganso canadense – o produto de exportação menos bem-vindo do alegado local de nascimento de Max. Na verdade, se o Canadá não fosse um país amigo, eu suspeitaria que eles criaram geneticamente essas feras como armas de terror.

— Xô — Max diz.

Xô? Se ele fosse realmente canadense, ele não saberia como isso é ineficaz? Certamente, os ataques de gansos fazem parte da vida cotidiana no Canadá.

E, de fato, o ganso fica mais agitado e corre para a frente.

— Blue, fique atrás de mim — Max diz.

Sim. Você não precisa me pedir duas vezes.

O bico do ganso se abre novamente, sua língua parecendo uma enguia de pesadelo.

Movendo-se com velocidade de cobra, o ganso voa no ar por um segundo e bica os olhos de Max.

Ou, pelo menos, é assim que parece por um momento. O que o ganso realmente faz é arrebatar a gravata de Max e depois não solta.

Puta merda.

Max agora ostenta um colar em forma de ganso que lembra aqueles relógios gigantes que Flavor Flav usa – apenas do inferno.

Por que o ganso não solta? Ele acha que é um pitbull?

Eu nem consigo imaginar o quão assustado Max deve estar com o ganso pendurado em seu pescoço.

Bom. É isso. Se não quero que Max seja sufocado até a morte, devo agir.

Superando minha paralisia, pego uma pedra próxima. Só que ainda estou com muito medo de me aproximar do pássaro para ficar a uma distância de esmagar a cabeça.

Talvez eu pudesse jogar a pedra?

Não. Isso é como uma daquelas situações de reféns. Tenho a mesma probabilidade de bater em Max quanto no ganso.

Rindo, sem dúvida histericamente, Max tira um canivete do bolso e desembainha a lâmina com um movimento vistoso do pulso.

Essa é outra pista sobre sua natureza de espião? Por que um consultor corporativo carregaria uma faca ilegal e possuiria as habilidades para usá-la tão bem?

— Sim — grito. — Esfaqueie no cérebro através do olho!

Balançando a cabeça, Max vai para uma solução muito menos violenta. Ele corta a gravata.

Caindo com a gravata no bico, o ganso parece confuso por um segundo. Acho que tivemos sorte, e este não é tão inclinado a desmembrar suas vítimas quanto o resto de sua espécie.

Olhando para nós, mas incapaz de gritar sem perder sua lembrança duramente conquistada, o ganso alça voo, gravata no bico.

— Você acha que ele vai comê-la? — Eu pergunto quando consigo falar novamente.

Em caso afirmativo, é maldade minha esperar que ele engasgue com isso?

— Talvez seja usada para fazer um ninho. — Max se vira e me olha, sua expressão ficando séria. — Você está bem?

— Eu poderia tomar um Xanax.

— Que tal irmos ao zoológico aqui? — ele diz. — Acho que olhar para um panda vermelho é uma experiência extremamente reconfortante.

— Eu não conheço este zoológico — digo com cautela. — Eles têm pássaros?

Ele passa a mão pelo cabelo liso. — Papagaios, eu acho. Talvez um pavão. Definitivamente, algumas variedades de pinguins. Podemos evitar essas exposições, no entanto.

— Ok, vamos lá — digo, principalmente em um esforço para salvar a cara. Afinal, estou representando a comunidade de inteligência americana.

Ainda assim, preciso de toda a minha força de

vontade para não dizer a ele como me sinto sobre os pássaros que ele acabou de mencionar.

Vamos começar com papagaios. Eles são assustadores pra caralho. Eles me lembram palhaços malvados, palhaços do mundo aviário ao estilo de Stephen King.

Pinguins? Há uma boa razão para que o inimigo mais amargo do Batman tenha sido o Pinguim. Eles são abertamente maus. Qual é o filme mais popular sobre eles? *Marcha dos Pinguins*. Quem mais gosta de marchar? Nazistas. Quem parece que pode corrigir sua gramática? Pinguins.

E não me fale sobre pavões, peacocks em inglês, com sua honra de gelar o sangue de estar entre os maiores pássaros voadores. Eles também são os pássaros mais sexistas – tanto que apenas os machos podem ser chamados de pavões. Em inglês, as fêmeas são chamadas de peahens, ou female peafowl, ambos termos com significados muito sujos e zombeteiros. Mas não para por aí. Um pavão terá até cinco parceiras fêmeas, então, não é surpresa que um grupo de pavões seja conhecido como harém. Sim. Os Antigos Gregos sabiam o que estava acontecendo. Eles acreditavam que a carne do pavão não se deteriorava após a morte – por exemplo, eles pensavam que esses pássaros eram zumbis. Por último, mas certamente não menos importante, as caudas extravagantes dessas aves que sustentam o patriarcado contêm estruturas microscópicas semelhantes a cristais que refletem comprimentos de onda de luz que você nem mesmo vê. As caudas de pavão disparam radiografias que causam câncer em pessoas inocentes? Ninguém sabe disso. O grande pavão não quer que você aprenda a verdade.

Max estende a mão e pega a minha, enviando um choque de energia prazerosa direto para o Capitão, Sargento e meu clitóris – cujo codinome ainda é confidencial.

Se a ideia era tirar os pássaros da cabeça e colocá-los com firmeza na sarjeta, missão cumprida. Mas não estou apenas com tesão. Eu também estou calma. Quem precisa de um Xanax e pandas-vermelhos quando você pode segurar a mão de um espião russo super sexy?

— De quem é a vez de fazer perguntas? — ele pergunta.

— Minha — digo. — Você tem algum irmão?

Quanto mais ele me conta, mais fácil será penetrar em seu disfarce. Quais são as chances de ele ter sido inserido no Canadá com um bando de parentes?

Espera. *Penetrar. Inserir.* Claramente, sua mão e aquela poeira de cabelo em seus dedos estão sobrecarregando meu cérebro com hormônios.

Ele assente. — Eu tenho uma grande família. Três irmãos e uma irmã.

Eu zombo. — Quatro irmãos? Você considera isso uma grande família?

Ele encolhe os ombros. — O tamanho médio de uma família no Canadá é de 2,9 pessoas.

Canadá. Certo.

— Tenho sete irmãs — digo.

Seu queixo cai, então, conto a ele sobre meu grupo e as gêmeas.

— E todo mundo é monozigótico? — ele pergunta incrédulo.

— Sim. As gêmeas, Holly e Gia, são parecidas, e eu sou idêntica as outras sêxtuplas.

— As gêmeas se parecem com você? — Ele pergunta, me dando uma olhada acalorada.

— Compartilhamos muitas características, mais do que o normal para as irmãs, eu diria. E você? Você se parece com seus irmãos?

— Alguns brincam que meus irmãos e eu somos quadrigêmeos, mas não somos. Felizmente, minha irmã não se parece em nada conosco.

Eu sorrio. — Deixe-me adivinhar, sua irmã é a mais nova.

Ele concorda.

— Seus pais estavam tentando uma menina, certo?

— Isso aí.

— Os meus tentaram um menino e conseguiram mais seis meninas — digo. — Fomos um caso de tecnologia de reprodução assistida que deu errado.

— Eu não sei. — O calor em seus olhos se intensifica quando ele me lança um olhar penetrante. — Acho que você é um caso de tecnologia de reprodução assistida que deu certo.

Minhas bochechas queimam. — Ninguém me elogiou como um produto de tecnologia reprodutiva antes.

Ele mostra uma série de dentes brancos. — Estou aqui para agradar. Como foi crescer com suas irmãs?

Eu conto a ele, e ele retribui com histórias que não são tão diferentes. Durante a troca, eu me pergunto se ele realmente cresceu em uma família grande ou se é apenas um disfarce. Ele certamente acerta em muitos detalhes, então, pelo menos, quem escreveu o roteiro de sua história de disfarce deve ter um bom número de irmãos.

Estou no meio de uma história sobre as pegadinhas malignas de Gia quando um casal se aproxima de nós segurando um mapa. Eles estão cobertos por protetor solar que até mesmo Olive consideraria exagero: viseiras no estilo Darth Vader, guarda-sóis, chapéus realmente grandes, mangas compridas – diga o nome, eles estão usando.

— *Sillyehamnida.* — A mulher bate no mapa. — Onde ser MET?

Isso era "com licença" em coreano? Tenho experiência mínima com esse idioma. *Gangnam Style* e algumas outras músicas K-Pop são toda a exposição que tive.

Sorrindo, Max se lança no que me parece coreano fluente – se é esse o idioma. Os turistas parecem tão impressionados quanto eu quando ele aponta para um ponto no mapa e, presumo, os recruta para serem suas fontes em seu país de origem.

Quando os turistas vão embora, ele pega minha mão novamente e volta a andar, como se o que aconteceu fosse completamente normal.

— Que língua era aquela? — pergunto.

— Coreano — responde ele.

Ponto. Pelo menos eu identifiquei corretamente.

Eu desacelero. — Então, por acaso você fala

coreano? Se fosse francês, eu ficaria menos surpresa – você sendo do Canadá e tudo mais.

Ele encolhe os ombros. — Eu queria ser diplomata, por isso aprendi várias línguas estrangeiras na minha juventude. — Ele olha para mim. — Você só fala inglês?

Essa é minha chance. Observo seu rosto de perto enquanto mudo para sua língua nativa e digo: — Não. Eu também falo russo.

— *Da* — diz ele. — *Neploho*.

Droga. Achei que ele fingiria não saber, mas não. Sua pronúncia é apenas um toque – a menos que seja um truque para me fazer pensar que ele é um canadense que fala um idioma que aprendeu.

— Que outras línguas você conhece? — pergunto.

— Eu não gosto de me gabar.

Eu aperto sua mão. — Vamos. Diga.

Ele franze a testa.

Merda. Eu soei muito insistente nisso?

— Eu queria te perguntar. — Ele limpa a garganta. — Eu entendo que seu trabalho é confidencial, mas... você por acaso está atrás de mim pelo seu trabalho?

Isso é o que ganho por jogar vinte questões com tanta persistência no primeiro encontro.

Que porra eu digo? Tenho tentado ser honesta com ele. Na mínima chance de ele não ser um espião e acabarmos casados e com filhos, não quero nenhum segredo pesando sobre nós.

Bem, se eu responder com cuidado, não vou mentir. Fazendo meu rosto o mais sério possível, digo: — Não estou atrás de você pelo meu trabalho.

É verdade. Estou fazendo isso mais como um hobby

e como uma forma de talvez trocar de emprego no futuro.

Eu não posso dizer se sua exagerada exalação aliviada é uma piada ou não.

— Chegamos. — Ele aponta para a entrada do zoológico. — Como está seu tempo?

Eu verifico meu telefone. — Bom. Você?

Ele olha para o relógio. — Infelizmente, esta terá que ser nossa última parada hoje. Mas acho que podemos ver todos os animais.

Prosseguimos fazendo exatamente isso: primeiro os leões-marinhos; depois, os lêmures; depois, os pandas-vermelhos (que são tão calmantes quanto o anunciado); os ursos pardos; os macacos-japonês e, por fim, os leopardos-das-neves. Depois, vamos para a loja de presentes, onde ele fica ao lado de uma exibição de leopardos-das-neves de pelúcia.

— Eles te deixam com saudades de casa? — pergunto, acenando para os brinquedos.

— Por quê? — ele pergunta. — Não os temos no Canadá.

Valeu a pena. Eu sei perfeitamente bem que os leopardos-das-neves são encontrados nas montanhas da Ásia Central.

— E quanto ao urso? — Aponto para um ursinho.

Ele encolhe os ombros. — Temos ursos pardos no Canadá, mas nunca encontrei um, então, eles também não me dão saudades de casa.

Uau. É admirável o quão sério ele parece, já que afirma nunca ter conhecido um urso. Aposto que ele teria parecido tão sério se tivesse dito que nunca dançou com um.

— Falando em ursos, você gostou dos pandas-vermelhos? — ele pergunta, apontando para um panda branco e preto de pelúcia.

Eu torço meu nariz de maneira provocante. — Eles são legais. Se você gosta desse tipo de coisa.

— Você quer dizer adoráveis?

Pego o brinquedo e o examino de perto. — Bem, para começar, os pandas-vermelhos não têm nada a ver com os panda normais. Eles estão intimamente relacionados aos guaxinins, gambás e doninhas.

— Cada criatura que você acabou de listar é incrivelmente fofa — diz ele.

— Se você diz. — Pego meu telefone e procuro a imagem de um rato-toupeira nu. Eu empurro em direção a ele. — Agora, aqui está uma coisa verdadeiramente fofa. Não tenho ideia de por que eles não têm um brinquedo de pelúcia aqui.

Ele olha para a imagem com um sorriso. — Eu amo animais, mas essa é uma criatura que tem sorte de ser quase cega. Caso contrário, eles parariam de se reproduzir imediatamente.

— Na verdade, eles têm um processo de reprodução único, com rainhas que acasalam com vários machos e fêmeas estéreis – um pouco como formigas e abelhas.— Eu coloco meu telefone de lado. — Os pandas relutam em se reproduzir. Isso significa que eles são horríveis?

Ele ri. — São pandas normais, não vermelhos. Além disso, eles são fofos também. — Ele pega o brinquedo e mostra para mim. — Eles só têm problemas com a reprodução em cativeiro – provavelmente porque precisam daquele ritual sofisticado de acasalamento que fazem na natureza.

— Aposto que seus pênis pequenos não ajudam — digo. — Eles têm os menores pênis em relação ao tamanho do corpo de todos os animais do planeta.

— Isso explica tudo. — Ele pega dois pandas de pelúcia e vai até o caixa. — Vou pegar um para mim e outro para você.

Ohh. Sobrecarga de calor e carinho. Quando ele me entrega o panda, eu o aperto contra o peito. — Não é um rato-toupeira pelado, mas fico com ele.

Ele olha para o relógio. — Eu tenho que ir.

— Entendo. — Dou uma olhada ao redor. Estamos dentro do ambiente, então, não há gansos, pombos, corvos ou quaisquer outros horrores. Só eu, ele e o balconista da loja de presentes.

Eu diminuo a distância entre nós com um único objetivo – seduzir. Não tenho certeza se vou arrastá-lo para o banheiro da loja de presentes e me divertir com ele lá, ou se vou subornar o balconista para ir embora.

Tudo o que sei é que qualquer resistência às minhas artimanhas será inútil.

Minha voz é a quantidade certa de rouca com uma dose de flerte. — Acho melhor nos despedirmos... corretamente.

Ele entra no meu espaço pessoal, seu perfume de lavanda de bordo inebriante.

— Devemos a nós mesmos um adeus adequado. — Ele enfia uma mecha da minha peruca atrás da minha orelha, dando-me um vislumbre do cabelo em seus dedos.

Droga, ele é bom.

No momento em que ele se inclina, eu já estou na ponta dos pés, meus lábios necessitados.

Ele me puxa para ele e habilmente reivindica minha boca.

CAPÍTULO
Onze

O MUNDO ao nosso redor desaparece.

Seus lábios são macios, sua língua, deliciosa.

Antes que eu perceba o que está acontecendo, minha mão livre está em sua bunda, mas eu não entro em sua calça e procuro sua noz... ainda. Em um duelo de sedução contra um adversário formidável, uma garota precisa manter algumas cartas na manga.

Ao longe, alguém pigarreia incisivamente.

Ignorando a distração, me perco no beijo novamente. A língua de Max está fazendo aquela dança russa de agachamento na minha boca, e estou à beira de um orgasmo oral. Este é o melhor beijo da minha vida, sem *se* ou *mas*. Se eu explodir de alegria, morrerei como uma mulher feliz. O trabalho de campo é ainda mais incrível do que eu esperava.

O pigarro fica mais pontual.

Max se afasta e reajusta o que sobrou de sua gravata.

Ofegante, eu lanço um olhar mortal para o balconista.

Os olhos de Max parecem famintos. — Entrarei em contato.

Nããão. Eu não terminei de seduzi-lo. Isso vai atrasar muito aquelas revelações de conversa íntima, para não mencionar minha licença de femme fatale.

Antes que eu possa fazer ou dizer qualquer coisa, ele se vira e sai da loja.

Eu verifico meu telefone.

Ainda algum tempo antes da Operação Salvando o Soldado Beaky. Talvez eu ainda possa aprender uma ou duas coisas sobre meu encontro instável. Afinal, o que é esse assunto urgente dele?

Sim. Talvez eu possa pegá-lo falando com seu superior.

Com o urso panda agarrado com firmeza na minha mão, eu corro para fora e procuro por Max.

Uau. Ele não está longe.

Eu uso uma árvore próxima como cobertura enquanto espero que ele coloque mais distância entre nós.

Quando parece seguro, corro para a próxima árvore, depois para a próxima. Eu não me importo se minha ação é inspirada em desenhos animados. Até agora, ele não me viu, e eu não o perdi.

Ele sai do parque.

Porcaria.

Eu tiro minha peruca e espero que seja o suficiente para me disfarçar. Eu tenho que ser mais cuidadosa a partir daqui. Se ele me pegar, posso estar em apuros. Os espiões têm a política de não deixar testemunhas vivas – como visto em todos os episódios de *The Americans*.

Você saberá o que está por vir se perguntarem: "Você contou a alguém o que viu ou ouviu?" Nesse ponto, você pode muito bem dar um beijo de adeus à sua vida e dar a eles uma lista de pessoas que você odeia o suficiente para querer morrer logo depois de você.

A boa notícia é que Nova York é uma cidade movimentada, o que torna mais fácil perseguir alguém – um fato que geralmente é uma desvantagem para as mulheres, mas que me ajuda agora. Ainda assim, da próxima vez, vou precisar trazer um casaco reversível e talvez uma peruca extra para tornar isso mais seguro. Se ao menos aqueles disfarces de máscara de látex da franquia *Missão Impossível* fossem reais... Será que são?

Meu telefone apita com uma mensagem.

Eu verifico.

É de Gia, e são os detalhes sobre seu show de mágica mais tarde hoje.

Não, espere. Não posso me distrair.

Quando eu freneticamente olho para cima, Max está desaparecido.

Ugh. Como pude ser tão estúpida? Acho que perseguir alguém exige as mesmas regras que ir a um casamento ou ao cinema – seu telefone deve estar desligado.

Espera. Ali está ele. Do outro lado da rua, sentado em uma cafeteria.

Graças a Deus eu não o perdi – e estou administrando esta operação por conta própria. Se alguém descobrisse que quase perdi meu alvo devido a uma mensagem, eu teria que seguir a tradição de espionagem e eliminá-los.

Eu mergulho em um salão do outro lado da rua onde Max fica. A janela da frente é pintada com um brilho espelhado que deve dificultar que me vejam lá dentro.

— Como posso ajudá-la? — Uma senhora me pergunta.

Eu examino as opções: manicure, depilação de sobrancelha, Brasileira, pedicure com peixes... Estranho, eu poderia jurar que Olive me disse que este último foi proibido recentemente em Nova York. Como outras opções envolvem técnicos intrometidos, vou para o tratamento com peixes, de qualquer maneira, e juro nunca contar à minha irmã que ama a vida marinha. Enquanto a senhora me leva ao meu destino duvidoso, peço um lugar que fique de frente para a janela.

Quando os peixes especiais atacam meus pés, sinto coceira, de uma forma perturbadora. Espero que ninguém os deixe sair na selva. Eles agora têm um gosto pela pele humana, e seria apenas uma questão de tempo antes que começassem a comer toda a carne dos ossos das pessoas, como as piranhas usadas pelo vilão de *O Espião que me Amava*.

Max ainda está sentado sozinho.

Estranho.

Pego meu telefone e inicio o aplicativo da câmera. Essa maravilha da tecnologia moderna tem uma câmera que pode ampliar até cem vezes – algo que até James Bond invejaria.

Com o telefone voltado para Max, posso vê-lo claramente na tela e estou feliz. Ele está falando com alguém sem virar a cabeça – uma manobra clássica de espião.

Caralho. Agora eu gostaria de ter um dispositivo para ouvir o que ele está dizendo, mas, infelizmente, não tenho. Espero poder transformar o telefone dele em um dispositivo de escuta mais tarde.

Ei, pelo menos eu posso ver com quem ele está falando.

É uma mulher de costas para ele, vestindo um traje de negócios elegante.

Uma mulher irritantemente atraente que seria melhor ser seu contato ou seu superior e não, digamos, sua namorada ou esposa.

Eu tiro uma foto para que eu possa pesquisá-la mais tarde e ter certeza de que seu sobrenome não é Stolyar.

Estou com ciúmes? Não, isso é ridículo. Este é um interesse puramente profissional. Além disso, por que ele falaria com sua esposa ou namorada daquele jeito? Eles estão claramente tentando ficar incógnitos. No máximo, eles estão tendo um caso, e ela é a esposa de outra pessoa. Mas, felizmente, eles têm uma relação platônica de superior e agente ou contato e espião.

Ou posso estar totalmente enganada? E se os dois estavam usando um fone de ouvido Bluetooth que eu não consigo ver e conversavam com pessoas diferentes ao telefone?

Mas não.

Quando a conversa termina, os dois se levantam ao mesmo tempo e seguem caminhos diferentes. Quais são as chances de suas ligações terminarem em sincronia assim? Além disso, não vi Max colocar um fone de ouvido.

Encurtando o trabalho dos peixes comedores de gente, enxugo os pés com a toalha, dou uma gorjeta generosa e corro de volta para casa.

No caminho, recebo uma notificação do meu contato no FBI.

O ex de Olive foi detido, então, a Operação Salvando o Soldado Beaky corre perfeitamente.

QUANDO ENTRO EM MEU APARTAMENTO, minha companheira de útero está deitada no sofá ao lado de Machete, brincando com seu telefone – e quando vejo o jogo em sua tela, gostaria de não ter olhado.

Seu título é uma tautologia de pesadelo: *Angry Birds*.

— Oi, Mana. — Olive bloqueia seu telefone, me poupando de testemunhar o massacre de porcos inocentes e a destruição viciosa de propriedade que está no centro do jogo terrível. Não costumo ficar do lado de pessoas que dizem que os videogames são a razão do aumento da violência entre os jovens, mas se alguém proibisse *esse* jogo por esse motivo, eu aceitaria.

— Ei — respondo.

Ela empurra Machete para longe e se levanta.

Ele a encara.

Ela bufa. — Seu animal de estimação me lembra daquele meme do Gato Mal-humorado.

O brilho se torna mortal.

Vá se foder, Polvinha. Machete come Gato Mal-humorado

no café da manhã. Daí, ele ataca todos os gatos que se parecem com Hitler... analmente.

Isso aumentou muito rápido?

— Pronta para ir? — Largo minha peruca e o panda de presente na mesinha de centro.

— Um minuto. — Olive leva dez minutos que parecem uma hora para se banhar com protetor solar. Em seguida, ela veste uma camisa de mangas compridas e pega uma sombrinha. — Pronta.

————

— Você vai nos matar. — Olive levanta seu óculos de sol para me dar um olhar estreito. — O limite de velocidade é de quarenta quilômetros por hora, não quatro mil.

Eu pisco para ela. — Temos uma janela de tempo limitado para a operação, e você usou uma parte dela no protetor solar.

Ela aponta o dedo para o para-brisa. — Pelo amor de Cthulhu, olhe para a estrada.

Eu faço o que ela diz – bem a tempo de evitar bater em um táxi amarelo.

— Cthulhu? — pergunto, meus olhos agora firmemente na estrada.

— Uma entidade cósmica fictícia dos escritos de H. P. Lovecraft — diz ela. — É suposto ter a forma de um polvo.

— Não era ele – ou era – também um humanóide gigante... com asas de dragão?

Ela bufa. — Eu prefiro pensar no Antigo como

predominantemente polvo.

Eu balanço minha cabeça. Minha irmã não tem apenas um fetiche por polvo; ela é bióloga marinha e adora criaturas marinhas de todos os tipos, mas não tanto quanto adora seus tentáculos favoritos. Ei, pelo menos ela não é ornitóloga – uma profissão tão sombria e macabra quanto a necromancia.

Ao contrário de mim, que descobri a vocação como espiã mais tarde na vida, a obsessão de Olive remonta desde muito tempo. Em um dia notável de verão, ela fez xixi repetidamente em uma piscina cheia com a substância química que fazia a urina ficar azul, enquanto gritava alegremente: — Estou jorrando tinta.

Pelo resto da corrida, jogamos um jogo, *Espiono com meu olhinho*, e eu ganho, naturalmente.

— Encoste ali — diz Olive, apontando à frente.

Eu estaciono.

— Estou voltando no meu próprio carro, louvado seja Cthulhu — murmura Olive enquanto abre a porta.

— Você tem um carro? — pergunto.

Ela aponta para uma van branca do outro lado da rua. — Peguei por causa de Beaky.

Beaky precisava de uma van? Qual é o tamanho desse polvo?

Antes que eu possa expressar minha pergunta, Olive e eu entramos no prédio. Enquanto caminhamos para o elevador, recebo uma mensagem de meu amigo do FBI:

O cara chamou advogado, então, tivemos que deixá-lo ir.

— Merda — digo e explico a situação para Olive. — Ele pode nos pegar. Pode ser mais seguro abortar a missão por enquanto e reagrupar.

Sua expressão cabisbaixa aperta meu coração.

— E se ele machucar Beaky?

Eu cerro meus dentes. — Certo. Espere aqui.

— Não — ela diz. — Você vai precisar da minha ajuda. Além disso, Beaky pode ser arisco com pessoas que nunca conheceu.

Eu rolo meus olhos. — Ele não vai presumir que sou você?

Ela se endireita. — Beaky é mais inteligente do que alguns humanos. Eu estou indo, ponto final.

Soltei um longo suspiro. — Eu não tenho tempo para fazer você ver a razão.

— Ótimo.

Eu corro para o elevador e ela me segue.

Quando chegamos ao andar do ex dela, corremos para a porta.

Olive enfia a chave na fechadura e franze a testa enquanto tenta girá-la.

Eu olho em volta furtivamente. — Rápido.

Ela para de mexer na chave. — Acho que ele mudou as fechaduras.

— Se afasta. — Enfio a mão no bolso e retiro meu kit de fechadura. Gia dominou essa habilidade como parte de seu repertório de mágico, e eu fiz ela me ensinar – junto com abertura de cofres, que espero não ser necessário para este roubo, já que não sou tão boa nisso quanto sou com fechaduras.

— O que está demorando tanto? — Olive pergunta assim que eu finalmente ouço algo ceder dentro da fechadura.

Empurro a porta e olho-a como quem diz "tá de

sacanagem comigo?"

Olive não parece se importar. Mergulhando no apartamento, ela corre pela sala tão rápido que tenho dificuldade em acompanhar. Enquanto a sigo, não posso deixar de notar uma moldura quebrada no chão. A foto é de Olive com um cara que deve ser o ex, Brett.

Alguém deu um chilique depois que minha irmã foi embora? Agora estou duplamente feliz por ela ter ido embora.

Quando eu a alcanço no quarto, Olive está parada ao lado de uma cômoda prateada que abriga um dos maiores aquários que eu já vi.

Um aquário vazio.

— Oi, querido — Olive sussurra para a água.

É isso. Ela finalmente enlouqueceu. Se não fosse pelo FBI e aquela foto que acabei de ver, eu também começaria a duvidar da existência do ex-namorado.

De repente, o que parece ser uma rocha se transforma em um cefalópode gigante.

Assustada, eu recuo.

Embora não seja exatamente assustador como um pássaro – nada é – Beaky é assustador. Não é de se admirar que sua espécie tenha inspirado a aparência de Cthulhu, o Kraken, e hordas de invasores alienígenas.

Eu acho que a regra é se ele tiver um bico, é oficialmente digno de pesadelo.

— ... e nós vamos tirar você daqui — Olive diz, me fazendo perceber que eu perdi o monólogo que ela acabou de entregar à sua pessoa querida.

Eu examino o aquário com ceticismo. — Parece que pesa uma tonelada. Talvez se Brett tiver seu próprio animal de estimação, nós o roubemos e façamos uma troca de prisioneiro mais tarde.

— Eu disse a você, você precisa de mim. — Ela aponta para o fundo da cômoda, e eu percebo que há um carrinho lá.

— Isso deve ajudar — digo. — Ainda assim, parece pesado.

Ela se abaixa e pega um pequeno controle remoto que estava preso por um ímã ao fundo do tanque. — Essa coisa é motorizada. A única razão pela qual precisamos empurrar é para acelerar.

Ela destrava uma trava de segurança nas rodas e ativa o motor antes que ela me faça empurrar enquanto puxa a engenhoca pelo apartamento. Mesmo com o motor ajudando nosso trabalho manual, a coisa se move lentamente, e temo que seu ex possa nos pegar em flagrante.

— E quanto às suas outras coisas? — pergunto enquanto passamos pela sala de estar.

— Eu não me importo com nada além de Beaky — diz ela. — Eu ia comprar roupas novas, de qualquer maneira. A maioria das minhas camisas não tem proteção UV suficiente.

Eu aceno para o que devem ser coisas do ex dela. — Você quer vasculhar o lugar rapidamente, como fazem nos filmes de espionagem? Brett voltaria e ficaria bem nervoso.

Ela balança a cabeça. — Não se isso significar que eu veria seu rosto estúpido novamente.

Oh, certo. Nosso tempo é limitado.

— Qual é o sobrenome de Brett? — pergunto,

fazendo o meu melhor para soar casual.

Ela me diz, e eu guardo para mais tarde. Essa moldura quebrada não me cai bem, então, pretendo tomar algumas medidas para proteger minha irmã – etapas que ela não precisa saber.

No início, Beaky parece gostar do passeio – ele flutua e examina tudo. Quando ele se cansa disso, decide foder comigo, ou, pelo menos, é o que presumo. O que ele realmente faz é me encarar com seus olhos estranhos e rasgados. Olhos que parecem brilhar com um intelecto de outro mundo.

Quando entramos no elevador de serviço, percebo um problema. — Este aquário não cabe no meu carro.

Ela acena com a cabeça. — É para isso que serve a minha van.

Faz sentido.

Quando chegamos à van em questão, Olive franze a testa – e quando vejo por que, xingo em voz baixa.

Alguém – e não é difícil adivinhar quem – arranhou a palavra "vaca" na porta do passageiro.

Estreitando os olhos, Olive examina atentamente a tampa do aquário onde ela trava no lugar. — Filho da puta — ela grita, passando a mão pelo cabelo. — Ele tentou chegar até Beaky também, mas não conseguiu descobrir como.

Parece que o pênis do ex não é o menor órgão dele. Seu cérebro leva esse prêmio. O negócio paralelo de Olive é fazer quebra-cabeças para polvos, bem como garantir que eles não fujam de suas casas, algo que eles gostam de fazer, como visto em um documentário chamado *Procurando Dory*.

— Então — digo ironicamente —, acho que agora sabemos que Brett não é mais inteligente do que um polvo.

— Nem mesmo perto. — Olive puxa uma rampa que foi claramente projetada para este aquário sobre rodas.

À medida que empurramos Beaky pela rampa, ele abre suas oito pernas de forma ameaçadora e fica vermelho de raiva. Pelo menos eu suponho que esteja com raiva. Pelo que sei, ele pode estar apenas dizendo a Olive que a ama.

Assim que o aquário móvel está subindo a rampa, tiro uma foto do polvo – exatamente quando ele muda de cor mais uma vez.

— Ok — diz Olive quando Beaky está seguro. — Eu te vejo lá?

Eu assinto e vou para o meu carro.

Uma mensagem chega no meu telefone assim que eu coloco o cinto.

Meu coração começa a bater mais forte.

É de Max. Ele me enviou uma imagem do gatinho sonolento mais adorável que já vi, junto com:

ISSO é o que parece fofo.

Sorrindo, eu respondo:

Não. É assim que PREGUIÇA se parece. Não deixe essa coisa dirigir. Se você quer ver fofura, dê uma olhada.

Eu anexo a imagem de Beaky.

A resposta de Max é quase instantânea:

Obrigado. Eu não precisava dormir esta noite, de qualquer maneira.

Eu respondo com uma carinha sorridente, e ele me manda um, *Vamos fazer mais planos em breve.*

A tontura que sinto é ridícula. Você pensaria que eu era uma estudante do ensino fundamental enviando mensagens sexies para seu primeiro namoradinho.

Quando ligo o carro, toda a emoção me faz pensar se o veículo vai explodir. Quando isso não acontece, faço uma nota mental para assistir a menos filmes de espionagem. Se alguém ligar um carro com isso, é hora do *bum.*

Além disso, preciso controlar minhas emoções. Só porque Max me enviou uma mensagem fofa não significa que ele seja menos um agente inimigo. Em geral, preciso ser muito cuidadosa em manter controlados os meus sentimentos em relação a ele. Ele é o alvo das minhas artimanhas de femme fatale, nada mais. Cair por uma suspeito – especialmente sendo um assassino – acontece muito na ficção de espionagem, então, eu tenho que ficar vigilante. Mesmo se eu quisesse um namorado, o que eu não quero, ele com certeza não seria um espião russo.

Um espião potencialmente casado. Eu ainda preciso pesquisar a mulher com quem ele estava conversando.

Além disso, tenho certeza de que ele me quer? Se sim, ele ainda ficaria se me visse sem minha peruca? Eu não tenho exatamente tempo para deixar meu corte de cabelo crescer.

Para manter minha mente longe dos pensamentos traiçoeiros de Max, eu pratico a arte de seguir alguém usando a van de Olive como meu alvo.

— Você me viu seguindo você? — pergunto depois de estacionarmos e vou até ela.

— Você me seguiu? — Olive pergunta. — Achei que você fosse reencenar *Velozes e Furiosos*.

Revirando os olhos, ajudo-a a empurrar Beaky para dentro do meu prédio.

Quando entramos em minha casa, Machete olha para o aquário com ganância descarada.

Finalmente. Peixe. Machete se banqueteará com seu sangue e cérebro.

Como se estivesse esperando por um novo público, Beaky abre seus tentáculos para parecer do tamanho de um monstro marinho e muda de cor algumas vezes, seus olhos estranhos hipnotizando meu gato.

Não sabia que gatos podiam ficar pálidos, mas Machete chega perto disso – o que é estranho, já que ele nunca teve medo de nada, nem mesmo de pepinos gigantes.

Machete não tem medo. Machete descobre que o peixe está quebrado. Possuído pelo mal. Isso vai fazer doer o estômago de Machete.

Com um meio sibilar, meio choramingar, meu gato durão como as unhas foge com o rabo entre as pernas.

— Agora eu vi de tudo — digo com um sorriso.

— Onde você o quer? — Olive pergunta.

— O único lugar que este tanque vai caber — digo. — A sala de estar.

Talvez Machete agora se aconchegue ao lado da irmã certa – aquela que o alimenta.

— Você vai ao show de Gia? — Olive pergunta

quando o motor do aquário de Beaky é desativado e as rodas estão travadas.

Oh, certo. Está quase na hora. — Claro que vou, mas devemos jantar primeiro.

Continuamos a discutir sobre o restaurante. Não gosto daqueles que servem muitas aves e ela não gosta de frutos do mar. Nós decidimos por um steakhouse e nos arrumamos, ou pelo menos eu o faço. Ela parece a mesma quando eu termino.

— Como nos velhos tempos — ela diz, olhando para a minha peruca.

Eu sabia que ela iria se divertir com isso. No colégio, pintei meu cabelo para combinar com meu nome, e essa peruca azul marinho se parece exatamente com meu cabelo naquela época.

— Pronta? — pergunto a ela.

— Um segundo — ela diz e reaplica o protetor solar em seu rosto. — Você quer?

— Não, eu já apliquei o meu — Minto.

Devo lembrá-la que já passa das quatro da tarde e, portanto, o índice UV é quase inexistente?

Nah. Não vale a pena a ladainha que terei que ouvir.

Saímos do meu apartamento, mas ela se recusa a entrar no meu carro.

— Qual é o problema? — pergunto.

— Eu dirijo — ela diz.

Eu franzo meus lábios. — Se você quebrar, vai pagar.

Ela balança a cabeça. — Mesmo se eu não estivesse falida, o que estou, não seria capaz de pagar por este carro.

— Isso resolve tudo — digo, abrindo a porta.

— Sim — ela diz. — Vamos na minha van.

Eu levanto uma sobrancelha. — Uma van em vez de um Aston Martin?

— Não — ela diz. — Sobreviver em vez de bater.

Bato a porta e vou direto para a van idiota.

Meu telefone apita com uma mensagem, e quando vejo quem a enviou, meu humor melhora dramaticamente, embora uma parte de mim saiba que não deveria.

Almoço amanhã?, Max pergunta.

Lutando contra um sorriso maluco, eu respondo afirmativamente e pergunto a ele onde e quando.

Onde é bom para você?, ele responde. *E quando?*

Isso significa que sua agenda é mais flexível... como a de um espião?

Hmm, devo sugerir um lugar perto do meu trabalho? Nah. Eu trabalho em um prédio que não é publicamente reconhecido como a sede da minha agência. Quer dizer, é um arranha-céu sem janelas que todo mundo suspeita que seja o que é, mas ninguém sabe ao certo, e não quero ser o motivo pelo qual o segredo será revelado.

Que tal por volta de 13h, respondo. *E você escolhe um lugar, Downtown ou Midtown.*

Pronto. Isso deve disfarçar um pouco as coisas.

Combinado, ele responde. *Encontre-me neste endereço.*

O endereço que ele envia é quase perfeito – apenas uma rápida corrida de táxi do meu escritório.

Quando olho para cima do telefone, pego Olive descaradamente lendo na minha tela.

— Quem é Max? — Ela balança as sobrancelhas.

Eu suspiro. — Te conto no caminho.

———

Ainda estou explicando todos os detalhes quando nos sentamos no steakhouse, então, faço uma pausa rápida para fazer o pedido.

— Acho que você finalmente assistiu a muitos filmes de espionagem — diz Olive quando termino. — E se ele for apenas um cara?

Eu bebo minha água. — Ele não é apenas um cara.

— Mas e se? — ela pergunta.

Eu encolho os ombros. — Nesse cenário muito improvável, eu poderia sair com ele.

Claro, não ouso esperar que ele seja apenas um cara. Todas as evidências apontam para o contrário.

Ela quase pula de empolgação. — Eu sabia. Você gosta desse cara.

— Não, não gosto — digo, desejando poder me convencer.

— Você goooosta dele. — Olive está claramente voltando aos nossos anos de Ensino Médio – algo que minhas companheiras de útero tendem a trazer uma a outra. Se eu não agir rápido, ela cantará algo como "Blue e Max estão sentados em uma árvore. S-E-B-E-I-J-A-N-D-O."

— Chega de falar sobre mim — digo. — Quais são seus planos?

Ela reage como se minha pergunta fosse um balde de gelo na cara.

Eu imediatamente me sinto mal, então, digo rapidamente: — Veja bem, você pode ficar comigo o tempo que precisar.

Sei que o refúgio de animais marinhos em que ela trabalhava fechou recentemente e ela está lutando para encontrar um emprego semelhante em sua área.

— Eu me candidatei a vários empregos fora do estado — diz ela. — Agora que estou solteira, posso ir a qualquer lugar, o que realmente ajuda.

Eu fico boquiaberta com ela. — Você está saindo de Nova York?

O garçom chega com nossa comida e Olive espera para responder até que tenhamos privacidade novamente.

— Por mais que sinta sua falta e de todos, sem falar desta cidade, os empregos de que preciso quase nunca são ofertados aqui — diz ela.

Cortei meu bife. — Então, onde você se inscreveu?

— Em todo o país, mas curiosamente, o anúncio de emprego mais promissor foi no Palm Pilot.

Eu sorrio. — Você já disse a eles?

Ela balança a cabeça. — Só direi a eles se conseguir o emprego.

Palm Islet – ou Palm Pilot, como a chamamos de brincadeira – é a cidade da Flórida onde moram nossos avós aposentados. É também o lugar para onde minhas irmãs, que não podem pagar férias de verdade, vão quando querem fazer uma pausa.

Se Olive conseguisse esse emprego, seria perfeito para ela.

Bem, quase perfeito.

A Flórida é o "Estado do Sol" e ela tem se preocupado excessivamente com a proteção UV recentemente.

Não menciono isso, e não apenas para evitar atrapalhar os planos dela. Estou com um pouco de medo de saber do que se trata todo o negócio de protetores solares. Estou preocupada que, se Olive explicar isso, vou acabar continuando no escuro. Evitar o tópico é minha estratégia geral quando minhas irmãs desenvolvem peculiaridades estranhas – e elas parecem propensas a isso. Nunca é algo lógico, como minha cautela perfeitamente compreensível com as máquinas de matar que são pássaros.

Pensando bem, será que Gia ficou pálida como um vampiro por falar com Olive? Ela disse que era para sua personagem de palco, mas isso me faz pensar se...

— Terra chamando Blue — Olive diz incisivamente.

Porcaria. — Desculpe — digo, e voltamos à nossa refeição, apenas para mudar para o assunto sem o qual nosso bando não pode viver: fofocarmos uns sobre os outros.

Depois do jantar, vamos ao show de Gia, e Olive volta ao volante. Quando paramos ao lado de um hotel gigante chamado The Palace, eu franzo a testa.

Por que esse nome parece familiar? Eu vi em algum programa de TV? Não é apenas chamado The Palace (o palácio); parece um também, então, posso ver por que pode ser exibido.

Abrimos as portas da van e um manobrista franze o nariz para as chaves de Olive.

Bem, idiota. Sua generosa gorjeta acaba de encolher.

Enquanto nos dirigimos para as portas da frente, finalmente me ocorre.

The Palace é onde meu aparelho GPS marcou a localização do Hot Poker Club.

Isso é incrível. Não só posso apoiar minha irmã, mas também posso bisbilhotar depois do show e aprender mais sobre o clube.

Exceto, quando entramos no saguão do hotel, eu percebo que não terei a chance de bisbilhotar.

Ou ver o show de Gia.

Ou dar outro passo.

Não com os horrores que nos cercam por todos os lados.

Pássaros. Muitos pássaros.

CAPÍTULO
Treze

MEU CORAÇÃO dispara tão rápido que meu peito dói.

O saguão está repleto de gaiolas cheias de papagaios que gritam como banshees famintos por sangue. Esta é a única área onde os papagaios são muito piores do que os palhaços assassinos. Por serem menores, mais deles podem ser amontoados em um determinado espaço, e algum sádico suicida fez exatamente isso.

Por pior que seja, fica ainda pior.

Existem pavões vagando livremente.

Incontáveis pavões, com aquelas horríveis caudas abertas de forma provocadora, sem se importar com ninguém que pudessem machucar.

Com os joelhos fracos, dou um passo trêmulo para trás. Depois outro e outro. Assim que miro as portas, giro nos calcanhares e fujo. Em algum ponto, paro e tento equilibrar minha respiração supersônica.

— Que porra é essa? — Olive bufa quando me alcança.

— Pássaros — digo.

— Oh, certo. — Ela põe a mão no meu ombro. — Você está bem?

Eu balanço minha cabeça. — Por favor, diga a Gia que sinto muito. Eu não vou ao show.

— Dizer a Gia? — Ela puxa a mão de volta. — Você sabe o que ela faz quando está chateada?

— Prega peças, eu sei, mas o que posso fazer?

— Ir ao show? — Olive sugere.

— Isso não. Eu vou em outro show dela.

— Eu acho que este local deu a ela um show de longo prazo. Pode não haver outro em outro lugar.

Eu encolho os ombros. — Prefiro a ira de Gia aos pássaros em qualquer momento.

Olive parece pensativa. — Que tal você me dar sua peruca? Posso colocá-la e falar com Gia como você depois do show.

— Obrigada, mas não — digo. — Se fosse qualquer outra pessoa, eu arriscaria, mas Gia é esperta.

— Você está certa — diz Olive. — Melhor não arriscar. Você está bem o suficiente para eu deixá-la sozinha?

— Sim. Vá.

Ela me deixa em paz com relutância, e vou até a calçada para chamar um táxi.

— Ei — uma voz familiar fala atrás de mim. — Acho que você está indo para o lado errado.

Eu me viro e sorrio.

Só uma pessoa que conheço se veste como pirata.

É Clarice, a mágica colega de quarto de Gia e minha ex-instrutora de pôquer.

— Eu não vou ao show — falo. — Não dessa vez.

Como costuma fazer quando está nervosa, Clarice pega um baralho e começa a jogar com eles. — Como foi seu jogo de pôquer?

Ah. Eu sei do que se trata.

— O jogo foi incrível — digo. — Eu ia mandar uma mensagem para você com a ótima notícia. Dobrei meu valor, o que significa que vou te ajudar. Isto é, supondo que você ainda queira ir depois de eu lhe contar sobre as precauções de segurança que eles tomam.

Eu descrevo o saco preto sobre a cabeça e o resto, mas isso não diminui seu entusiasmo nem um pouco. Eu penso em dizer a ela que ela vai para o prédio onde o jogo acontecerá, mas decido contra – para sua proteção. Menos pessoas morrem por saberem de menos do que por saberem demais, pelo menos em filmes de espionagem.

— Não acredito que vou ao jogo. — Clarice faz um corte super sofisticado com as cartas que deve ter levado um ano de prática para dominar. — Não sei como te agradecer.

Eu pisco para ela. — Metade de seus ganhos serão o bastante. Falamos sobre os detalhes amanhã?

Ela embolsa suas cartas. — Sim. Agora é melhor eu ir assistir ao show.

— Aproveite.

Ela sai correndo e eu pego um táxi.

Quando chego em casa, percebo algo retroativamente horrível.

Para me levar ao Hot Poker Club, a equipe de segurança deve ter me levado pelo saguão com os papagaios e os pavões. Eu estava vendada, então, não sabia o perigo que corria no momento, mas tive sorte de ter sobrevivido.

A menos que... eles tenham uma entrada secreta no hotel e me levaram dessa forma.

Sim. Deve ser esse o caso. Afinal, outros clientes do hotel olhariam estranho para alguém sendo arrastado pelo saguão com um saco na cabeça. Além disso, eu teria ouvido aqueles gritos de papagaio até mesmo com os protetores de ouvido.

Mas espere, se há uma entrada secreta, eu poderia usá-la para chegar ao show de Gia?

Nah. Provavelmente está bem guardada. Além disso, já é tarde demais. Até voltar para o hotel, o show está quase acabando.

Certo. Acho que terminei o dia.

Acendo a luz da sala de estar e pego Machete espiando Beaky do outro lado do canto. Beaky o encara de volta com seus olhos de outro mundo, então, faz o que parece um gesto rude com seus tentáculos.

O gato recua.

Machete não está fugindo. Machete queria ver se o peixe ainda está quebrado, e está. Machete se recusa a comê-lo. Ou olhar para isso. Ou estar na mesma sala com ele.

Com um sorriso, coloco a comida de Machete em sua tigela.

Sim. Isso mesmo, pequena humana. Magnânimo Machete vai deixar você acordar mais um dia com o rosto intocado.

Quando estou quase indo para a cama, recebo uma mensagem de Max. É uma foto da criatura mais fofa com uma legenda: Isso é um mico-imperador barbudo.

Seu plano maligno é me fazer produzir oxitocina

olhando para essas criaturas, então, associo a sensação de bem-estar a ele?

Porque pode estar funcionando.

É um nome chique, eu respondo. *Principalmente considerando que a coisa parece um macaco hipster com um bigode irônico. Se você quer algo fofo, aqui.*

Eu faço uma pesquisa rápida online e mando para ele a foto de um lêmure de Madagascar chamado aye-aye.

Max responde com um emoji de rosto gritando de medo e: *Se o Nosferatu fosse um macaco e tivesse mãos de aranha, ele seria assim.*

Sério, preciso observar minha produção de oxitocina. Talvez eu devesse entrar no Atosiban, um medicamento que inibe a referida produção. Geralmente é usado para interromper o trabalho de parto prematuro, mas pode ser de uso de espionagem não-parturiente – um pouco como o tiopental sódico, um anestésico que alguns no mundo da espionagem usam como soro da verdade.

Mas não. Isso provavelmente é um exagero. A força de vontade terá que ser suficiente.

Indo para a cama, mando uma mensagem para ele. *Vejo você amanhã.*

Ele responde imediatamente:

Agora, estou imaginando você na cama. Bons sonhos.

Droga. Por que estou imaginando ele na cama agora? Ou mais precisamente, nós juntos?

Escolas de sedução russas estúpidas. Eles prepararam Max um pouco bem demais.

Com um suspiro, desligo meu telefone. Tenho uma decisão importante a tomar.

Me masturbar ou não – eis a questão.

Se eu me masturbar, posso pensar em Max enquanto faço isso, o que seria ruim, mas se eu não me masturbar, estarei mais sexualmente carregada quando o vir amanhã. Também ruim.

Aposto que a decisão de Hamlet não foi tão difícil.

Não. Não devo pensar em Max de forma alguma. Nem me masturbar. Mantê-lo fora da minha mente se eu me masturbasse seria uma façanha de que sou incapaz, como resistir a uma técnica aprimorada de interrogatório usando pássaros.

Assim decidido, subo na cama e tento dormir, apenas para falhar por um tempo. Eventualmente, porém, Machete se aconchega em mim e seu ronronar me faz apagar.

CAPÍTULO
Catorze

NA MANHÃ SEGUINTE, entro em meu prédio de trabalho.

Dizer que não é aconchegante seria um eufemismo. Além de não ter janelas, é sombrio e frio, mas olha, foi construído para resistir a uma explosão nuclear, então, posso me animar com aquele factóide em um lindo dia ensolarado.

Como tudo a ver com meu trabalho, não posso dizer mais sobre o prédio porque é confidencial, mas pode ou não ter aparecido no episódio *Arquivo X* intitulado *Isto*, bem como na terceira temporada de *Mr. Robot*, onde parecia ser o depósito da Evil Corp.

Sim. Esse último foi sutil.

Quando chego à minha mesa, um colega – nome confidencial – pergunta: — Como foi seu fim de semana?

O resto da troca não é confidencial, mas é tão chato que serei gentil e eliminarei do registro.

Quando eu entro no **software de mensagens confidenciais**, meu chefe – nome confidencial – me dá algum trabalho a fazer, cujos detalhes, você adivinhou, são confidenciais.

Como sempre acontece, termino mais rápido do que meu chefe esperava. Eu sou boa no meu trabalho. Eu apenas prefiro o trabalho de campo a calcular números – ou qualquer que seja meu trabalho hipotético e altamente confidencial.

Solicito que meu chefe me dê outro projeto para trabalhar e, enquanto espero, faço algo que não deveria: utilizo recursos de trabalho – a maioria deles confidencial – para uso pessoal.

Começo com as frutas mais fáceis de alcançar.

Usando **confidencial**, posso verificar que Max Stolyar se formou na Universidade de York. Em seguida, procuro tudo o mais que Max me disse, como ele ter nascido no Canadá e ter quatro irmãos.

Sim. Tudo verdade. Então, novamente, eu não esperava que fosse de outra forma. Ele não seria um espião que valesse a pena se essas informações básicas não fossem confirmadas.

Não me atrevo a cavar mais fundo. Em vez disso, busco um especialista em Canadá, classificado como confidencial, que me deve uma. Coloco na linha de assunto "Favor pessoal" para deixar claro que este não é um assunto oficial da agência.

A resposta é rápida:

Tenho muita coisa pra fazer esta semana. Desculpa. Vejo isso assim que liberar.

É uma merda, mas não inesperado. Por enquanto, há outra coisa que posso tentar. Como eu sei o número de

Max, eu uso **confidencial** para entrar em seu telefone.

Falha.

Em vez disso, uso **confidencial**.

Mesma falta de resultados.

Estou desapontada, mas não surpresa. Esta é apenas mais uma pista de que ele faz parte da comunidade de inteligência. Obter acesso ao nosso hardware não é tão fácil quanto o de um civil normal. Se ele tentasse entrar no meu telefone, também falharia. Esperançosamente.

Existem, é claro, outros métodos que posso usar para forçar minha entrada, mas isso pode me denunciar.

É melhor eu passar para outra coisa.

Olhando em volta furtivamente, retiro um pen drive da minha peruca Faraday e transfiro as fotos que salvei lá para o meu computador de trabalho.

Assim que termino, escondo o pen drive na minha peruca. Trazer dispositivos de gravação de qualquer tipo é uma grande violação de protocolo, já que é assim que você começa as situações de Snowden. Dedos cruzados, ninguém me pergunta sobre isso na próxima entrevista surpresa do polígrafo... Espere, *isso* é confidencial?

Prossigo para ligar os rostos de todos os homens no jogo Hot Poker em que observei seus nomes, e então faço o mesmo com a mulher com quem Max tinha falado.

De posse dos nomes, fico sabendo mais sobre essas pessoas, a começar pela mulher.

Estranho.

Ela é uma executiva do JP Morgan. O que o banco de investimento tem a ver com a Rússia?

Nenhuma pista. Talvez ela esteja envolvida no financiamento do terrorismo, ou talvez isso tenha a ver com algum conflito em que a Rússia está? Eles não perturbaram a Ucrânia novamente na outra semana?

Alternativamente, Max poderia ter configurado tudo isso como um estratagema. Talvez ele soubesse que eu o seguiria?

Nah. Estou sendo paranoica.

A outra possibilidade – que o encontro com ela foi pessoal – também ainda está em jogo, e eu odeio o quanto isso me incomoda.

Para me distrair, procuro os homens do Hot Poker Club. Afinal, um deles parecia ser o alvo de Max.

Começo com o único jogador pouco atraente e descubro que ele é proprietário de uma empresa de petróleo.

A Rússia estaria interessada nele?

Improvável. Eles têm bastante óleo próprio.

O próximo cara – aquele que construiu uma escultura com suas fichas – se chama Bogdan Velik e não tem uma ocupação listada. Ele poderia ser um traficante profissional de pôquer? Terei que enviar mensagem para meu contato do FBI para ver se eles sabem.

Outro cara acabou sendo dono de um fundo de hedge. Max se importaria com ele? Talvez este fundo negocie com ações russas?

Depois, há o magnata do mercado imobiliário. Era ele quem Max estava atrás? Talvez a Rússia queira investir em alguma propriedade nobre de Manhattan? Mas por que fazer isso secretamente?

Hmm. Talvez esse próximo cara fosse o alvo de Max. Ele é o CEO de uma empresa de biotecnologia. Não parece que a empresa fabrica nada que possa ser transformado em arma, mas você nunca sabe o que a Rússia pode achar interessante. Pelo que eu sei, eles estão procurando uma bebida que seja mais forte do que vodka – ou a cura definitiva para a ressaca.

A próxima pessoa que procuro é Bagunçado, cujo nome real não me preocupo em memorizar porque ele sempre será Bagunçado para mim.

Interessante. Bagunçado é engenheiro de software. Não é exatamente um trabalho que paga bem o suficiente para estar naquele jogo. Ele poderia ser o alvo de Max?

Eu verifico os **confidenciais** e vejo que a empresa de software do Bagunçado faz plataformas de negociação, o que não é algo no qual a Rússia estaria interessada.

Envio todos os nomes que descobri ao meu contato do FBI – em parte para ver se posso aprender mais, mas também para dar mais legitimidade às minhas ações, caso seja pega. Colaborar com agências parece bom; uma funcionária desonesta bisbilhotando por conta própria, nem tanto.

Não tenho desculpa para a próxima parte, então, duplamente espero não ser pega fazendo isso. Usando **confidencial**, localizo o telefone de Brett e coloco um aplicativo de rastreamento nele. Agora, vou receber um alerta se ele chegar a quinze metros de Olive – ou mais especificamente, de seu telefone.

Por último, mas não menos importante, como vingança por arranhar o carro de Olive, eu preparo para que ele seja auditado pelo IR no próximo ano.

Porcaria. Já é hora do almoço.

Estou prestes a sair quando recebo uma mensagem do meu contato do FBI.

São informações sobre Bogdan, o cara que construiu uma escultura com suas fichas. O FBI pensa que ele é o organizador do Hot Poker Club. Além disso, eu sou fortemente aconselhada a não irritar seu lado ruim. De acordo com um informante, esse cara tem a reputação de ser extremamente perigoso.

É aquele cujo telefone Max queria grampear?

Não, duvido disso. Por que a pessoa que dirige o clube manteria seu telefone em um armário? Seria em seu escritório ou em algum lugar assim.

Meu coração pula uma batida quando penso naquela noite. Se este Bogdan realmente *é* perigoso, Max poderia ter se machucado.

Por falar em Max, vou me atrasar para o nosso almoço.

―――――――

Correndo para fora do meu prédio, pulo em um táxi e digo o endereço que Max me mandou por mensagem.

O táxi dirige muito devagar, fazendo-me desejar ter trazido meu carro hoje. Decidi não fazer isso porque meu prédio de trabalho fica a poucos passos do meu apartamento, e o estacionamento em Manhattan pode ser uma verdadeira dor de cabeça.

Para matar o tempo, ligo para Gia.

— Ei, mana — ela diz.

— Ei. Eu sinto muito.

Gia limpa a garganta. — O que você sente muito dessa vez?

Isso é um truque? Provavelmente. Toda a vida de Gia é.

— Havia pássaros naquele saguão. — Faço o meu melhor para parecer o mais apologética possível.

— Você perdeu o show?

Porra. Ela não sabia?

Além disso, por que ela parece culpada em vez de chateada? Isso tem que ser um truque.

— Sinto muito — digo. — Não consegui entrar. Seria como entrar em um hospital. Se você se apresentar em qualquer outro lugar, eu estarei lá, juro.

— Na verdade, sou eu que devo me desculpar — diz Gia. — Quando entro naquele saguão, sempre penso no quanto você odiaria, mas quando a convidei, esqueci totalmente.

Eu fico boquiaberta com ela. Sério, isso é um truque?

— Ainda assim — digo com cautela. — Eu deveria ter superado isso, por você.

O sorriso de Gia é diabólico. — Eu aprecio sua honestidade. Acontece que eu terei um show em um local diferente em breve, e eu poderia usar rostos amigáveis na platéia. Você vai, certo?

Quase consigo ouvir o "ou então".

— Eu estarei lá — digo solenemente.

— Bom — ela diz. — E devemos nos encontrar para que você possa retribuir o favor que me deve.

Eu esqueci disso. Não admira que ela seja tão misericordiosa. Ela ainda precisa de mim viva.

— Sempre que você quiser — digo.

— Entrarei em contato com os detalhes. Tanto para o show quanto para a reunião.

— Certo. — Mudo para uma forma de Pig Latin que desenvolvi quando éramos crianças – minha primeira conquista relacionada à criptografia. A ideia por trás disso era contar segredos na frente de nossos pais, mas também manterá o motorista de táxi por fora. — Eu estava me perguntando... como você conseguiu esse local? The Palace, quero dizer?

— Por quê? — Gia pergunta.

— O Hot Poker Club fica no mesmo hotel.

Isso é silêncio chocado?

— Não é possível — ela diz.

— É, sim.

— Bem, eu consegui o show porque aquele hotel pertence ao irmão do meu namorado.

— O nome do irmão é Bogdan Velik? — pergunto.

— Não — ela diz. — O nome dele é Kazimir Cezaroff, ou simplesmente Kaz.

Certo. Ela mencionou isso quando me contou sobre seu novo namorado. Só não me lembrava do nome do hotel.

— Quem é esse Bogdan então? — pergunto.

— Não tenho certeza. Vou perguntar, no entanto.

— Obrigada. Quando você descobrir, me avise.

Ela diz que vai, e eu desligo. Em seguida, ligo para

Clarice e organizamos tudo para que ela possa entrar no Hot Poker Club quando for conveniente.

— Posso fazer isso em breve? — ela pergunta.

— Você decide.

— Não quero te atrapalhar — diz ela.

— Eu não vou lá de novo. Eles são todos seus.

Ela ri. — Obrigada.

Eu a advirto para não mexer com Bogdan enquanto ela estiver lá e desligo quando o táxi encosta no meio-fio.

Eu fico olhando para a placa do restaurante que Max escolheu.

Сало.

Escrito em letras inglesas como *salo*, é uma palavra russa para um prato que, pelo que entendi, é pura gordura animal – como banha de porco. Supostamente, vai bem com vodka em um dia frio. Eu acho que se você quer ter certeza de morrer de um ataque cardíaco antes que seu fígado ceda, esse é o prato perfeito.

Posso apenas imaginar o processo de pensamento do inventor russo enquanto ele estava criando essa iguaria. Os americanos comem bacon? Mariquinhas. Bacon tem um pouco de carne. Sendo russos, vamos nos livrar de qualquer carne. Eles fritam os deles? Vamos comer o nosso cru ou, na melhor das hipóteses, curá-lo.

Isso significa que este é um restaurante russo?

Quando entro, ouço vozes falando no que parece russo, e os rostos dos atendentes compartilham as características eslavas de Max.

Que diabos? Max tem zero fé em minhas habilidades de ver através de sua capa fina como uma bolha de sabão? Ou isso é uma psicologia reversa esquisita?

Talvez ele espere que eu me apaixone pela comida e queira desertar para a Rússia?

— Oi — Uma voz masculina profunda e familiar fala atrás de mim.

CAPÍTULO
Quinze

EU ME VIRO e quase suspiro.

Faz apenas um dia, mas eu já esqueci o efeito total da proximidade de Max.

Não tenho certeza sobre a comida russa, mas aquele cabelo e aqueles lábios podem ter uma chance de me ceder.

Ele chega mais perto.

Minha frequência cardíaca acelera.

Estamos prestes a nos beijar de novo? Não seria muito propício para manter meu juízo, mas...

Uma garçonete se coloca entre nós, seus olhos piscando grudados em Max. Coquete, ela balbucia algo em russo enquanto eu luto contra a vontade de levá-la ao chão com um chute de Krav Maga no fígado.

Pelo menos acho que ela está falando russo. Parece um pouco estranho. Talvez ela não seja fluente?

Max dá um passo para trás antes de contorná-la para pegar minha mão. — Qualquer mesa está bem —

diz ele em inglês enquanto um formigamento sobe pelo meu braço, de onde nossas palmas estão se tocando.

A garçonete encara nossas mãos unidas, em seguida, mostra um sorriso falso enquanto nos acomoda perto da janela. Sem dizer uma palavra, ela coloca um cardápio em minhas mãos e entrega o de Max de uma forma mais gentil.

— Você conhece ela? — pergunto quando a garçonete sai.

— Não pelo nome, mas já a vi antes. Eu conheço todo mundo aqui. Eu venho aqui o tempo todo.

Um restaurante russo onde ele vem o tempo todo.

É como se ele estivesse me provocando com sua russidade.

— Você trabalha por perto? — pergunto.

Ele balança a cabeça. — É apenas um lugar que frequento quando sinto saudades de casa.

Ok, não há como tentar e essa é a resposta. Qual é o jogo dele? Talvez eu deva apenas perguntar abertamente se ele é um espião russo neste momento. É isso que ele quer?

Cansada de ficar confusa, olho para o menu. É inglês de um lado e russo do outro.

Borscht, salo – obviamente – e *blini*, todos os itens básicos da culinária russa.

Mas espere. Isso é realmente russo no menu? Alguns pratos têm o "I" minúsculo em seus nomes. Essa não é uma letra do alfabeto russo. Além disso, as panquecas de batata são um prato russo?

— Você quer que eu peça algo para você? — Max

pergunta, provavelmente entendendo mal minha expressão.

— Que cozinha é esta? — pergunto.

Ele me mostra sua covinha. — Ucraniana. Já experimentou?

Ucraniana?

Rússia e Ucrânia não estão exatamente em bons termos. É esse o ângulo sutil que ele está jogando?

Eu decido ir em frente. — Por que a comida ucraniana deixa você com saudades de casa?

Se ele me disser que o borscht substituiu o poutine como um prato tradicional canadense, vou simplesmente acusá-lo de ser um espião.

Ele abaixa o menu. — Sou ucraniano-canadense.

— Huh? — É a minha resposta de gênio.

— Meus pais imigraram da Ucrânia para o Canadá. Fazia parte da URSS naquela época.

— Oh. — Estou na maré de sorte de respostas engraçadinhas.

— Os ucranianos são o sétimo maior grupo étnico do Canadá. Somos mais de um milhão.

Como é que eu nunca ouvi isso? Deve ser verdade, no entanto. Ele não se deixaria ser pego numa declaração tão facilmente verificável de outra forma.

Retiro todas as minhas pesquisas anteriores em seu disfarce. Acontece que é diabolicamente inteligente. Com essa única reviravolta, ele tem uma explicação para seus traços faciais eslavos, sua habilidade de pronunciar consoantes suaves e seu desejo por borscht.

— Huh — É a minha última pérola de resposta.

— Sim. Temos muitos paralelos com os ítalo-americanos — diz ele. — Você sabia que eles também estão em sétimo lugar nos EUA?

Eu balanço minha cabeça.

— É verdade. E como eles, mantemos as tradições do nosso país, especialmente quando se trata de comida. — Ele levanta o menu. — É por isso que, quando você disse que podíamos comer em qualquer lugar, escolhi este lugar. Tudo bem?

— Claro — digo, feliz por finalmente ter recuperado meu juízo. — Eu gosto de experimentar coisas novas.

Ele me dá uma olhada acalorada. — Isso é bom. Acho que você deveria dar uma chance à ucraniana.

Engulo em seco. Por que estou imaginando algo diferente de comida entrando em minha boca? Algo com o nobre nome de gladiador.

Limpo minha garganta estranhamente seca. — Voltando à sua oferta anterior, por favor, peça algo para mim que você acha que eu possa gostar.

— Boa escolha, *sonechko* — ele murmura.

Eu viro meu menu. — O que significa *sonechko*?

— É ucraniano. Significa o sol.

Resistir. Desmaiar. Sobrecarga.

A garçonete volta.

Max fala animadamente com ela no que agora sei que é ucraniano. De vez em quando, consigo distinguir uma ou duas palavras, como *borscht*, *salo* e *holodets*.

Enquanto eles conversam, fico pensando se ele poderia ser um espião ucraniano em vez de russo. Sua agência de inteligência é chamada de SBU e tem um passado conturbado quando se trata da Rússia. Inicialmente um ramo da KGB, a SBU foi profundamente infiltrada por espiões russos depois que a Ucrânia se tornou independente. Isso significa que, mesmo que ele seja um espião ucraniano, ele também pode ser um agente duplo russo. Ou não. Alguns anos atrás, eles limparam a loja e agora afirmam ter protocolos muito mais rígidos para evitar infiltrações, chegando ao ponto de realizar testes de lealdade regularmente por meio de interrogatórios e testes de detector de mentiras.

De qualquer forma, um espião estrangeiro é um espião estrangeiro.

A garçonete vai embora e eu decido sutilmente sondá-lo em busca de conhecimento de espionagem.

— Que tipo de filmes você gosta? — pergunto.

Antes que ele pudesse responder, a garçonete volta e coloca duas tigelas de sopa vermelha escura na nossa frente.

Borscht. Claro.

— Não tenho um gênero específico de que gosto — diz ele. — Mas todos os meus filmes favoritos têm animais neles. Caso você não tenha percebido, eu realmente gosto de animais.

Existe uma correlação entre gostar de animais e ser um animal na cama?

Perguntando por um amigo.

— Você não escondeu muito bem — digo. — Qual é seu favorito? *O livro da Selva*? *O Rei Leão*?

Ele mergulha uma colher de pau em seu borscht. — Você vai tirar sarro de mim, mas meu filme favorito se chama *Max*. É sobre um cão de guerra.

Isso é uma pista? Um espião se veria em um cão de

guerra estressado?

— Eu, tirar sarro de você? Nunca. — Eu me abano.

— Só porque isso soa supernarcisista, não significa que seja engraçado. Certo?

Em sua defesa, se houvesse um filme de espionagem com uma liderança chamada Blue, também seria o meu favorito.

Ele sorri e leva uma colher de sopa à boca. — E você? Que tipo de filmes você gosta?

Bingo. — Filmes de espionagem — digo, observando sua reação.

Ele não vacila. Em vez disso, ele engole o borscht e fecha os olhos de prazer.

Certo. Dois podem jogar este jogo.

Eu pego uma colher de borscht – e depois cuspo fora, instantaneamente.

Supõe-se que o borscht tenha beterraba, batata, repolho e assim por diante, mas o principal, e talvez o único ingrediente desse ingrediente é o alho.

Alho suficiente para matar todos os vampiros da Transilvânia e Sunnydale juntos.

— O que há de errado? — Max pergunta.

— Muito pouco borscht no meu alho — resmungo.

Ele franze a testa. — Quase não há alho no meu.

Ele é louco?

Ele experimenta minha sopa e sua carranca se aprofunda.

Acenando para a garçonete, ele fala com ela severamente. Ela parece inocente quando responde a ele, mas quando ela lança um olhar para mim, tenho certeza de que foi ela quem jogou todo o alho em meu borscht.

Depois que ela pega minha tigela e sai, eu digo — Talvez nós consigamos outra garçonete. Acho que ela pode gostar muito de você para não adicionar veneno de rato na minha próxima porção, junto com um pouco de cuspe.

Ele coloca seu borscht na minha frente. — Tenho uma ideia melhor.

Ele acena para a garçonete enquanto eu provo a sopa.

Uau. A delícia saborosa disso quase me faz gemer alto.

O que eles fizeram com essas beterrabas? Massageou-as e deu-lhes cerveja, como os japoneses fazem com o bife Kobe?

A garçonete se aproxima e olha para a troca de pratos com preocupação.

— Antes de você trazer o próximo prato, gostaria de lembrá-la de que sou um bom amigo do proprietário — Max diz a ela em inglês. — Além disso, compartilharemos tudo daqui para frente.

Ela empalidece. Acho que ela quer manter este emprego.

Tenho certeza agora que o alho foi dela, e não algum problema na cozinha. Ela estava tentando sabotar nosso beijo pós-almoço? Já ouvi falar de mulheres que alimentam seus maridos com alho para garantir que eles não trapaceiem, mas fazer isso com uma rival feminina é um novo nível de desonestidade.

Caramba. Como vou beijá-lo agora?

Eu decido que tenho que retaliar.

— Obrigada. — Movo a sopa de Max para o lado dele. — Por que não compartilhamos, como você disse?

Ele sorri e pega sua colher.

Eu tiro meu telefone de debaixo da toalha de mesa que vai até o chão.

Os aplicativos que estou prestes a usar não são confidenciais porque eu os criei sozinha. Provavelmente são ilegais, portanto, quanto menos falarmos sobre eles, melhor.

Primeiro, eu entro no Wi-Fi local para os clientes e, de lá, na rede privada do restaurante.

Pessoas como eu são o motivo pelo qual o uso de Wi-Fi público não é seguro.

Apenas um pequeno número de dispositivos está conectado a essa rede, e menos ainda são telefones. Eu pulo no primeiro telefone – não, o nome de um cara. Eu pego outro. Mulher. Bom. E tem aplicativos de mídia social instalados. Melhor ainda.

Eu executo o aplicativo do Twitter primeiro.

Sim. A foto do perfil é da garçonete. Estou dentro do telefone dela, como pretendido.

Misteriosamente, seu próximo tweet é o seguinte, em inglês e traduzido pelo Google para o ucraniano:

Acabei de fazer cocô nas calças de novo!

Esta informação muito informativa torna-se uma atualização em seu perfil no Facebook também.

— Sua vez. — Max me dá a sopa de volta.

Eu escondo meu telefone e como outra colherada.

Tão bom.

Devolvo a ele. — Há alguma diferença entre as receitas de borscht russa e ucraniana?

— Eu diria que há uma pequena diferença em cada receita de família. — Ele engole outra colherada com gosto. — Eu gosto deste lugar porque a receita deles é parecida com a da minha mãe. O dela é um pouco mais grosso.

Quais são as chances de a mãe dele ter a receita armazenada em formato digital que eu possa roubar? Então, eu poderia fazer isso para ele. Sedução pelo estômago não é algo que eu já vi filmes de femmes fatales fazer, mas por que não?

A garçonete está de volta. Ela está carregando outro borscht. Parecendo confusa, ela o coloca no meio da mesa.

Max pega primeiro e prova-o intencionalmente.

— Obrigado — ele diz, olhando para cima.

Quando ela começa a se afastar, ela pega o telefone e seus olhos se arregalam.

Abro um aplicativo de tradução no meu telefone e digito: "Como você, o carma pode ser uma verdadeira vadia". Em seguida, faço o app dizer isso em ucraniano.

Ela se vira na minha direção, seus olhos ainda mais arregalados.

— Oops — digo. — Este aplicativo de tradução é claramente incompetente. Eu queria dizer: 'Obrigada por ser tão complacente'.

Com uma bufada, ela se vira e sai tempestuosamente.

— O que foi aquilo? — Max pergunta.

Eu encolho os ombros. — Alguém parece ter uma queda maior por você do que pensamos inicialmente.

Ele empurra o novo borscht na minha direção. — Eu não me importo com o que ela pensa.

Ótima resposta. Ele vai viver.

— Sobre o que estávamos falando antes? — pergunto, curiosa se ele vai se esquivar do assunto de filmes de espionagem, por razões óbvias.

— Você disse que gosta de filmes de espionagem — ele diz. — Você tem um favorito?

Audacioso.

Conto a ele sobre os programas e filmes que amo, talvez um pouco apaixonadamente.

Um garçom se aproxima, segurando dois pratos. — Como vocês falam inglês, pediram-me para assumir sua mesa.

Certo. É só por isso. Não porque aquela garçonete está fazendo cocô na calcinha de medo (de novo?), graças a mim.

Quando o cara sai, eu verifico a nova entrada. Parecem panquecas. Devem ser aquelas de batata que vi no menu. Eu provo uma.

Hum.

— Qual é o elemento mais realista que você já viu em um filme de espionagem? — Max pergunta. — Sem entrar em nada confidencial, é claro.

Eu mastigo minha panqueca pensativamente antes de dizer: — Emissoras de números.

Observo sua reação novamente, mas sua expressão impassível torna impossível obter qualquer vantagem dessa forma.

— Emissoras de números — ele repete.

— Sim. Você sabe o que são?

Quão ousado ele é?

— Não são emissoras de rádio que transmitem um monte de números? — ele pergunta. — Para oficiais de inteligência operando em terras estrangeiras, certo?

Eu concordo. Realmente corajoso. Isso é exatamente o que elas são – e o fato de que ele sabe disso significa que ele usa um... a menos que ele não use um e isso é uma pista falsa que ele está jogando em minha direção. Com espiões, você deve observar tramas dentro de tramas.

O garçom volta com algo novo, um formato redondo empanado que parece frito.

— O que é isso? — pergunto quando ele sai.

— Não tenho certeza se a melhor analogia seria um hambúrguer ou um bife — Max diz. — É feito de frango e é no estilo de Kiev, o que significa que tem manteiga derretida no meio.

Eu me afasto da mesa. — Você disse frango?

Ele olha para a coisa e estremece. — Receio que sim. Não percebi que sua antipatia por pássaros se estendia às preferências culinárias. Achei que você realmente gostaria de comê-los como vingança.

Eu balanço minha cabeça com veemência. — Pense em tarântulas. Aquelas voadoras que podem bicar seus olhos. Você comeria uma tarântula?

— Não diga mais nada. — Ele chama o garçom e o prato é levado embora.

— Oh, eu não queria que você ficasse sem — digo.

Sua covinha aparece. — Eu não quero que você fique enojada de mim mais tarde.

Porra. Ele está aberto sobre seu plano de me beijar. A melhor distração de um pássaro cozido de todos os tempos.

Eu umedeço meus lábios. — Se alguém vai ficar enojado, será você. Lembra de todo aquele alho?

Ele olha para os meus lábios com fome. — Não me importo.

A conta, por favor.

O garçom volta e pousa um prato com pão e um pedaço de banha – *salo*. Ele também fornece dois copos de dose, que ele enche com um líquido claro que parece vodka.

— Isso é *horilka* — diz Max. — Tudo bem se tomar uma bebida no almoço?

Eu concordo.

Ele corta um pedaço de salo, coloca em um pedaço de pão e entrega no meu prato. Ele, então, faz o mesmo para si mesmo e levanta a taça. — Cuidado, este aqui tem pimenta.

Eu levanto meu copo. — Tenho certeza de que posso lidar com isso.

— *Budmo!* — Ele engole a bebida.

— Saúde. — Eu engulo a minha.

Puta merda, queima. Se ele não tivesse me avisado sobre as pimentas, eu pensaria que a garçonete malvada estava de volta.

Por que você pegaria vodka, uma bebida que já queima, e adicionaria capsaicina? Os ucranianos são masoquistas? Eles estão tentando criar a sensação de herpes, mas de corpo inteiro?

Max morde seu sanduíche salo, e eu faço o mesmo.

Isso ajuda.

Um pouco.

Acho que agora entendi a ideia por trás de horilka. Se você quer engolir um pedaço de banha, primeiro precisa queimar suas papilas gustativas.

Max cobre minha mão com a sua grande. — O que acha?

Seu toque corresponde à queimadura em minha barriga, e o calor do álcool se espalha por todas as minhas células, estabelecendo-se em meu núcleo – e não tenho certeza se esta é a influência de Max ou da horilka.

Quão forte é essa bebida? Oitenta por cento? Estou instantaneamente sentindo um zumbido.

— Estou começando a experimentar a ucraniana. — Minha voz está rouca, e não apenas da horilka.

O garçom volta com outro prato.

Max puxa sua mão. Eu sinto falta instantaneamente.

O novo item são rolos de repolho recheados chamados *golubtsi*, e eu descobri que sou uma grande fã deles, especialmente quando adiciono um montão de creme de leite conforme as instruções.

— Você tem algum animal de estimação? — pergunto quando me recupero de outro orgasmo oral.

— Infelizmente, não.

Então, ele gosta de animais, mas não tem animais de estimação? Acho que é difícil mantê-los com a agenda lotada de um espião. Isso ou ele está tentando não ter muitos apegos.

— E você? — Max pergunta.

— Eu tenho um gato.— Pego meu telefone e puxo uma foto de Machete.

Ele sorri. — Muito bonitinho.

Fico feliz que Machete não esteja aqui para arranhar seu rosto por tal insulto. — Feroz, você quer dizer.

— Claro. — Ele sorri.

Eu sorrio. — Eu também tenho atualmente um polvo genuíno em minha casa. Lembra da foto?

— Sério?

— Sim. — Puxo a imagem mais uma vez e mostro a ele. — O nome dele é Beaky.

Ele balança a cabeça. — Agora eu realmente quero visitar sua casa e vê-lo. E seu gato.

Certo. Visite minha casa para ver meu gato... não minha 'xaninha'.

Eu limpo minha garganta. — Beaky é o animal de estimação da minha irmã. Ela está comigo no momento.

— Tipo, se algum truque acontecesse, sua casa funcionaria melhor.

Seu olhar aquece. Ele pegou minha pista. Aposto que ele está prestes a...

O garçom volta.

Nããão. Max estava prestes a inventar uma desculpa para eu visitar sua casa. Estou certa disso.

Um prato é colocado na mesa.

Eu pisco para isso. E pisco mais um pouco.

É Jell-O, mas diferente de tudo que eu já vi em minha vida, e pensei ter provado todos eles – todas as cores e sabores, com e sem frutas dentro. Até mesmo doses de gelatina.

Este aqui tem carne. E cenouras e aipo – você sabe, coisas que todos associam à gelatina.

O garçom também põe na mesa um acompanhamento com uma pasta púrpura-avermelhada. Claramente algo com beterraba. E por que não, neste momento?

Max aponta para a gelatina de carne. — Isso é *holodets*. — Ele então aponta para a pasta. — E isso é *hren*, um rábano que vai muito bem com ele.

Eu guardo minhas dúvidas para mim mesma. Espero que, se eu comer isso, ele volte ao assunto de me convidar para sua casa.

— Devemos tomar outra? — pergunto.

Preciso de coragem líquida para comer essa coisa de holodets.

Ele olha para o relógio. — Eu tenho uma reunião em breve, mas mais uma deve ser suficiente. — Ele aponta para o garçom e diz algo sobre horilka em ucraniano.

Antes que eu perceba, temos mais duas doses em nossas mãos.

— Deixe-me servi-la. — Max coloca a gelatina de carne no meu prato e acrescenta um pouco de raiz-forte ao lado.

Me servir? Eu sei que ele está falando sobre o cavalheirismo à mesa pelo qual os russos – e eu acho que os ucranianos – são conhecidos, mas não posso deixar de ouvir a versão suja.

— *Budmo.*— Pego minha dose e a engulo de uma só vez.

— Ei. — Ele toma a sua.

Mesmo esperando por isso, ainda me sinto como se um dragão tivesse me feito boca a boca.

Ele come um pedaço de holodetes coberto com raiz-forte e eu sigo seu exemplo.

Oh, vamos lá. A guarnição é forte com wasabi e torna a queimadura tripla.

Desesperada, como um pedaço de carne simples de gelatina.

Uau. Acho que posso respirar novamente.

O prato não está tão ruim quanto eu esperava. Me lembra sopa. Uma sopa fria, muito espessa, com uma textura gelatinosa que derrete quando você a coloca na boca. Além disso, muito alho, então, ei, nós dois temos hálito de alho agora.

Por que mesmo isso não me deixa com menos tesão? Na verdade, estou ficando mais excitada a cada segundo. Não me masturbar ontem à noite foi um erro tático, sobre o qual todo livro de regras de femme fatale avisa.

— Gostou da cozinha ucraniana? — Max pergunta.

Pronto. Aposto que se eu disser que sim, ele vai me convidar para jantar com uma oferta de "colocar mais ucraniano dentro de mim".

— Adorei. — Minhas palavras saem roucas, um movimento de femme fatale total.

— Estou aliviado — diz ele. — Eu estava preocupado que aquela coisa de frango estragasse tudo.

Grr.

Onde está meu convite?

Pode ser hora de resolver o problema com minhas

próprias mãos e ativar o modo femme fatale completo. Ou melhor, dada a ideia que tenho, de resolver o assunto por conta própria.

Levando minha bunda para a beira do assento, tiro os sapatos.

Meu coração acelera.

Sou ousada o suficiente para fazer isso?

Excitante o suficiente?

Não me importo. Sigo em frente. Com a toalha de mesa grossa, ninguém ficará sabendo – e Max finalmente vai ceder.

Gentilmente, mas decididamente, coloco meu pé esquerdo em sua panturrilha e o corro pela coxa antes de colocá-lo em sua virilha. Ficar tímida é para virgens, freiras e agentes do IRA. Uma agente da CIA femme fatale não brinca.

Ele vai direto para o pau.

Dezesseis

Eu MOVO meu pé até sentir.

Duro.

Muito duro.

Uau. Ou Maximus é tão grande quanto o nome sugere, ou meu pé não é bom em medir o tamanho.

Os olhos de Max se arregalam.

Bingo.

Eu acaricio Maximus para cima e para baixo.

Olhos escurecendo, Max estende a mão e coloca a sua sobre a minha.

Aqui vamos nós.

Eu mexo meus dedos do pé.

Sua respiração fica presa de forma audível. Inclinando-se para frente, ele diz com voz rouca: — Toque-se.

Tão mandão.

Eu amo isso.

Eu examino meus arredores. Ninguém parece estar prestando atenção em nós.

Deslizando um pouco mais para baixo, eu enfio minha mão direita na minha calcinha encharcada e aceno para Max para que ele saiba que eu obedeci seu comando.

Seus olhos ficam bestiais.

Meu pé esquerdo dança em seu pau.

Suas narinas dilatam-se e Maximus parece prestes a despencar das calças de Max.

Meu clitóris está hipersensível ao toque, minhas dobras, escorregadias. Eu movo meus dedos mais rápido quando um orgasmo começa a se construir em meu núcleo. Deslizando ainda mais para baixo, eu puxo minha mão debaixo da dele para que eu possa agarrar o canto da mesa. Então, eu alcanço com meu outro pé e agarro Maximus em ambos os lados, estilo macaco.

Max suga o ar e se inclina para frente novamente. Sua voz é um rosnado baixo e profundo. — Você vai gozar para mim, sonechko?

Eu assinto e falo sério.

Estou perto.

Tão perto.

Acelerando, eu aperto a borda da mesa até meus dedos ficarem brancos.

Ele grunhe em aprovação.

Isso significa que ele também está perto?

Eu deslizo um pouco mais para baixo para poder agarrar Maximus de...

Um cheiro forte de alho atinge minhas narinas quando um garçom passa perto de nossa mesa, segurando um prato.

Quando vejo o que está nele, meu sangue gela.

É um pequeno pássaro que alguém crucificou por algum motivo impensável. Pelo menos é o que parece.

A visão estranha quebra minha concentração – e minha bunda escorrega da beirada da cadeira.

Tudo acontece de uma vez.

Tento tirar minha mão da calcinha, mas sem sorte.

Meu braço livre se agita, mas não agarra a mesa a tempo.

Gritando, eu bato forte, caindo de bunda enquanto um dos meus pés esmaga as bolas de Max e o outro o chuta no pau.

CAPÍTULO
Dezessete

O ROSTO de Max fica em um tom de verde que quase combina com seus olhos, e um grunhido de dor escapa de sua garganta.

Oh, meu Deus. Danifiquei o pau dele?

Meus ouvidos estão zumbindo e meu osso do cóccix parece que recebeu uma injeção de horilka.

Antes que alguém possa me prender por masturbação em público, finalmente tiro minha mão da calça. Agarrando a borda da mesa com a mão limpa, coloco minha outra mão no chão e me puxo até a metade, apenas para quase cair novamente porque a mão no chão está escorregadia – por motivos óbvios.

É quando mãos fortes me pegam.

O garçom?

Não. Max.

Como ele está se movendo depois do que acabei de fazer com ele?

No Krav Maga, aprendemos como devastar um atacante o mais brutalmente possível, e o movimento fundamental para isso é o chute na virilha, que é essencialmente o que eu fiz com ele.

No entanto, ele está me ajudando.

Deve ser outra pista sobre suas origens de espião. Em *Cassino Royale*, as bolas de James Bond são brutalmente torturadas. Aquela cena deu a alguém a ideia de treinar seus operativos para resistir a isso?

Espero que não. Felizmente, eu não machuquei as bolas ou o pau de Max de forma alguma. Ainda tenho grandes planos que os envolvem.

— Você está bem? — ele murmura, me estabelecendo na minha cadeira.

— Eu? — Eu pulo de pé. — *Você* está bem?

Ele olha para baixo. Sua voz está um pouco rouca, embora seu rosto esteja menos verde. — Eu vou ficar bem.

— Está tudo bem aqui? — O garçom pergunta.

Eu viro. Ele ainda está segurando a atrocidade crucificada na placa.

— O que é isso? — pergunto horrorizada.

— Em inglês, você chamaria de *chick tobacco* — diz o garçom. — Prensamos o frango como um panini e fritamos com alho e temperos.

Esse frango poderia fumar depois de ver, isso é certo.

— Podemos, por favor, pedir a conta? — digo, desviando meus olhos.

— E a sobremesa? — O garçom pergunta.

Balançando a cabeça, coloco meus pés nos sapatos.

— Na próxima. — Max joga algum dinheiro na mesa e me ajuda a sair do lugar.

Porcaria. Ele não está bem. Ele está caminhando como se eu tivesse dado prazer à sua noz com um pouco de entusiasmo. Se eu tivesse uma licença de femme fatale, ela seria oficialmente nula e sem efeito após a chamada tentativa de sedução.

— Sério, você está bem? — Max pergunta.

— Sério, *você* está?

— Estou bem. — Ele muda de um pé para o outro. — Eu acho que devo ir para o meu compromisso agora. Talvez pegue um pouco de gelo no caminho.

— Eu sinto muito. — Eu resisto à vontade de dizer que estou disposta a beijá-lo e fazê-lo melhorar.

— Nada para se desculpar. — Ele me beija na testa. — É melhor eu ir.

E assim, ele se foi.

CAPÍTULO
Dezoito

Um beijo na porra da testa? Depois que meus pés tiveram uma orgia BDSM com seu pau e bolas?

A menos... talvez ele esteja evitando um beijo apaixonado porque isso o excitaria muito – como apenas um beijo comigo poderia – e, assim, machucaria suas partes íntimas danificadas?

É melhor que seja isso. Eu odiaria pensar que estraguei tudo. Ou *azulei*, como minhas irmãs brincariam.

Bem, esteja ele farto de mim ou não, ainda tenho de espionar. Qualquer que seja sua reunião, preciso segui-lo e ver se consigo descobrir algo novo.

Percebo isso quando ele entra em um táxi.

Correndo, chamo meu próprio táxi e faço uma pausa. Um táxi para imediatamente. Excelente. Esta é minha chance de fazer algo que sempre vi nos filmes. Pegando uma nota de cem dólares, jogo no motorista.

— Siga aquele táxi.

O motorista me olha como se eu fosse louca – e

159

dirigindo em Nova York, esses caras têm uma alta tolerância com loucura. Felizmente, a ganância vence e ele obedece.

A boa notícia é que estamos viajando para o centro da cidade, em direção ao meu prédio de trabalho, então, meu intervalo para o almoço não durará duas horas.

Enquanto o táxi segue seu caminho através do tráfego, eu viro minha jaqueta. É vermelha por fora e amarela por dentro. Então, como da última vez, tiro minha peruca e ajeito a maquiagem.

Pronto. Uma pessoa totalmente diferente.

Quando o táxi de Max para, peço que o meu dirija um pouco adiante no quarteirão para ter certeza de não ser vista. Dou uma gorjeta generosa e saio.

O andar de Max parece mais normal enquanto ele desce o quarteirão. Bom. Quanto menos suas bolas doerem, menor a chance de ele me evitar.

Usando outros pedestres como cobertura, eu o sigo por meio quarteirão.

Ele vira a esquina ao lado de uma loja azul de aparência nova.

Isso é estranho. Por que o táxi o deixou tão longe do encontro? Ele é tão paranoico ou isso pode ser uma armadilha para mim?

Eu me imagino virando a esquina e sendo confrontada por ele.

Não. Não caio nessa. Colando meu peito contra a parede, espio um único olho pelo canto.

Aha.

Max está sentado em uma cafeteria.

Espera. O que é essa porcaria pegajosa nos meus seios? Além disso, estou sentindo cheiro de tinta?

Eu me afasto da parede e olho para baixo.

Sim. Estou coberta de azul – dentre todas as malditas cores irônicas.

Eu suspiro. Minhas habilidades furtivas hoje estão no mesmo nível do proverbial touro em uma loja de porcelana.

Qualquer que seja. Preciso saber o que Max está fazendo.

Pegando meu telefone, coloco-o no modo de câmera e o seguro para que eu possa ver atrás do canto enquanto permaneço escondida. Esta é a manobra que eu deveria ter feito em primeiro lugar.

Tcharam! Peguei você.

Max está fazendo exatamente a mesma coisa que fez com a mulher do JP Morgan. Só que desta vez, é um homem com quem ele está falando.

Essa é uma mudança agradável. Espero que isso signifique que a mulher de antes era um negócio, e não que Max seja bi e é assim que ele fala com todos os seus amantes.

Do que eles estão falando? Pena que não consegui transformar o telefone de Max em um dispositivo de escuta.

Quando eles terminam de falar, Max segue em minha direção.

Merda. Coberta com tinta que leva meu nome, sou extremamente notável. Antes que ele pudesse olhar para mim, eu corro para longe no meio da multidão de pedestres.

Quando estou suficientemente longe, recupero o fôlego e pego um táxi.

Eu tenho que ir para casa. Não posso aparecer no escritório assim. Meus colegas de trabalho já fazem trocadilhos e piadas relacionadas ao meu nome, e ao contrário de minhas irmãs com suas pérolas semi-inteligentes como "ontem, o vento soprou azul forte", meus colegas são péssimos nisso. Não tenho certeza se são todos funcionários de escritório ou apenas profissionais de segurança cibernética, mas já ouvi de tudo, a maioria extremamente sem graça.

Azulado em seu assento. Dê crédito onde o crédito é azul. Eu odiaria ser o portador de azuis ruim. Não tenho a mínima azul. Sapatos Goody Blue. Mostre-nos suas cores azuis – ditados comuns, modificados.

As combinações e mudanças são infinitas, mas não param por aí. Eu também ouvi coisas sobre azul-celeste e azul-petróleo, ao longo das falas de: Finja calma azul celestial. Um acordo azul petrolado. Nervos de azul-petróleo. Completamente apaizulado por você. Azule seu destino. Estamos azulados. Tem celesteza? Espero que você celeste logo. Um sinal azulador.

O pior provavelmente foi "Cianoara!" (sendo ciano um outro tom do azul) e "O que é azul e não muito escuro? Azul claro". A melhor piada que alguém do meu escritório já inventou é: "Roxo é melhor do que vermelho e azul combinados".

Mas, ei, pelo menos toda vez que vou a um bar com eles, recebo cervejas ilimitadas... contanto que sejam Blue Moon. Sair em bares seria especialmente bom se eles parassem de me pedir *asas* de búfalo (não feitas de búfalo) com molho de queijo azul, ou tocar aquela música na jukebox: *Blue (Da Ba Dee)*, de Eiffel 65. Também, para meu aniversário do ano passado, todos eles contribuíram para me comprar ingressos para ver o Blue Man Group.

Pelo menos eles nunca zombam do meu sobrenome, provavelmente por causa do treinamento de assédio sexual.

Meu telefone toca, me tirando da tristeza do meu escritório. É Gia, e ela me disse que Bogdan é um bom amigo do irmão de seu namorado. Ela confirma que ele tem uma má reputação e sugere que eu não brinque com o cara.

— Por que o irmão do seu namorado permite que ele use o hotel para jogos de pôquer? — pergunto.

— É bom para os negócios. Muitos dos frequentadores regulares do Hot Poker Club ficam nas suítes da cobertura.

O táxi para perto do meu prédio, agradeço a Gia e desligo.

Quando entro no meu apartamento, Olive não está lá, o que é bom. Caso contrário, se ela me visse coberto de tinta, provavelmente citaria a frase de *Caindo na Real* que me fez estremecer muitas vezes: — Receio que acabei de me 'azular'.

Quando entro na sala, Beaky me olha nos olhos e – embora possa ser uma coincidência – fica azul.

No meu quarto, Machete está recostado no meu travesseiro. Quando eu abro a porta do armário que range, ele abre um olho, conseguindo imbuir o pequeno gesto com o tipo de mau humor que as pessoas ficam depois de anos com uma dieta baixa em carboidratos.

Como você ousa, humana insignificante? Acorde Machete novamente e ele vai esfolar você.

Eu troco de roupa e carrego a foto do cara que vi com Max no pen drive da minha peruca.

No fim das contas, fiquei triste com isso.

————

Quando volto ao trabalho, uma tarefa está esperando por mim na minha caixa de entrada. Depois de terminar, tiro o pen drive da minha peruca e verifico quem é o cara.

Hmm. Ele trabalha no Bank of America, também na divisão de banco de investimentos. É seguro presumir que isso está relacionado ao encontro de Max com a mulher.

Mas o que um espião russo ou ucraniano precisaria dos banqueiros de investimento? Max é um agente provocador? Ele está tentando engendrar outra crise financeira? Esse tipo de coisa pode prejudicar este país mais do que algumas ameaças físicas.

Preciso de mais informações para continuar. Se eu tiver a chance de visitar Max, talvez eu encontre uma pista na casa dele.

Sim, é isso. Espionagem é o motivo pelo qual quero ir para a casa de Max. Não luxúria.

Uma nova tarefa chega em minha caixa de entrada, e eu trabalho nisso pelo resto do dia antes de ir para casa, onde encontro Olive jogando um novo quebra-cabeça no tanque de Beaky.

— Oi — falo.

— Ei. — Ela sela o tanque. — Como foi seu dia?

— Bom. — Olho para o tanque. — Você pode fazer quebra-cabeças para gatos? Talvez Machete pudesse usar um?

Ao ouvir seu nome, Machete me lança um olhar furioso no canto.

Você já viu o filme Jogos Mortais? Esses são o tipo de quebra-cabeças que Machete construirá para você se você o irritar.

— Nunca tentei fazer brinquedos para felinos, mas acho que são fáceis de entreter — diz Olive. — Basta colocar um daqueles vídeos do YouTube para gatos.

Eu sorrio e caminho até a cômoda para pegar meu antigo iPad. — Isso é o que acontece quando eu tento.

Ela examina o iPad mutilado com a boca aberta, assustada. — Eu posso entender como ele rasgou a capa, e até mesmo as ranhuras no metal na parte de trás fazem sentido. Mas como ele conseguiu deixar marcas de garras no vidro?

Eu encolho os ombros. — Eu acho que essas são rachaduras. Espero que sim.

A campainha toca.

Eu verifico o aplicativo. Sim. É Fabio, está aqui para me treinar em como agradar um homem.

Quando eu o deixo entrar, ele olha de mim para Olive com uma leve desaprovação.

— Qual é qual? E quem vai ter a aula?

Eu tiro minha peruca. — Eu sou Blue.

Ele estreita os olhos para Olive. — E você?

— Olive — diz ela revirando os olhos.

— Venha para o meu quarto — digo a Fabio rapidamente.

Não tenho certeza se Olive precisa saber o que estamos prestes a fazer.

Fabio olha para a parede de monitores. — Gia e sua amiga pirata vão aparecer hoje?

— Não — respondo.

Ele faz beicinho. — Eu tinha piadas preparadas.

Que maravilha. As piadas de Fabio geralmente são mais antigas do que meus avós.

— Você quer ouvi-las? — Ele me pergunta.

Eu balanço minha cabeça.

— E você? — Ele pergunta a Olive.

Ela assente.

Traidora.

— Um vampiro – quero dizer Gia – entra em um bar e pede água quente — ele diz. — O barman obedece e diz: 'Achei que você bebesse sangue'. — Fabio sorri. — O vampiro tira um 'tampão' usado. 'Vou fazer chá.'

Exagero duplo? A única vez que pronunciei a palavra *tampão* perto dele, ele quase teve um ataque.

— Quer outra piada? — Fabio pergunta.

Eu digo não, mas Olive me trai novamente.

— Um pirata entra em um bar com um leme saindo da calça. O barman olha para o objeto. 'Não dói?'. O pirata puxa o volante. 'Arrrr, eu sei. Isso está chacoalhando minhas nozes.'

— Cara — eu digo. — Era para ser sobre Clarice?

Ele concorda.

— Você percebeu que ela é uma garota, certo? Ela não tem nozes.

— Ela poderia ter se for trans — Fabio diz defensivamente.

Eu concordo. — Eu não a vi nua, então, acho que tudo é possível.

Olive sorri como um mergulhão. — Falando em ver pessoas nuas, Fabio não viu sua conchinha peluda antes de decidir parar de pegar mulheres para sempre?

Fabio dá um som de engasgo. — Blue não tem o tipo de nozes que gosto. Mas *tem* nozes na cabeça.

Este tópico me lembra Bill. Quem quer que o moldou não se preocupou em dar-lhe testículos de silicone. Mais importante, seu pau ainda está estragado, então, espero que Fabio tenha um plano para isso.

Da mesma forma, espero que as peças de Max estejam bem.

— Pronto? — Eu pergunto a Fabio.

Com um revirar de olhos, ele anda na direção do meu quarto.

— Mais tarde — digo a Olive e o sigo.

Quando entro no quarto, Fabio já está tirando Bill do armário – o que me lembra a fala "Traga o mascarado" do *Pulp Fiction*. Antes que eu possa perguntar, Fabio tira um rolo de fita adesiva do bolso e envolve a salsicha de silicone de Bill com ele.

Deus. Eu realmente espero que Max não tenha que fazer nenhum conserto como esse.

— Muito melhor. — Fabio olha sua obra-prima como um escultor. Ele tira um preservativo e o entrega para mim. — É melhor me mostrar suas habilidades com isso.

— Existem habilidades para isso também?

Devo desembrulhar com os dentes ou algo assim? Mas isso acarreta o risco de rasgar o látex.

Ele me olha boquiaberto. — Claro que existem habilidades. A melhor maneira é colocar na boca e rolar assim, mas requer um pouco de prática.

— Que tal fazermos disso uma aula separada? — Uso minhas mãos para abrir a coisa e cobrir Bill com ela. — O trabalho de chupar é mais importante, você não acha?

Fabio assente. — Você fez sua lição de casa da 'garganta profunda'?

— Sim — Minto. Tenho sido uma péssima aluna.

— Um colega de trabalho me deu uma ideia que deve ajudá-la com isso — diz ele. — Aprenda a tocar um instrumento de sopro. Uma flauta seria ótimo, mas um oboé também funcionaria, ou um fagote. Talvez até um clarinete.

— Que tal um saxofone? — pergunto sarcasticamente.

— Pode funcionar.

— Como?

— Isso a ensinaria a controlar os músculos da garganta, o que pode ajudar com a ânsia.

— Entendi. — Verifico se Machete está por perto. A barra parece limpa. — Devemos começar?

— Você está bem hidratada hoje? — Fabio pergunta.

Franzo a testa. — Sim. Acho que sim.

— A hidratação adequada é extremamente

importante. Ajuda na produção de saliva. Quando se trata de boquetes, você vai precisar babar. Muita baba.

Eu rio. — Ajudaria se eu fantasiasse sobre um bife suculento?

Ele me olha severamente. — Absolutamente não. Assim fica mordendo a carne do homem – a pior coisa que você pode fazer durante um boquete.

— Calma, eu estava brincando.

— Boquetes não são uma piada. — Ele move Bill mais para cima na cama. — Eles são a base de um relacionamento.

Não é a comunicação a pedra angular de um relacionamento? Ou atração?

— Ok — digo. — Que tal eu beber algo, só para garantir?

Ele concorda. — Além disso, traga dois palitos de dente e dois abacates.

— Eu não tenho abacates.

— E quanto a lichias?

— Como na fruta ou no inseto? De qualquer forma, eu não tenho nenhum.

Fabio balança a cabeça. — Rambutão? Damascos? Figos?

— Não.

Ele suspira. — Você precisa ter frutas em sua dieta. E vegetais. Essa é a chave para o sexo anal, que é uma lição para outro dia, mas posso muito bem te contar agora.

— Eu tenho fibras na minha dieta. — Coloco minhas mãos em meus quadris. — Tenho cerejas, uvas e kiwis na minha geladeira. Tomates também, e cebolas e...

— Tudo bem — diz ele secamente. — Traga dois kiwis.

Acho que sei por que ele precisa deles, então, nem pergunto. Correndo para a cozinha, bebo um pouco de água, lavo os kiwis, caso esteja certa, localizo os palitos de dente e volto correndo.

É como eu suspeitava. Fabio pega os palitos, enfia-os embaixo do pau de Bill e coloca os kiwis lá embaixo, dando a Bill o que surpreendentemente parecem bolas.

— O manuseio correto das bolas é fundamental para boquetes — diz Fabio, assumindo um tom professoral. — Mas essa é uma arte que será única para cada par de bolas. Dar puxões neles – alguns amam, alguns odeiam. Ou tapa – alguns caras ficam ainda mais duros com um pequeno tapa nas bolas, enquanto outros ficam completamente moles e podem te dar um soco no nariz.

Existe uma chance de Max ter gostado do que meu pé fez?

Nah, duvido. Mais provavelmente, ele está chateado e vai me ignorar, então, este treinamento é para outra pessoa.

Não devo pensar nisso.

Eu aponto para os kiwis de Bill. — Qual é o movimento seguro? Algo a fazer antes de entrar em uma conversa de 'o que você quer que eu faça com suas bolas'.

— Você nunca erra com chupadas e lambidas suaves — diz Fabio. — Mas você deve começar todo relacionamento com uma conversa do tipo 'o que você quer que eu faça com suas bolas'. Eu faço isso.

Não pela primeira vez, estou tendo dúvidas sobre a praticidade do conselho de Fabio.

— Existe um ritmo específico que os caras gostam? Rápido, lento?

— Depende do cara — diz ele. — Observe-o se masturbar na sua frente e você saberá.

Sim. Isso é super fácil. Tenho certeza de que toda femme fatale pede a um cara para se masturbar na frente dela antes que ela o seduza.

— Devo chupar Bill agora? — pergunto.

— Não, mais algumas dicas. — Fabio aponta para os kiwis. — Esse é o períneo. Você deve dar uma lambida de vez em quando.

— Entendi.

— Além disso, lamba o cu, mas mais perto da massagem da próstata.

— Eu não faria isso ao mesmo tempo?

Ele inclina a cabeça. — Aprenda a andar antes de correr.

— Nenhum dedo na bunda quando distraído. — Assinto para Fabio. — Entendi.

— Ótimo. — Fabio brinca com a ereção de Bill novamente. Agora que está enfaixado, o balanço é muito mais lento.

— Cara — digo, franzindo meu nariz. — Isso vai entrar na minha boca.

— Desculpe — diz ele timidamente. — Devemos trocar o preservativo?

— Você lavou suas mãos?

Ele assente.

— Então, não. Não sou paranoica nível Gia sobre germes. Só não toque nele novamente.

— Combinado. — Ele se afasta da cama, como se a distância fosse a única maneira de lutar contra a tentação de bater em um pau. — Já conversamos sobre ângulos?

Eu balanço minha cabeça. Gia me disse que ângulos são importantes para a magia, mas Fabio está falando num tipo diferente de truque.

— Dependendo da forma como um pau se curva, você deve abordá-lo de diferentes posições — diz ele. — Se ele se curvar para baixo, você pode ficar de joelhos. Se inclinar para cima, sessenta e nove seria melhor.

— Por quê?

Ele gesticula em direção ao pescoço. — A garganta tem uma curva descendente, portanto, para alcançá-la, uma curva descendente ou reta funciona melhor. Se o pau apontar para cima, você vai pegá-lo nos seios da face.

— Oh. Certo.

— Você particularmente não quer esperma em seu nariz. — Ele faz uma cara de nojo. — A menos que ele goste disso e você queira agradar, nesse caso, tenho pena de você. Pessoalmente, acho que prefiro nos olhos.

— Eu não acho que quero nos olhos ou no nariz — digo.

— Limites são bons, mas você vai querer fazer algumas coisas, mesmo que não goste delas.

— Como o quê?

Ele puxa um frasco e despeja uma coisa verde

viscosa de dentro dele. — Isto é a Geleca Cra-Z-Art Nickelodeon. Deve dar uma ideia de como é a porra.

Eu ruborizo. — Eu já vi porra antes.

Ele me joga um pequeno pedaço da substância verde, mas não consigo pegá-lo, e ele gruda na parede.

— Tem certeza de que viu fora do pornô? — Ele me joga mais um pouco.

Desta vez, eu pego. — Claro.— Eu aperto a substância pegajosa. — Isso parece mais com ranho do Hulk do que porra.

— É a coisa não tóxica mais próxima que consegui encontrar. — Ele guarda o pote de "porra". — Você sabe como interagir adequadamente com isso?

Eu estico o substituto verde pegajoso. — Existe uma maneira adequada?

— Sim. Por exemplo, não cuspa com uma expressão de nojo no rosto. Essa é a pior coisa que você pode fazer.

— Bem, dã.

— Parece óbvio, mas muitas pessoas cometem esse erro — diz ele. — E nada é mais brochante. É melhor engolir, mas se isso não for sua praia, você pode pedir a ele para gozar nas suas costas. Mas, falando sério, se você quiser me usar como referência, aprenda a engolir.

Claro, vou colocá-lo totalmente como minha referência no meu currículo. Posso imaginar aquela ligação entre ele e Max.

— ... é até bom para você — Fabio está dizendo quando eu volto a sintonizar. — O sêmen tem proteína, mas não é muito calórico. Você obtém açúcares, tanto a frutose quanto a glicose, bem como citrato, zinco, cálcio, ácido lático, magnésio, potássio – a lista continua.

— Hum. — Seguro a gosma verde entre dois dedos. — E se estiver em suas mãos?

— Com um cara hétero, você não quer transformá-lo em Homem-Aranha sem verificar se ele gosta. Talvez pergunte antes de jogar uma bola de neve nele também.

Bola de neve é compartilhar gozo boca a boca, mas eu nunca tinha ouvido falar do Homem-Aranha antes.

— Isso é quando você tem um pouco em suas mãos e joga no rosto dele. — Fabio demonstra, fazendo com que minha parede tenha outra mancha verde gosmenta.

— Não vou fazer isso — digo. — Não se preocupe.

— Ok. — Ele dá um passo para frente, depois para trás, claramente lutando contra o desejo de sacudir aquele pau novamente. — A última e mais importante regra sobre um boquete é não desistir quando as coisas ficarem *duras*.

Eu reviro meus olhos, intencionalmente.

Ele ri. — Esse é o espírito do boquete. Agora, você está pronta.

Ele pega o telefone e começa uma música. Dois segundos depois, reconheço *Candy Shop*, de 50 Cent.

Fabio sorri. — Para dar um clima.

Com a ansiedade que normalmente experimento quando me exercito no meu Krav Maga, ajoelho-me ao lado de Bill e o tomo em minha boca.

CAPÍTULO

Dezenove

O PRESERVATIVO TEM sabor de morango. Os kiwis parecem surpreendentemente reais quando eu os seguro – apenas estranhamente separados sem um escroto. Talvez devêssemos colocá-los dentro de um balão primeiro?

A música para.

Eu continuo.

— Pare! — Fabio parece irritado.

Eu me afasto.

Ele cruza os braços sobre o peito. — O que é que foi isso?

— Um boquete?

Ele balança a cabeça. — Onde está o sentimento? Onde está a emoção? Você não ouviu uma palavra do que eu disse?

Eu dou um tapinha no pau de Bill. — É difícil desenvolver sentimentos e emoções quando você está dando prazer a um boneco sem cabeça.

— Então, pense em outra pessoa — diz ele. — Você tem imaginação, não?

Essa é uma boa ideia.

Voltando para o pau fictício, fecho meus olhos e imagino que é a Max que estou dando prazer.

Uma parte de mim sabe que ele provavelmente nunca vai me ligar de novo, mas isso não impede a fantasia, e simplesmente assim, minha mão é muito mais gentil enquanto eu acaricio seus kiwis. Eu chupo a ponta, imaginando-o gemendo de gratidão, e puxo o eixo com a minha mão na velocidade que imagino que ele gostaria.

Devo pegar a noz? Não. Fabio disse que é um movimento avançado.

Eu chupo o kiwi esquerdo, depois o direito. Entrando no espírito da coisa, lambo a mancha sob os kiwis e volto para o meu pirulito de morango. No fundo da garganta, alterno entre rápido e lento.

A voz de Fabio chega até mim como se estivesse distante. Ele está me dizendo para parar de novo.

Porra. Eu sou tão ruim assim?

Quando me afasto, Fabio está me olhando como um pai orgulhoso.

Ele finge secar uma lágrima e diz em uma voz zombeteira: — O aluno se tornou o mestre.

— Eu fui bem? — Estou explodindo de orgulho.

— Melhor do que alguns homens que conheço. — Ele se aproxima e dá um tapinha no pau, fazendo com que um pouco de baba voe na minha cama. Gia iria matá-lo por isso.

— Elogio duvidoso, mas eu aceito.

Ele bate no pau novamente. — Eu quis dizer isso com a melhor...

Fabio não termina a frase porque, naquele momento, Machete salta de debaixo da cama.

Ele deve ter dormido durante a nossa aula, mas ele está acordado agora.

Assassinamente acordado.

Garras para fora, ele rasga a camisinha no pau de Bill em um piscar de olhos. Mais dois golpes de sua pata e ele deixa a fita de Fabio em farrapos. Eu nem mesmo vejo o próximo golpe de sua pata, mas os kiwis agora são salada de frutas.

— Ele está tentando fazer uma cirurgia de redesignação de sexo? — Fabio sussurra, horrorizado.

Machete se vira de Bill para Fabio com intenções indescritíveis em seus olhos felinos.

Machete não é um cirurgião. Machete é um açougueiro. E agora, ele vai cortar uma vaca.

— Gato mau! — Grito e agarro Machete com um aperto especial, que torna possível dar um banho na criatura maligna sem perder meus membros. Tive que consultar meu contato do SEAL Team Six para aprender – e por que eles possuem habilidades especiais de luta de gato, eu não sei. Ainda assim, mesmo com esse aperto, só ouso dar banho em Machete uma vez por ano, e apenas se ele estiver muito, muito sujo. Eu não sou suicida.

Machete deve pensar que vou lavá-lo agora porque ele está sibilando e rosnando, suas patas arranhando o ar, cada uma como um golpe mortal de Freddy Krueger.

O rosto de Fabio fica pálido.

A porta do meu quarto se abre e Olive entra, seus olhos são do tamanho de kiwis não cortados.

— Isso não é o que parece — Ofego.

Ela examina a gosma verde na parede, o manequim sem cabeça com partes íntimas danificadas, Fabio petrificado e eu com um gato homicida nos braços.

— Seja o que for, parece muito excêntrico — diz ela.

— Estamos falando de cosplay de louva-a-deus com orgia de assassinos em série.

— Pare de falar e ajude — eu solto.

— Como?

— Pegue o apontador laser naquela gaveta. — Aponto com meu pé. — Depressa.

Ela faz o que eu digo e, assim que Machete vê o pontinho vermelho na parede, ele se transforma em uma boneca de pano.

— Saia do quarto — digo a Fabio.

Eu não tenho que pedir duas vezes. Ele escapa tão rápido que quase tropeça ao sair.

Olive continua brincando com o laser, e lentamente coloco Machete no chão.

O gato segue cada movimento do ponteiro. Como sempre, o mundo não existe mais para ele.

Ufa.

Esse ponto vermelho é a única criptonita de Machete. É como eu o levo para o banheiro quando enfrento o processo horrível conhecido como lavar um gato. Também é o que eu uso para colocá-lo em uma caixa para ir ao veterinário.

Observe suas palavras com cuidado, humana

insignificante. Machete não tem medo de se molhar. Ele prefere não fazer. Ele está protegendo a água de sua ira.

Aproximo-me e pego outro apontador laser – este é uma versão totalmente automatizada que adquiri online recentemente. Eu o coloco no modo "fixo" e espero até que Machete mude sua atenção do fino ponto vermelho de Olive para o mais grosso do dispositivo.

Nesse ponto, digo a ela que a barra está limpa e saímos do meu quarto na ponta dos pés.

— Parece que você tem brinquedos para o seu gato — diz ela.

— Sem quebra-cabeças, no entanto — digo.

Encontramos Fabio na cozinha, se abanando.

— Da próxima vez, faremos isso na minha casa — afirma.

— Justo — respondo. — Desculpe pelo susto.

— Você me deve um jantar — ele diz. — Com bebidas.

— Claro — digo. — Olive, você quer se juntar a nós?

— Onde? — ela pergunta.

Fabio sorri. — Olive Garden?

Olive faz uma careta. — Hah hah.

— Há também aquele lugar mediterrâneo nas proximidades. — O sorriso de Fabio fica malvado. — Eles têm um bar azeitonado.

— Pare com isso — digo severamente. — Nós iremos ao Bar Loopy Doopy Rooftop.

— Parece bom para mim — diz Fabio. — Uma vez lá, vou comprar Olive a Blue Moon... como um ramo de oliveira.

Quando Olive e eu chegamos em casa do bar, estamos ambas embriagadas. Fabio é muito maior do que nós e cometemos o velho erro de acompanhá-lo na quantidade de bebidas.

— Boa noite — digo para Olive.

— Durma bem — ela diz, sua fala ligeiramente arrastada.

Vou para o meu quarto e encontro Machete desmaiado no chão.

Huh. O apontador laser ainda está dançando nas paredes. Eu acho que a opção "fixo" é destinada a um gatinho enérgico e é demais para esta grande besta.

Machete não está dormindo. Ele está em modo furtivo, procurando uma vítima para destruir.

Eu escondo o pobre Bill no armário e estou estendendo a mão para tirar minha peruca quando meu telefone apita com uma mensagem.

É Max.

Você está acordada?

Minha frequência cardíaca dispara. Eu quase aceitei a possibilidade de ele me ignorar, então, esta é uma surpresa emocionante.

Sorrindo, eu digito: *Não. Estou apenas roncando tão alto que meu telefone envia mensagens espontaneamente para as pessoas.*

A próxima mensagem de Max ameniza meu entusiasmo:

Você tem um minuto para conversar?

É isso? Ele vai me dizer que acabamos? Ele parece cavalheiro demais para simplesmente parar de ligar.

Certo. Podemos muito bem conversar. Com sorte, isso será como arrancar um Band-Aid... de um clitóris excitado.

Fone ou vídeo?, pergunto.

Vídeo.

Então ele faz videochamada. Ou talvez ele esteja abrindo uma exceção para mim. Isso não é consistente com um rompimento – ou é?

Qual app?, pergunto.

Ele sugere Signal Private Messenger, o aplicativo que Snowden acredita ser o mais seguro e protegido. Isso é uma coincidência? Snowden mora na Rússia agora, então, ele e Max podem ter tomado vodka juntos.

Claro, respondo.

Colocando meu laptop na cama, arrumo tudo. Quando o rosto de Max aparece na tela, respiro fundo.

Aqui vamos nós.

CAPÍTULO
Vinte

MAX PARECE PERIGOSAMENTE gostoso em uma camiseta azul justa. Ele escolheu essa cor porque subconscientemente me quer em cima dele? Dedos cruzados.

— Oi — diz ele, sua voz profunda uma carícia auditiva.

Eu tento ir com calma. — Ei.

— Houve algo que não tive a chance de te contar na hora do almoço.

Eu levanto uma sobrancelha. — E o que é?

— Estou saindo da cidade por uma semana.

Eu pisco para a câmera. Sair da cidade é uma boa história se você quiser terminar com alguém gentilmente, mas você faria a mudança permanente, não duraria apenas uma semana. Que jogo é este?

— Onde você está indo? — pergunto.

— Casa.

Então... Rússia? Talvez a Ucrânia. — Você ainda pensa no Canadá como seu lar?

Ele esfrega a barba por fazer no queixo. — Boa pergunta. Acho que minha casa é meu apartamento em Nova York. Mas já que vou ficar com meus pais e eles ainda moram na casa em que cresci, não é errado chamar isso de casa também.

Eu acho. Seria como se eu chamasse a fazenda de minha casa. Falando em fazenda, ele provavelmente gostaria de ver todos os animais lá. Exceto que meus pais estão na fazenda. Se ele os conhecesse, fugiria, talvez todo o caminho de volta para a Rússia.

— Por que esta semana específica? — pergunto.

— Dois dos meus irmãos fazem aniversário — diz ele. — E é o aniversário dos meus pais.

Aposto que é realmente uma tarefa importante ou uma reunião com seus superiores.

Eu corro meus dedos pela minha peruca. — O quanto você vai sentir minha falta?

Ele me dá um sorriso malicioso. — Como um panda quando perde seu broto de bambu favorito. Você vai sentir muito a *minha* falta?

Eu sorrio de volta. — Como um guaxinim sente falta de sua lata de lixo favorita.

Ele ri. — Que lisonjeiro.

— Os guaxinins são parentes do panda-vermelho — explico. — E eles são chamados de pandas do lixo.

— Entendi. — Ele me dá uma olhada acalorada. — Vamos sentir falta um do outro como pandas.

Esperançosamente mais, dada a relutância deles em se reproduzir. Duvido que qualquer panda tenha tanto tesão quanto eu por ele.

— Como vai? — Eu nivelo um olhar penetrante em sua virilha.

Ele acena com a mão com desdém. — Tudo bem. Eu não me importaria com isso.

— É *duro* não me preocupar.

Ele ri. — Tudo bem, de verdade.

Essa é minha chance. Ativando o modo femme fatale. — Eu preciso ter certeza — eu digo sedutoramente.

Ele respira fundo. — O que você quer dizer?

— Quero saber se o seu equipamento funciona.

Não acredito que acabei de dizer isso.

Suas narinas dilatam. — Oh, sonechko, tudo funciona muito bem... por você.

As palavras saem sem fôlego. — Mostre-me.

Uau. Coragem líquida ou não, nunca estive mais orgulhosa de mim mesmo do que neste momento.

Seu olhar é puro calor. — Certo. Eu vou te mostrar, mas eu tenho que ter certeza que você não se machucou também. Foi uma queda feia.

Eu engulo audivelmente. — O que você quer ver?

— Tudo.

Droga. Está muito, muito quente aqui.

Controle-se, Blue. Uma femme fatale já estaria nua. Ou se despindo sedutoramente.

Nesse caso, estou dentro.

Eu começo com meu top.

Os olhos de Max vagam avidamente sobre minha pele exposta antes que ele rasgue sua própria camisa, revelando peitorais e abdominais rígidos e primorosamente esculpidos, junto com braços seriamente musculosos.

Este é o melhor jogo de todos os tempos.

Eu tiro minha calça. Ele tira a dele.

Uau!

O Sargento e o Capitão se agarram ao meu sutiã, ansiosos para serem libertados. Prontamente eu o tiro. Então, mais hesitante, eu deslizo minha calcinha para baixo.

Posso sentir meu rosto queimando, e isso me dá vontade de rosnar de frustração. Uma verdadeira femme fatale não coraria como uma donzela, a menos que fosse o papel que ela decidiu desempenhar. Terei que praticar o rubor sob comando apenas porque, atualmente, os vasos sanguíneos do meu rosto são traidores dos Estados Unidos da América.

Olhando para mim como se quisesse me comer através da câmera, Max puxa para baixo sua cueca, expondo um Maximus imperial.

Eu esqueço tudo sobre meu rubor traidor.

Por mais pomposo que seja o nome, ele não faz justiça a Maximus. Nem mesmo senti-lo com os pés me preparou adequadamente para a gloriosa realidade disso.

Como seu homônimo, este pau poderia enfrentar leões e guerreiros ferozes em uma arena de gladiadores, derrubar o imperador do mal de Roma e gritar: "Você não está entretido?" em uma grande reunião de vaginas excitadas.

— Como você pode ver, tudo está intacto. — Max

segura suas bolas pesadas com a mão. Nenhum mero kiwi poderia simular esses filhotes.

Eu engulo uma superabundância de baba. — Acho que preciso de uma demonstração adequada.

Fabio disse que um bom boquete pode ser beneficiado se o cara se masturbar na sua frente, então, aqui está minha chance de reconhecimento.

Sim. Esse é o meu objetivo aqui. Não luxúria. Sem chance.

— Você nunca gozou para mim — Max diz asperamente. — Faça isso agora.

Justo.

Eu quero. Preciso.

Eu lambo os dedos da minha mão direita.

Ele geme e seu pau se contrai.

Eu belisco o Sargento e depois o Capitão.

Max agarra Maximus em um punho fechado.

Eu deslizo meus dedos pelo meu estômago até chegar ao meu núcleo.

Com os olhos arregalados, Max dá a Maximus um golpe lento.

Eu belisco meu clitóris dolorido. Então, eu o esfrego, o orgasmo que me foi negado antes cresce com a velocidade de um chita.

Ele se acaricia novamente, seu ritmo acelerando.

Minha boca enche de água, junto com outros lugares. Eu daria todos os meus ganhos no pôquer para estar naquele cômodo com ele agora – e para tê-lo em mim em algum lugar. Em todos os lugares.

— Deslize o dedo. — Suas palavras são uma ordem severa e eu adoro isso.

Eu lambo meu dedo indicador esquerdo e o empurro suavemente para o meu calor.

— Foda-se — ele grunhe.

— Sim — digo sem fôlego. — Isso é exatamente o que estaríamos fazendo se isso não fosse a porra de espaço cibernético.

Seus olhos escurecem e ele acelera o passo.

Eu estou mais perto.

Seu ritmo está frenético agora. Desesperado.

Um gemido é arrancado de meus lábios.

Com fome de ser preenchida, deixei meu dedo médio se juntar ao meu indicador.

Ele apenas rosnou?

Seja qual for esse som, é tão sexy que me empurra para o limite, e eu gozo em todos os meus dedos.

Com um grunhido, ele goza também. Sua semente dispara e uma gota cai na câmera do telefone, criando um estranho efeito bukkake.

Ele libera seu pau. — Isso foi... uau.

— Concordo — digo, lutando para recuperar o fôlego. Meu coração está disparado como a já mencionado chita perseguindo uma gazela. Falando em perseguir... — Que tal ficarmos juntos agora e fazermos isso de verdade?

Ele limpa o esperma bloqueando minha visão com um lenço de papel, seu rosto, uma máscara de arrependimento. — Meu voo sai em duas horas. Tenho que correr para o aeroporto. Deixamos para a próxima?

Essa próxima está mais para uma furada. — Eu vou cobrar isso de você.

"Isso" sendo meu clitóris.

Ele me examina. — Estarei ansioso por nosso encontro a cada segundo que estiver fora.

Uma timidez nada femme fatale toma conta de mim enquanto o arrebatamento do orgasmo desaparece. Saindo do campo de visão da câmera, eu me visto rapidamente. Quando olho para trás, ele também está vestido.

Nenhum de nós desligou por algum motivo.

Por que tenho a sensação de que ele vai terminar comigo, afinal?

— Tenho de desligar — diz ele, mas mesmo assim não desliga.

— Entendo. — Eu também me recuso a desligar.

— Vou manter contato — ele diz e ainda não desliga.

É melhor ele ficar em contato, ou então.

— Aproveite sua viagem — digo, e não desligo.

Estou agindo como se ele fosse meu primeiro namorado?

— Boa noite, sonechko. — Ele joga um beijo no ar.

Lutando contra a vontade de rir como uma estudante do Ensino Médio com tesão, eu finjo pegar o beijo no ar e o coloco na minha bunda.

Ele ri e finalmente desliga.

Eu fico olhando para a tela sem Max. Minhas emoções estão turbulentas e não tenho certeza do porquê. Talvez porque isso foi intenso, especialmente para a sedução sem coração que deveria ser.

Odeio admitir, mas acho que vou sentir falta dele na semana em que ele estiver fora, presumindo que *seja* uma semana. Ainda não estou convencida de que não seja um jogo estranho.

O que diabos estou pensando?

Só porque Max e eu acabamos de ter orgasmos na frente um do outro não o torna menos um agente inimigo. Preciso ter cuidado quando se trata de esconder meus sentimentos por ele. O que acabou de acontecer foi reconhecimento/prática femme fatale – não intimidade. A última coisa que quero é ser como aqueles assassinos que estragam um contrato de homicídio perfeitamente legal.

A principal coisa que tenho que lembrar é que, apesar das aparências, ele pode estar tentando fazer comigo o que eu tenho tentado fazer com ele. Ele pode estar me seduzindo com algum objetivo de longo prazo em mente. Inferno, essa "semana de intervalo" pode ser algo que lhe ensinaram na escola de espionagem, inspirado na versão russa do provérbio inglês "a distância torna o coração mais afeiçoado".

Como posso saber se sou um trabalho ou não? Sua atração por mim parece genuína. As ereções não mentem. Ou sim, quando uma espionagem está envolvida?

Além disso, e isso é muito superficial, ainda estou me perguntando o que ele pensaria se me visse sem uma peruca. E se ele não se sentisse mais atraído por mim... ou fosse incapaz de fingir?

Hmm. Talvez eu "corte o cabelo" na semana em que ele estiver fora. Meu último corte foi há alguns meses. Estou além do estágio de crescimento difuso, mas não no estágio de corte pixie. Ainda assim, com alguns produtos, posso fazer com que Max não vomite quando me vir. Esperançosamente.

Meu telefone apita.

É uma mensagem de Max – uma foto de uma criatura adorável com uma legenda:

Isso é uma chinchila, caso você ainda precise saber como é fofura.

Sorrindo, faço uma rápida pesquisa online e respondo com a imagem do rosto de um morcego-ferradura.

ISSO é fofo. Na verdade, as chinchilas são parentes próximos do rato-toupeira pelado, a nobre criatura que você não aprovou. Você sabia que ratos-toupeira pelados nunca têm câncer?

Sua resposta leva alguns segundos para chegar.

Talvez o câncer se recuse a matar as feras horríveis? Além disso, você percebeu que esse morcego se parece com o que o Nosferatu se transforma... quando ele termina de se parecer com a coisa que você me mandou antes?

Eu rio. Ele realmente tem razão.

Tenha um bom voo, digo a ele.

Obrigado. Falo com você amanhã.

Amanhã? Eu acho que é melhor eu ir dormir para que amanhã chegue logo.

Quando estou quase dormindo, Machete se aninha aos meus pés.

Chute Machete à noite, e Machete curará sua síndrome das pernas inquietas da maneira mais direta possível – amputação.

CAPÍTULO
Vinte E Um

Q<small>UANDO</small> <small>ACORDO</small>, verifico se Max deixou alguma mensagem.

Ainda não.

Talvez nunca mais?

Tentando não pensar nisso, eu me preparo e alimento meu gato fera.

Machete está feliz que sua tigela está cheia. Machete não acha que a alternativa – carne humana – é como Purina.

Quando saio para o trabalho, pego Olive assistindo algo perturbador na TV da sala de estar.

Pássaros.

Pássaros em desenho 3D, mas ainda assim.

Além disso, Beaky está assistindo isso com ela? Com certeza se parece assim.

Quando confronto sobre as imagens horríveis, ela pausa a imagem. — Estou assistindo *Rio*. É sobre uma arara-azul cujo nome é Blu.

Abominação.

— Nova regra do hóspede — digo severamente. —

Nada de filmes de pássaros. Pelo menos não quando estou em casa.

— Combinado — diz Olive. — Em vez disso, vou assistir a algo sobre polvos.

Eu luto contra um sorriso. — Polvinhos — como meu apelido para ela. — Qual é o coletivo para polvos? — pergunto a ela enquanto coloco meus sapatos.

— Eles são criaturas solitárias, então, eles realmente não têm um — diz ela. — Eu ouvi o termo 'cardume' ser usado, mas isso é realmente para peixes e lulas. Algumas pessoas usam o termo 'ninhada', mas eu odeio isso.

Eu estremeço e sigo para a porta. — Uma ninhada – ninho – faz você pensar em galinhas. Você é inteligente em odiar isso.

––––––––––––

No trabalho, eu uso **confidencial** para ver se Max realmente voou para o Canadá.

Sim. Ele foi.

Meu chefe me dá um grande projeto para trabalhar, o que me ajuda a não pensar obsessivamente em Max. Então, no final do dia, só pensei nele duas mil e cinquenta e sete vezes. Mas quem está contando? Felizmente, esta noite é meu treinamento de Krav Maga. Talvez eu possa queimar parte da minha frustração sexual no tatame.

Eu faço o meu melhor, mas sem sorte. Outras centenas de pensamentos sobre Max acontecem.

Enquanto caminho para casa, eu fantasio, não pela

primeira vez, sobre o que eu faria a um assaltante se um tentasse me roubar.

Uma mensagem de Max me tira do meu devaneio violento. Minha pulsação salta, mas ele acaba de me enviar a foto de um porco-espinho com a seguinte legenda:

Sua linda imagem do dia.

Meu peito aquece, e não porque isso prova que ele não me ignorou.

Eu respondo: *Você percebe que é outro parente próximo do rato-toupeira pelado, certo?*

Que imagem devo enviar para ele? Eu considero o ornitorrinco, mas decido contra. Mesmo que essas criaturas sejam mamíferos, com seu bico-de-pato e práticas reprodutivas suspeitas de pôr ovos, elas podem desencadear pesadelos com pássaros, e não desejo isso nem mesmo para os inimigos de nosso país.

Ah. Já sei. Eu localizo uma foto do sapo gigante Titicaca e mando para ele.

Ele vai compará-lo a um escroto? O sapo-escroto *é* o nome alternativo desta espécie. Ou ele vai tirar sarro da palavra Titicaca – que soa vagamente como um fetiche de porcaria onde alguém faz caca nos peitos?

Essa foi a inspiração para Jabba the Hutt?, Max pergunta em vez disso.

Eu sorrio. *Não. Para Ewoks.*

Ele responde com uma carinha sorridente e: *Vídeochamada em uma hora?*

Infernos, sim.

Eu respondo com um tímido ok e um rosto piscando.

Entrando no meu apartamento, eu como um jantar rápido com Olive antes de correr para o banheiro para traçar estratégias para o meu próximo encontro.

Hoje deveria ser o dia em que "cortarei o cabelo"?

Eu tiro minha peruca e me examino no espelho.

Pode ser.

Eu pego minha máquina e me dou uma corte. Assim que estou terminando, Machete entra no banheiro e se dirige para a caixa de terra.

Nem pense em depilar Machete ou ele vai escalpá-la, humana patética.

Eu olho meu novo penteado no espelho.

Muito melhor. O topo parece mais longo, de alguma forma.

Eu tomo banho e bagunço meu cabelo com algum produto.

Sim, vai desse jeito. Se isso for um obstáculo para Max, que seja. Ainda assim, como um alerta, eu mando uma mensagem para ele:

Cortei o cabelo. Não desmaie ao me ver.

Curioso, ele responde. *Você pode atender a chamada agora?*

Eu peço a ele mais alguns minutos. Preciso aplicar muita maquiagem e arrumar as partes do meu quarto à vista da câmera.

Tenho que enquadrar esse penteado corretamente.

Quando ele aparece na tela, está sentado em uma cama, e há pôsteres de animais atrás dele – um elefante, uma zebra e um alce.

Ele percebeu que apenas um desses realmente pertence ao Canadá?

— O que você acha? — Aponto para meu cabelo.

— Incrível — diz ele, e se ele está atuando, é digno de um Oscar. — Kristen Stewart não teve esse tipo de corte de cabelo em algum momento?

Eu encolho os ombros. Não tenho ideia se ela teve, mas vou considerar isso um elogio. Ela interpretou espiãs em filmes em várias ocasiões, e foi até um dos Anjos de Charlie nessa adaptação.

Ele franze a testa. — Só para verificar... isso não é relacionado à saúde, é?

— Oh, não. Nada disso.

— Ótimo. — O alívio em seu rosto merece outro Oscar, se for falso. — Talvez eu deva raspar minha cabeça para ficar em sincronia com você?

Eu olho para seus cachos de dar água na boca em pânico. — Não faça isso. Não. Ouse.

Um sorriso sexy aparece em seus lábios, fazendo com que a covinha em sua bochecha apareça. — Devo manter então?

Eu inclino minha cabeça. — Eu ficaria curiosa para ver isso.

Mais importante, gosto que ele esteja fazendo planos tão abrangentes comigo.

Ele se inclina para trás, bloqueando a zebra. — Como foi seu dia?

— Principalmente confidecial. E o seu?

— Almoço com meus pais — diz ele. — E jantar com minha irmã.

— Muito legal. Jantei com minha irmã também. Como é estar de volta ao Canadá? — Eu estreito meus olhos teatralmente. — Encontrou alguma namorada antiga?

Ele se inclina em direção à câmera. — Não. Você?

Eu sorrio. — Minha namorada e eu não nos falamos depois de um certo acidente de tesoura. Longa história.

Seu rosto ficou vermelho?

Claro. Excitado pela mera ideia de eu estar com outra mulher. Típico cara.

A Associação da Femme Fatale da América – se tal coisa existisse – daria à minha resposta um A +.

— Na verdade, não tenho namorada — digo, por precaução, enquanto corro a mão sobre o corte na parte de trás da minha cabeça.

— Isso é um alívio. Eu estava prestes a pedir para falar sério. — Ele me dá uma olhada acalorada. — E eu não divido, com homens ou mulheres.

Entããão, ele não quer que eu investigue outros espiões? O nosso será um jogo exclusivo de espião contra espião.

Porcaria. Ele está olhando para mim com expectativa. Eu preciso responder e rapidamente, ou então meu silêncio falará muito.

— Eu realmente gosto de como isso soa.— Ui! Isso soou muito ansioso? — Eu também não sou uma grande fã de compartilhar. Basta perguntar às minhas cinco irmãs idênticas.

Sim, mesmo com essa defesa, a Associação da Femme Fatale da América daria a esta resposta um F-.

Ele me abre um sorriso de queimar calcinhas. — Está resolvido então.

É muito cedo para ficar nu para consumar este arranjo?

Não. Estou muito abalada agora. Devia conversar mais um pouco para recuperar o meu equilíbrio.

Oh, já sei. — Conte-me sobre seus relacionamentos anteriores — falo. — Nessas circunstâncias, é melhor eu aprender que bagagem você está trazendo para esta configuração estável.

Pode ser um monte de mentiras que fazem parte do disfarce dele, mas você nunca sabe o que será útil.

— Não há muita bagagem, a menos que seja a bagagem em si — diz ele, sem pestanejar. — Tive algumas namoradas na faculdade. Não muitas depois disso porque viajei muito. Meu relacionamento mais longo foi de seis meses. O nome dela era Kathy. — Ele junta os dedos. — E você?

Uau. O que ele acabou de dizer se encaixa como uma luva na vida de um espião, apenas Kathy era provavelmente Katya.

— Eu também não tenho muito do que me gabar — digo. — Estive com cerca de três caras e meio ao todo. Meu relacionamento mais longo foi com Jay, mas estava condenado desde o início. Nosso nome como casal era 'Blue Jay'.

Max levanta as sobrancelhas. — Três e meio? Parece aquele programa de TV, embora eu ache que era dois homens e meio lá.

Eu recuo. — Eu não namorei um garoto menor de idade.

Ele ri. — Imaginei.

— Eu chamo de meio porque um cara só chegou na metade do caminho para a terra prometida na única vez que fizemos sexo. Provavelmente informação demais para você.

Os músculos de sua mandíbula se contraem. — Como eu disse, não gosto de compartilhar. Uma história como essa me faz querer rastrear esse meio e zerá-lo.

Engulo em seco. Max provavelmente tem licença para rastrear meu infeliz ex e matá-lo. Mas ele não o faria. Ou sim? Só por precaução, é melhor eu tirar sua mente dessa ideia. Além disso, agora estou calma o suficiente para um encontro virtual.

Sim. Modo femme fatale oficialmente ativado. Ponho minha voz rouca.

— Você está em algum lugar privado?

Ele olha em volta. — Sim. Este é o meu quarto de infância.

Dou a ele meu melhor sorriso coquete. — Vá trancar a porta.

Ele desaparece por um segundo e eu me certifico de que minha porta também esteja trancada.

— Você já teve uma garota nua por meio do Signal Private Messenger nesse quarto?— Eu pergunto quando ele volta.

Suas narinas dilatam. — Não tive o prazer, não.

— Bom, então. — Com o coração martelando, desabotoo o topo da minha blusa. — Se você for um bom menino, poderá ter esse prazer esta noite.

Sem minha ordem, ele está sem camisa em um piscar de olhos.

Gostoso. Aqueles peitorais, aqueles abdominais, aquela pele lisa e dourada... — Tire o resto — eu digo sem fôlego.

Ele o faz.

Droga. Maximus está pronto para a batalha. Meus hormônios também.

— Sua vez — murmura Max, seus olhos verdes mais escuros do que uma floresta russa cheia de ursos.

Recorrendo a toda a minha fatalidade feminina, eu me despojo, desta vez felizmente sem corar. O Sargento e o Capitão se apresentam ao serviço, endurecendo o diamante.

Eu cruzo minhas pernas, escondendo meu sexo dele... por enquanto.

Ele me bebe como um homem que acabou de cruzar um deserto. — Radiante.— Sua voz se aprofunda. — Um verdadeiro sonechko.

Eu sorrio para ele. — Você é muito luminoso também. Eu quero um close hoje. — Eu aponto para Maximus.

O sorriso nos lábios de Max envia um raio ao meu clitóris. — Damas primeiro?

Malvado. Mas, novamente, é assim que você ganha sua participação na Associação da Femme Fatale da América.

Eu descruzo as pernas, lutando contra um rubor que ameaça cometer traição novamente. — Tudo bem, mas não se toque até que esta dama termine. Combinado?

Olhos grudados na tela, Max grunhe algo

ininteligível – uma concordância, eu presumo. Coloco o telefone entre minhas pernas, perto o suficiente da minha boceta dolorida para embaçar a tela.

— Toque-se. — Seu comando é gutural, desesperado.

É uma coisa boa que ele não pode ver meu rosto. Eu perdi a batalha contra o rubor. Minha participação na Associação da Femme Fatale da América foi revogada.

Ainda assim, eu alcanço meu clitóris com uma mão e uso a outra para empurrar um dedo em minha abertura. Eu sei que é algo que ele gosta.

Max faz um som que me faz pensar em um urso ferido. É assim que soam todos os russos superdotados?

Um orgasmo se acumula mais rápido do que da última vez. Mais forte também. Ofegante, eu olho para a tela.

Max está sendo bonzinho e não está se masturbando, como eu pedi, e Maximus está cheio de tanto sangue que parece prestes a se tornar um lobisomem.

Por que isso é tão sexy?

Deve ter algo a ver com a fome nos olhos de Max.

Ele pega o telefone e o leva até o rosto. Sua mandíbula está tensa, sua voz, áspera como uma lixa.

— Goza para mim.

Se a ideia era me fazer sentir que estou gozando enquanto me sento em seu rosto, missão cumprida. Com essa imagem firme em minha mente, eu realmente gozo e ganho o Prêmio Gemido do Ano da Associação Femme Fatale da América.

Enquanto recupero meus sentidos, noto gotas de

suor na testa de Max e me pergunto se fui muito cruel ao pedir a ele para esperar até eu terminar.

Pode ser. Mas foi sexy.

— Sua vez — digo.

Ele configura o telefone ao lado de Maximus.

Eu sorrio perversamente. — Afaste. Parte dele não está à vista.

Ele faz o que eu digo, e agora posso ver Maximus em toda a sua glória, bem como as bolas de Max – ainda sem nome, embora o significado do meu próprio nome seja aplicável a elas agora.

— Agora — digo magnanimamente.

Agarrando seu pau latejante com o punho, Max move a mão para cima e para baixo com uma precisão implacável.

Eu deveria estar fazendo anotações para a hora do boquete, mas estou muito excitada, então, eu me toco novamente em vez disso.

— Duplo padrão? — A pergunta parece dolorosa.

Eu deixo minha voz o mais rouca que posso. — Você quer que eu pare?

— Caralho, não — Max rosna.

Achei que não.

Combinando seu golpe de velocidade com empurrão, eu me levo perto do orgasmo, em seguida, desacelero, esperando para cruzar esse limite enquanto o observo.

— Diga-me quando — eu suspiro enquanto a pressão aumenta dentro de mim, de qualquer maneira.

Algo ininteligível se segue, e a mão de Max se move tão rápido que borra. Bem quando eu penso que vou

explodir se eu segurar mais, ele grunhe algo próximo a:
— Agora! — e dispara sua carga.

Meus dedos dos pés dobram quase dolorosamente, e cada uma das minhas terminações nervosas grita de alegria quando o orgasmo explode dentro de mim.

Ainda estou tremendo de tanto poder quando alguém bate na porta de Max.

— Está tudo bem aí?

Huh. Suponho que o momento poderia ter sido pior.

Max segura a câmera mais longe para que eu possa ver seu rosto extasiado. — Amanhã?

Com um sorriso travesso, assinto para ele e desligo.

Sonolenta e exausta, rastejo para baixo dos cobertores. Se o sexo virtual foi intenso assim, não posso nem imaginar como será o negócio real com Max.

Quero isso.

De verdade.

Não profissionalmente também.

Eu fecho meus olhos.

Machete decide roubar metade do meu travesseiro e, quando o abraço, ele ronrona.

Não faça Machete se arrepender de ter deixado você viver, pobre humana.

Eu começo a adormecer, e talvez seja meu cérebro extasiado indo para a terra do pensamento positivo, mas enquanto o sono toma conta de mim, não posso deixar de me perguntar:

E se Max *não for* um espião russo?

CAPÍTULO
Vinte E Dois

Nos TRÊS DIAS SEGUINTES, caio na rotina mais maravilhosa de todas. Vou trabalhar, volto para casa e tenho videochamadas com Max, onde conversamos sobre tudo e nada antes de nos envolvermos em sessões de sexo virtual que ficam cada vez mais orgásticas e inventivas.

Quando volto para casa no quarto dia, encontro Gia lá, questionando Olive sobre a habilidade de Beaky de camuflagem.

Huh. Gia está planejando ter um polvo em seu show? Ela poderia lidar com um aquário com sua germafobia? Seria apenas uma questão de tempo antes que ela se perguntasse onde Beaky faz cocô, e a resposta faria seu cérebro derreter.

— Eu vim cobrar meu favor — diz Gia para mim e lança um olhar para Olive. — Podemos querer privacidade para isso.

Porcaria. Quando Gia me colocou em contato com Clarice, prometi desenvolver para ela algum software que causasse danos em troca. Ah, bem. Um acordo é um acordo.

Eu conduzo Gia para o meu quarto, onde pego meu computador.

— Então — digo — Você ainda quer mexer com a autocorreção das pessoas?

Ela acena com entusiasmo. — Eu já criei alguns mapeamentos. Quando eles digitarem *bigode*, seu aplicativo mudará para *pagode*. Qualquer menção a *covinhas* se tornará *conchinhas*. *Querido* vai virar *ferido*. *Beijar* em *matar*. *Lol* em...

— Você não precisa definir isso ainda — falo. — Eu nunca embuti no código coisas como essas em nenhum dos meus softwares.

Gia sorri. — Serei capaz de decidir meus próprios mapeamentos?

Eu concordo. — Metas também, dentro do limite.

Ela esfrega as mãos, como o vampiro do mal que ela se parece. — Vou começar com Holly.

Holly, sua irmã gêmea, também é sua melhor amiga, o que só mostra que, com amigas/irmãs como Gia, quem precisa de inimigos?

Não pela primeira vez, me pergunto por que Holly e eu não somos chegadas. Temos muito em comum, e não menos importante é nossa formação em ciência da computação. Eu sei que ela não gosta do caos de todas as nossas irmãs juntas, mas aposto que seríamos boas um a um. Terei que entrar em contato com ela um dia desses.

— ... E, então, eu quero a transcrição da conversa

por e-mail para mim — Gia está dizendo quando eu volto a sintonizar.

— Não — digo. — Não foi isso que você pediu. Posso te dar a linha antes do erro de autocorreção, e a seguinte. Você não vai bisbilhotar as conversas de todos o tempo todo.

Ela faz beicinho. — E se eu lhe devolvesse a carteira?

Eu dou um tapinha no meu bolso. Caralho. Minha carteira *sumiu*.

Quando ela a roubou? Como?

A espiã em mim está louca de inveja, mas eu sei que se eu pedir a ela para me ensinar isso, ela exigirá minha primogenitura em troca – e Max pode se importar se eu fizer tal acordo sem consultá-lo.

Eu estreito meus olhos. — Se eu não pegar minha carteira de volta, o aplicativo não acontecerá. — Gia não parece afetada, então acrescento: — Também posso acrescentar zeros extras a todas as suas contas de serviços públicos.

— Aqui. — Ela me entrega a carteira. — Além disso, eu respeito o quanto você finge se preocupar com a privacidade... Srta. AN.

Verifico se meu dinheiro ainda está lá e coloco a carteira no bolso. — Só para esclarecer o design do aplicativo: Alice digita um texto para Bob. Antes do texto...

— Quem é Alice? — Gia pergunta. — Quem é Bob?

Meu suspiro é teatral. — Eles são personagens fictícios que usamos em discussões sobre protocolos criptográficos. Os nomes Olive e mãe funcionariam melhor para você?

— Faça como Oyl e Octomãe e você terá minha atenção.

Descrevo o que pretendo fazer usando Oyl e Octomãe como remetente e receptor de texto, respectivamente. Eventualmente, Gia fica satisfeita, e é quando eu a expulso.

— Eu terei um show fora do The Palace em breve — ela diz ao sair. — Você estará lá... certo?

— Eu vou — digo sinceramente. — Apenas me diga a hora e o lugar.

— O lugar é um restaurante russo chamado The Hut, sem relação com o Jabba. Os proprietários são os pais do namorado de Holly. Eles me contrataram para fazer parte do entretenimento para o aniversário de seu outro filho.

Hmm. Um restaurante russo. — Posso levar alguém?

— Claro — ela diz. — Quem?

Eu a atualizo o mais rápido que posso, terminando com: — Então, veja, seria educativo testemunhar como Max reage à comida e ao povo russo. Talvez ele se entregue? Além disso, talvez o namorado de Holly saiba dizer se Max é russo. Ouvi dizer que os russos quase sempre conseguem identificar alguém em seu grupo étnico.

— Isso não é verdade para qualquer grupo étnico? — Gia pergunta. — O reverso do antigo 'esse e aquele grupos parecem todos iguais'.

Eu encolho os ombros.

— Você espera que ele não seja russo, certo? — Olive entra na conversa, juntando-se a nós no corredor.

— Sim — eu digo com um suspiro. — Mas também estou sendo realista. Existem boas razões para pensar que seja.

— Então vá em frente, leve-o — diz Gia. — Vou falar com Holly para ver se ela consegue arranjar uma oportunidade para o namorado dela falar com o seu.

— Quando é o show?

Quando ela me conta, eu estremeço. Max está voando naquela manhã, e eu tinha grandes planos, onde a única mágica seria a glória de Maximus em minha vajayjay (codinome confidencial).

Então, novamente, se eu conseguir provar que Max não é um espião, eu poderia dormir com ele como uma namorada, o que parece infinitamente mais atraente do que fazer isso como uma espiã femme fatale.

Aff. Acho que é hora de colocar minhas cartas na mesa.

A verdade é que nunca tive certeza de que posso dormir com alguém como uma missão. Eu esperava, e suponho que sim, mas isso foi parcialmente devido a imaginar Max como o alvo. Mesmo no caso dele, apesar de todo o aquecimento virtual, não tenho certeza se poderia fazer isso se soubesse que ele era o inimigo. Quanto à ideia de seduzir alguém que não é Max, só de pensar nisso é tão nauseante quanto ficar cara a cara com um pinguim.

Gia bate o pé. — Então, você vai estar lá? Se tudo correr bem, esta pode ser minha estreia oficial no The Hut. Você ganhará pontos de brownie importantes se aparecer e bater palmas.

— Desculpe, eu me distraí por um segundo. Eu

definitivamente estarei lá e baterei palmas mesmo que a mágica seja uma droga. — Sorrindo, acrescento: — Não entendi tudo o que você disse sobre a sua estreia, mas tenho certeza de que foi informação demais.

Com um movimento lento de cabeça, Gia vai embora.

Assim que ela sai, Olive começa a rir, e Beaky muda de cor algumas vezes – no que Olive sorri.

Hmm. Eu estive me perguntando se ela se imagina falando com ele do jeito que eu falo com meu gato. Quando crianças, todas nós sêxtuplas fazíamos isso com nossos animais favoritos na fazenda, então é provável. Antes que eu possa perguntar a ela, meu telefone apita.

É Max.

Pedindo licença, corro para o meu quarto e atendo.

— Já está com saudades de mim?

Ele sorri. — O que você acha?

— Eu acho que você deveria ficar pelado — digo.

O sorriso se transforma em uma expressão faminta. — É melhor sermos rápidos. Eu queria te dizer – toda a família está aqui para o aniversário de casamento e para comemorar o que acabou de passar.

Então, nenhuma conversa normal? Oh, bem, a visão dele nu deveria me fazer sentir melhor sobre isso.

Nós nos despimos e fazemos sexo virtual até o orgasmo. Um para ele e dois para mim. Quem disse que a vida deve ser justa?

— Por favor, parabenize o aniversariante e o casal feliz — digo quando minhas roupas estão de volta.

Ele parece que gostaria que eu tivesse ficado nua. — Quer falar você mesma?

Eu pisco e repito estupidamente: — Falar eu mesma?

Ele está blefando, com certeza. Não há como sua família real estar no Canadá. Eles moram na Rússia. Achei que o lugar em que ele está é um esconderijo onde ele e seu superior trabalham enquanto ele está lá, com a sala decorada com pôsteres de animais como parte do disfarce.

— Eles ficariam maravilhados se você fizesse isso — diz ele. — Eu contei a eles sobre você, e eles estão curiosos para conhecê-la.

— *Me* conhecer? — Esta pergunta não saiu muito mais inteligente do que a anterior.

— Sim. — Ele pega o telefone e minha visão fica de pernas para o ar. — Venha.

Eu vou conhecer a família dele? Os pais dele?

Enquanto ele caminha para seu destino, eu vislumbro a casa onde Max supostamente cresceu.

Isso tem que ser um truque, certo? Como aquela cena em *The Americans*, quando um dos disfarces de marido-espião (alerta de spoiler) se casou com uma secretária que trabalhava na contra-espionagem do FBI. Ele também tinha uma "família" naquele programa, mas consistia em sua superior fingindo ser sua mãe e sua esposa espiã disfarçada de irmã.

Nota lateral: Se qualquer um dos pseudônimos de Max estivesse dormindo com *qualquer* mulher do jeito que o espião masculino fazia naquele programa, eu não seria tão blasé quanto a personagem de Keri Russell.

Não. Eu iria em uma orgia de assassinatos. E, ei, talvez isso pudesse levar a uma carreira diferente na CIA, a de uma espiã assassina à la Jason Bourne. Nesse cenário, eu até receberia essa doce amnésia.

Max para de andar e diz algo no que deve ser ucraniano. Ele, então, segura a câmera para que eu tenha uma boa visão de uma grande mesa de jantar cheia de comida suficiente para alimentar Kiev por dois anos.

Enquanto eu examino as pessoas sentadas lá, minha boca se abre.

— Pessoal, esta é Blue. — Max começa a apontar para as pessoas ao redor da mesa. — Blue, estes são mamãe, papai e meus irmãos – Seman, Matviy, Andriy e Zlata.

Finalmente fechando minha boca, eu estupidamente pisco para o clã Stolyar.

Se você pegasse Max e usasse 3D para transformá-lo em uma raposa prateada, você teria o pai. Os três irmãos parecem quase tão idênticos a Max quanto minhas irmãs parecem comigo. Até a mãe e sua irmã se parecem muito com ele. Eles têm os mesmos olhos lindos e com cílios grossos, e o mesmo cabelo de comercial de xampu.

— É um prazer conhecer todos vocês — Gaguejo.

Meus pensamentos estão acelerados. Esta não é uma família falsa. Não são virtual ou mágica – e não do tipo que Gia faz. Mas o governo russo mandaria tantos cidadãos para o Canadá só para me enganar? Ou Max se contrabandeou do Canadá para a Rússia de alguma forma? A menos que todos vivam no Canadá apenas para apoiar o disfarce de Max?

Todas essas opções soam como um exagero, o que levanta a questão que é como um raio de esperança para o meu coração.

Talvez Max realmente não seja um espião russo?

CAPÍTULO
Vinte E Três

— PRAZER EM CONHECÊ-LA, Blue — todos dizem em uníssono, e eu afasto minhas ruminações indisciplinadas para me concentrar na situação em questão.

— Max nos falou muito sobre você — diz Andriy.

Sem sotaque. Outra pista: ou eles não estão na Rússia ou ele estudou inglês no mesmo lugar que Max.

— O que ele não mencionou é o quão atraente você é — diz o outro irmão – Seman, eu acho.

— Ele provavelmente estava preocupado que você a quisesse, e ele estava certo — diz Matviy, o terceiro irmão.

— E então você se pergunta por que ele nunca nos apresenta às mulheres com quem sai — a irmã, Zlata, interrompe.

Sua voz é tão bonita quanto o resto dela e, novamente, nenhum sinal de sotaque aqui também.

— Não, isso é porque ele não namora. — Seman pisca para Max. — Ou não namorava.

Max vira a câmera de frente para si mesmo. Um sorriso está brincando em seus lábios. — A espera valeu a pena.

— Crianças — diz mamãe. — Deixe a convidada falar.

Ok. Definido sotaque do Leste Europeu aqui, mas isso se encaixa com a história de Max de ser ucraniano de segunda geração.

— Antes de ela contar sua história, que tal um brinde? — Papai diz, seu sotaque mais forte do que o de sua esposa.

Seman pega uma garrafa de horilka. — O velho faz sentido para variar.

Papa levanta seu copo. — *Za zustrich.*

Todo mundo toma suas doses. Estou feliz por não estar lá pessoalmente, pois não estou com vontade de me queimar com horilka.

— Não devemos manter Blue ao telefone nos vendo comer e beber — diz Max quando os copos estão de volta na mesa.

— Você está certo — A mãe diz a ele e olha para a câmera. — Blue, espero que você venha pessoalmente no próximo ano. Este é o seu convite oficial.

Uau. — Obrigada — digo. — Mas eu não preciso desligar. Eu não me importo em ver vocês comer ou beber, honestamente.

Na verdade, agradeço a chance de aprender mais sobre Max, mas não adiciono isso.

— Bobagem — diz Papa. — Se você não puder compartilhar nossa refeição, vou me sentir inóspito.

Seman dá uma cotovelada no pai. — Talvez seja

porque suas regras de hospitalidade são anteriores à tecnologia?

Eu suspiro. — Não quero que ninguém se sinta inóspito. Eu só queria parabenizar todos vocês pelos aniversários.

Mamãe olha para papai e diz algo em ucraniano rápido. Tudo o que entendo é a palavra *krasa*, que vi em um conto de fadas russo em referência a uma bela donzela.

— Ela disse que você não é apenas bonita, mas também educada — sussurra Max no alto-falante do telefone.

Eu sorrio e falo para todos. — Vou deixar vocês voltarem para o seu banquete.

— Vejo você no próximo ano — A mãe diz, e os outros ecoam suas palavras.

— Ligarei para você amanhã. — Max me joga um beijo no ar.

Já que sua família está assistindo, eu toco minha bochecha em vez de minha bunda depois de pegá-lo. Dando meus parabéns mais uma vez, eu desligo.

Uau.

Eu me sinto tonta como num encontro para o baile. Max e eu podemos realmente dar certo. Como de verdade – o que só é possível se ele não estiver trabalhando para a Rússia. E talvez ele não esteja? É possível que ele esteja dizendo a verdade desde o início? Que ele é realmente apenas um ucraniano de segunda geração e não está espionando os interesses estrangeiros?

Existem problemas com essa teoria, não importa o

quanto eu queira que seja verdade. E a façanha que ele estava prestes a fazer depois do jogo de pôquer? E o que há com os banqueiros de investimento?

Caramba. Esse encontro familiar foi um teatro cuidadosamente planejado? Nesse caso, quase funcionou.

Ainda assim, estou esperançosa agora. Não acredito que seja importante o suficiente para encenar algo assim. Ele não sabe que eu o vi falar com os banqueiros ou testemunhei sua tentativa de hackear o telefone de alguém. Por que ele se esforçaria tanto para me convencer de que não é um espião se não tem motivos para pensar que eu suspeito dele?

Nenhuma resposta chega, mas a ida ao restaurante russo está chegando. Vamos ver o que isso revela.

CAPÍTULO
Vinte E Quatro

DEPOIS DE TERMINAR minha primeira tarefa no trabalho no dia seguinte, eu verifico os irmãos de Max. Eu acho que se o disfarce dele for descuidado, não os encontrarei, mas se o disfarce for bom – ou se Max foi honesto comigo – eles *existirão*.

Sim. Os irmãos e a irmã têm uma presença online muito sólida – mais do que o próprio Max, o que é um detalhe estranho se isso for falso.

Eu não posso deixar de ficar aliviada. Cobertura descuidada significaria dar um beijo de despedida no cenário Max-não-é-um-espião.

Outro projeto de trabalho chega à minha caixa de entrada e trabalho nele durante o almoço. Consigo terminar tudo cedo, então, saio do meu prédio e vou para a casa de Fabio para o meu treinamento.

— Temos um código vermelho em nossas mãos — diz Fabio quando conto a ele sobre meu próximo encontro com Max.

— O que você quer dizer? — pergunto.

Ele me olha de cima a baixo, seu lábio superior curvando-se na minha calça cinza lisa e na camisa branca apropriada para o trabalho. — Quero dizer que você pode se beneficiar mais com conselhos sobre cuidados pessoais do que com técnicas sexuais.

— O que isso deveria significar?

Ele revira os olhos. — Gays ou heterossexuais, os homens são criaturas visuais, e você precisa ter certeza de que gostamos do que vemos.

Eu belisco seu bíceps. — Essa foi uma pergunta retórica. Por que você está zombando da minha aparência?

Ele puxa o braço como se eu tivesse um ferrão, então, pega um espelho comprido e o coloca na minha frente. — Apenas olhe.

Eu tiro minha peruca. — Este é o meu novo corte de cabelo. Ele disse que gostou. O resto é meu traje de trabalho. Obviamente, vou me arrumar para o encontro.

Fabio exala um suspiro exageradamente aliviado. — Você também vai usar sapatos diferentes, certo?

Eu resisto ao desejo de beliscá-lo novamente. — Sim. Eu só uso tênis para ir ao escritório por ser confortável.

Ele coça o topo da cabeça. — Ok. Podemos ir para a sua casa, para que você possa me mostrar o que pretende vestir?

— Eu posso fazer melhor. — Pego meu telefone e

mostro a ele uma foto minha usando o vestido que pretendo colocar, depois outra com os sapatos.

Ele torce o nariz. — Você já usou essas coisas antes?

— Só uma vez — digo.

— Certo. Qual é a sua situação de cabelo lá embaixo? — Ele olha para minha virilha.

É sério isso? — Eu me depilei um pouco antes da nossa primeira aula.— Era apenas para o caso de Max me ver nua durante aquele jogo de pôquer, mas eu não adiciono isso.

— A Brasileira?

Eu assinto.

Ele franze os lábios. — Como está o seu traseiro?

Posso usar um movimento Krav Maga nele agora? Não um chute nas bolas – ele precisa disso para trabalhar – mas talvez um golpe na área do mamilo? — Eu acabei de dizer que fiz a Brasileira.

Outra olhada. — E quanto ao branqueamento?

Eu pisco para ele. — Não há crescimento de cabelo suficiente para descolorir.

— Não é o cabelo, boneca, a pele em volta da porta dos fundos. Deve ser bonita e rosa.

— Qual é a cor agora? — Eu deixo escapar.

— Como diabos eu saberia? E antes que você pergunte, eu não quero ver isso.

Sério, apenas um soco em qualquer um dos lugares macios de seu corpo. — Eu não ia mostrar para você.

— Claro, claro. — Ele sorri. — Mas você *está* indo ao banheiro para verificar.

— Fabricantes de creme estúpidos — murmuro. — Tentar fazer as mulheres sentirem vergonha para vender seu óleo de cobra. Devemos nos sentir orgulhosas de nossos órgãos genitais como eles são. Não tenho certeza se vou mostrar a Max meu buraco, mas se eu fizer isso, ele ficará tão emocionado por eu estar deixando-o ver que ele não se importará com o tom.

O sorriso de Fabio fica malvado. — Fale o quanto quiser, irmã. Mas você *vai* ao banheiro para verificar, certo?

Com um grunhido irritado, vou para o banheiro.

Eu não posso acreditar que estou fazendo isso. Então, novamente, dar uma olhada não vai doer.

Mas como?

Tento me curvar como um pretzel para ter uma visão, mas não adianta. Tento encontrar um bom ângulo para ver no espelho. Outra falha. Certo. Pego meu telefone, me curvo, abro as pernas e faço uma selfie anal – ou analfie, como vou chamá-la daqui para frente.

Se alguém no trabalho hackear meu telefone e vir minha analfie, vou caçar seu traseiro.

Suspirando, eu dou uma olhada.

Porra, porra. Meu traseiro é marrom. Foi ao Havaí e conseguiu um belo bronzeado quando eu não estava olhando? Ou sempre foi assim? Por que minha estúpida intuição diz que deveria ser da cor da pele como o resto da bunda, ou pelo menos rosa, como o interior da vagina? É assim com os outros orifícios – os orifícios das orelhas têm um tom de pele e os lábios rosados (os meus, pelo menos).

O encontro com Max é importante o suficiente para receber um tratamento? Uma grande parte de mim diz não, mas outra parte, a que está em contato com minha femme fatale interior, responde com um sonoro sim. Na verdade, o Guia da Associação da Femme Fatale da América teria três opções para esta situação: a) clarear a área afetada, b) usar um plug anal com joias para cobri-la ou c) bronzear-se nu com um plug anal até a pele em todos os outros lugares corresponder ao do cu. Uma vez que b) tornaria o caminhar desconfortável e, c) pode causar câncer de pele, acho que é a).

Parece que vou fazer isso. Maldito Fabio e maldito complexo industrial de cremes para a pele.

Quando volto para a sala, Fabio me lança um olhar presunçoso. — Então?

— Como faço para clarear essa coisa estúpida?

Ele pega seu telefone. — Você vai ver meu amigo. Você não quer fazer isso sozinha. Já ouvi histórias de terror.

Eu exalo um suspiro. — Um cara? Como no sexo masculino?

— Gay. Eu verifiquei — Ele balança as sobrancelhas —, se é que você me entende. Ele provavelmente prefere olhar para uma fruta podre do que para o seu traseiro.

— Ótimo, estou lisonjeada.

Ele pega seu telefone e disca um número. — Ei, Ishmael, posso trazer uma amiga para ver você?

Ishmael? Estamos falando de algo bíblico ou de *Moby Dick*? Conhecendo Fabio, aposto que é o último. Provavelmente um apelido aludindo ao tamanho da coisa.

Mesmo que o telefone não esteja no modo alto-falante, posso ouvir o profundo *sim, quem* e *por que* de Ishmael.

— Blue. Minha amiga de infância — responde Fabio.

— O cu? — Ishmael pergunta.

— Sim, precisa se iluminar — diz Fabio com um sorriso.

— Estou bem aqui — digo alto o suficiente para Ishmael ouvir. — E eu vou dar a gorjeta.

— Tudo bem, vamos chamar de 'mudar o toque lá embaixo' — diz Fabio para mim. — Melhor?

Eu suspiro. — Eu tenho que fazer isso agora?

— Sim — Ambos dizem em uníssono.

— Você precisará de algum tempo para se recuperar antes de entrar um pau lá — diz Ishmael.

— Este é o primeiro encontro — eu digo. — Não vamos no anal.

Fabio me lança um olhar de pena. — Blue, você ainda está no meu tempo de treinamento e eu valorizo minha reputação. — Ele endireita os ombros. — Nenhum aluno meu vai a um encontro com um buraco negro cru, e pronto.

CAPÍTULO
Vinte E Cinco

O SALÃO de clareamento fica no West Village e parece extremamente sofisticado.

— Bom e limpo — Sussurro para Fabio.

— Sim — ele diz. — É um bom presságio para o seu ânus.

Antes que eu possa responder, um homem gigante e musculoso vem em nossa direção. Ele tem que ser um fisiculturista profissional – seus bíceps têm tríceps.

Ele não me parece gay, mas isso dito pela garota que não sabia que Fabio jogava no outro time. Se eu soubesse, não teria mostrado minhas partes íntimas a ele.

— Ishmael! — Fabio dá um abraço no cara, ou tenta. Seus braços envolvem aproximadamente um peitoral.

Huh. Talvez o gigante seja chamado de Ishmael porque ele é grande o suficiente para pegar uma baleia com as próprias mãos... pelo pau.

— Você é a cliente? — Ishmael olha para mim da mesma forma que eu olho para um pequeno inseto.

Eu silenciosamente assinto. Este homem é tão grande que ativa a parte lagarto do meu cérebro, a responsável por me impedir de ser esmagada.

A comunidade de inteligência está ciente do efeito estranho que uma pessoa muito grande pode ter sobre alguém? A CIA deveria colocar seus interrogadores em um coquetel de esteróides e hormônios de crescimento?

Ainda olhando para mim, Ishmael gesticula para a porta próxima. — Venha.

— Boa sorte — canta Fabio.

Eu atiro nele um olhar de ódio e sigo o gigante.

Ishmael me conduz a uma pequena sala limpa e acena com sua mão carnuda para uma mesa que parece uma mesa de cabeceira ao lado dele. — Abaixe as calças e faça a pose de cachorrinho.

Se ele não fosse gay e eu não fosse fiel a Max, eu pediria a ele para me pagar o jantar primeiro, mas como está, eu faço o que me manda enquanto amaldiçoo Fabio baixinho.

— Abra suas nádegas — diz Ishmael.

— Espere, o que você vai fazer?

— Laser — diz ele secamente.

Oh. Achei que seria um creme. Acho que a Big Laser está envolvida neste esquema.

— Pronto quando você estiver — Resmunga Ishmael.

Ruborizando como uma lagosta particularmente tímida, eu abro minhas nádegas e estremeço.

Estou pronta para o laser brilhar onde o sol não brilha.

CAPÍTULO
Vinte E Seis

A DOR É TÃO forte que não posso deixar de gritar.

Isso é o que um supervilão sentiria se Super-Homem decidisse atirar seus lasers oculares em sua bunda. Eu não ficaria surpresa se houvesse fumaça saindo de mim, o que seria uma variação sem elogios na expressão "explodir a fumaça no traseiro".

— Desculpe — diz Ishmael. — Algumas pessoas são mais sensíveis ao laser do que outras.

Não posso deixar de sentir que ele se refere a pessoas de um determinado gênero, mas talvez eu esteja apenas sendo excessivamente sensível.

— Está tudo bem? — Fabio grita do lado de fora da sala.

Meus músculos torturados do esfíncter se contraem quando eu grito de volta: — Tudo bem! Não abra essa porta ou vou te matar.

— Eu não preciso ficar traumatizado, de qualquer maneira — Retruca Fabio em voz alta.

— Você quer que eu aplique um pouco de creme anestésico? — Ishmael pergunta.

Ui. O que é pior: deixar Ishmael continuar bancando a Idade Média na minha bunda, ou a indignidade extra de ele aplicar o creme? Então, novamente, quem disse que tem que ser ele?

— Posso aplicar o creme eu mesma? — pergunto.

— Se você preferir. Me dê sua mão.

Eu dou, e ele coloca uma luva na minha mão, explicando: — Para que seus dedos não fiquem dormentes.

— Ah. Certo. Desvie o olhar.

— Feito — diz ele.

Sentindo meu rosto ficar ainda mais vermelho, aplico o creme. A sensação de resfriamento é uma mudança agradável em relação à queimadura anterior.

Ishmael suspira com impaciência. — Lembre-se, se você estiver fazendo isso por mais de cinco segundos, vai acabar gozando.

Excelente. Um comediante gigante e branqueador.

Eu puxo minha mão e fico de quatro. Então esperamos, e no que diz respeito a posições de espera, esta é a que menos gosto. Finalmente, minha bunda começa a ficar dormente – uma sensação estranha por si só. Lembra-me de estar no dentista, exceto que estou de calça lá, felizmente.

— Pronta? — ele pergunta.

— Sim.

A sensação horrível volta, ligeiramente entorpecida, e eu grito de dor novamente.

— Ainda dói?

O filho da puta parece surpreso.

Eu cerro meus dentes. — Apenas continue.

Ele o faz. Digo a mim mesma que isso é um treinamento para o cenário em que um inimigo me capture e tente me fazer trair meu país. Corajosamente, eu não desisto. Posso não ser capaz de resistir à tortura de pássaros, mas posso lidar com técnicas aprimoradas de interrogatório que envolvem anal. Ou, pelo menos, um feixe de laser na bunda.

Caralho. Falei cedo demais.

Se eu pudesse contar alguns segredos suculentos, o faria agora mesmo. Em vez disso, digo a Ishmael para parar.

A queimação vai embora. — Não acho que seja uma boa ideia deixar assim. Estou na metade.

— Então? — Rosno.

— Você terá uma meia lua em seu ânus — diz ele. — Ou um rosto sorridente, se você olhar do ângulo certo.

Eu exalo um grande suspiro. A última coisa que quero é que Max pergunte sobre um rosto sorridente na minha bunda. — Certo. Vamos terminar isso.

— Espere aí. Isso pode ajudar. — Seus passos pesados se afastam e retornam.

De repente, meu traseiro congela.

— Que diabos?

Ele limpa a garganta. — A dor do laser é causada pelo calor, então, estou tentando resfriar a área com gelo.

Eu dou a ele um olhar feroz por cima do meu ombro. — Você não deveria me perguntar antes de colocar cubos de gelo na minha bunda?

Parecendo envergonhado, ele remove o gelo. — Eu estava tentando ajudar.

— Apenas termine a porra da tortura. — Eu me afasto e cerro os dentes novamente.

Ele recomeça e é realmente mais tolerável depois do gelo. Me sentindo mal-humorada, eu não digo isso a ele.

— Tudo feito — diz Ishmael depois do que parece uma hora.

Saio da mesa, puxo as calças e penso nas coisas más que posso fazer a Fabio.

Ishmael me diz o quanto devo a ele e eu pago, acrescentando uma grande gorjeta como agradecimento pelo gelo no final.

— Como foi? — Fabio pergunta quando saímos.

— Você pode querer me evitar nas próximas semanas.

Algo em meu rosto deve ser muito convincente. Fabio empalidece e se afasta, resmungando algo sobre ter que ir.

— Você vai gostar dos resultados — diz Ishmael. — Você verá, você estará de volta para retoques.

— Retoques? — A pergunta sai como um grito. — Essa merda não é permanente? — Em minha raiva, meu cérebro esquece o quão grande o profissional é, e eu avancei contra ele de forma confrontadora.

Ele balança a cabeça e prudentemente dá um passo para trás, aparentemente raciocinando que um Yorkie com raiva pode machucar um Mastim. — Conforme você anda, você cria atrito, o que cria pigmentação. Os resultados podem durar cerca de seis meses, mas não mais.

Eu odeio todo mundo. — De jeito nenhum vou fazer isso de novo.

— Justo. — Ele me entrega um creme. — Isso é para cuidados posteriores. Chame seu médico se você tiver febre, secreção anal, sangramento, bolhas ou feridas abertas.

Eu quero vomitar — É melhor sua presença digital online rezar para que eu não precise ver um médico.

Batendo a porta do salão com força atrás de mim, pego um táxi para casa, meu traseiro doendo todo o caminho.

———

Me sinto péssima pelo resto do dia, a ponto de Olive me acusar de parecer um caranguejo, durante o jantar. Ei, para um biólogo marinho, isso pode significar algo diferente do que para pessoas normais. Pode ser, como aconselhado, para me manter hidratada.

Quando vou para o meu quarto, recebo minha mensagem normal de Max após o jantar. Como sempre, é a imagem de uma criatura adorável – neste caso, uma raposa fennec.

A onda de alegria me faz esquecer a dor literal na minha bunda.

Uma raposa que parece um coelhinho? Eu escrevo de volta. *Sem dúvida, engana as criaturas fofas fazendo-as pensar que é uma delas, depois, mata toda a família a sangue frio.*

Bem, isso ficou sombrio rapidamente.

Eu localizo a foto de uma toupeira com nariz estrelado e mando para Max, com a legenda: *Isto é o que fofo realmente parece.*

Ele responde imediatamente:

Uma toupeira de novo? E desta vez com tentáculos de nariz? Nunca pensei que digitaria isso, mas esses são os mais grosseiros de todos os tipos de tentáculos.

Eu sorrio. *Videochamada?*

Ele diz que precisa de vinte minutos, e eu uso esse tempo para renovar minha maquiagem e colocar minha camiseta-de-ficar-em-casa mais bonita.

Quando ligamos, ele me conta sobre seu dia, mas eu não retribuo. A operação de laser no bumbum necessária, a menos que ele esteja aqui e eu deseje desesperadamente um pouco de anal, ele não precisa saber. Em vez disso, conto a ele sobre o passeio em um restaurante russo para ver se ele quer evitá-lo.

— Adoraria ir com você — diz ele, e gostaria de poder beijá-lo pela internet.

Ele não está ciente de que outros russos podem detectar os seus pares ou é especialmente corajoso / arrogante.

— Você não vai ficar muito cansado? — pergunto. — É no dia do seu voo.

— Não, está tudo bem. Eu terei até tempo para buscá-la.

— Tem certeza? O restaurante fica no Brooklyn, que fica no caminho do aeroporto. Me pegar seria um grande desvio.

Ele me abre um sorriso com covinhas. — Eu insisto.

Em nosso primeiro encontro, vou buscá-la, mesmo que isso signifique ir ao Brooklyn três vezes. Talvez quatro.

— Tudo bem, mas suba quando você chegar aqui. Como recompensa, vou deixar você ver meu gato e o polvo da minha irmã.

Seu sorriso se alarga. — Sua gatinha e um polvinho?

O calor cobre meu rosto e outras regiões. — Ver *isso* pode ter que esperar até depois do evento.

Sua voz fica rouca. — Mal posso esperar.

Aqui vamos nós. Ativando o modo femme fatale. Eu lambo meus lábios sedutoramente, do jeito que ele gosta.

Ele parece com fome instantânea. — Dispa-se.

Eu faço o que ele diz e ele se junta a mim.

Minha bunda vai atrapalhar a masturbação?

Não. O sexo virtual que se segue é o melhor até agora. Na verdade, uma vez que meu cérebro está se banhando nas endorfinas pós-orgásmicas, a dor na minha bunda é apenas uma memória distante.

CAPÍTULO
Vinte E Sete

Nossa rotina de trabalho e, então, sexo virtual continua gloriosamente enquanto minha bunda cura, até o dia em que Max deve voltar.

Trabalhar nesse dia é difícil. Em vez de me concentrar em **confidencial**, penso em Maximus em todos os meus buracos, até mesmo na bunda – embora eu saiba que deveria dar mais tempo para curar.

Falando em bunda, quando chego em casa do trabalho, faço uma analfie para dar uma olhada.

Bonita e rosa. Não tenho certeza se a dor valeu a pena, mas, ei, acabou agora, e eu me sinto um pouco mais femme fatale assim. É melhor que Max aprecie isso – presumindo que eu mostre a ele, o que está na minha agenda.

Falando em Max, ele me manda mensagens quando pousa.

Merda. Tenho que me preparar para o restaurante.

Demoro mais de uma hora para aperfeiçoar toda a preparação, aplicação de maquiagem e roupas. O toque final é uma fita dupla-face entre meus seios e no corpete do vestido. Eu não quero que o Sargento e o Capitão façam uma aparição prematura esta noite.

Quando estou feliz com minha aparência, tiro uma selfie e mando para Fabio.

Maravilhosa, ele responde.

Ele ainda está tentando me apaziguar depois da Operação Laser no cu?

Por precaução, vou até a sala de estar e pergunto a Olive o que ela acha.

— Uau, Mana — ela exclama. — O espião não saberá o que o atingiu.

Até Machete deve gostar, ou pelo menos é assim que interpreto sua fricção na minha perna.

Não se sinta lisonjeada, frágil humana. Machete marcou você para que os gatos fora de seu castelo saibam que comer seu rosto é prerrogativa de Machete.

— Ei — pergunto para Olive. — Você precisa comprar mantimentos ou algo parecido?

Ela sorri com conhecimento de causa. — Max vai subir?

Afirmo.

— Vou pegar um pouco de protetor solar — ela diz e usa um tubo inteiro no rosto e nos braços, apesar de já ser tarde.

Ei, o que for preciso para conseguir um pouco de privacidade.

Dez minutos depois que Olive sai, Max me envia uma mensagem para me avisar que ele está lá fora.

Suba, eu respondo.

Enquanto espero, as borboletas afogam umas nas

outras em meu estômago. Eu não o vejo há uma semana. É verdade que nos vimos em nossas telas, mas não é a mesma coisa. E se...

A campainha toca.

Quando abro a porta, posso sentir seu cheiro de bordo e lavanda – e então Max está na minha frente em toda sua glória deliciosa.

— Oi. — Sua voz está pingando sexo, seus olhos verdes salpicados de mel me examinando da cabeça aos pés, ficando mais escuros no processo.

Enquanto isso, estou examinando-o de volta. Ele está vestindo um terno azul-marinho perfeitamente ajustado que enfatiza a largura impressionante de seus ombros e a magreza de sua cintura. Isso me faz querer arrancá-lo dele – junto com sua camisa branca e qualquer boxer ou cueca que esteja tentando conter a protuberância crescente em sua calça. A menos que ele esteja sem?

Oh, droga. Só de pensar nisso, sinto que estou prestes a entrar em combustão. Quão violentamente Gia me mataria se eu pulasse seu show para fodê-lo completamente?

— Olá — respiro.

Suas narinas dilatam-se e, sem mais preâmbulos, ele agarra meus braços, me puxa para si e pressiona seus lábios contra os meus.

CAPÍTULO
Vinte E Oito

O BEIJO É QUENTE. Mais quente do que todo o nosso sexo virtual combinado. Enquanto sua língua acaricia sensualmente meus lábios e mergulha em minha boca, eu sinto como se cada papila gustativa na minha língua tivesse se transformado em um clitóris. Ofegante, fico na ponta dos pés e pressiono seu corpo rígido, meus braços envolvendo seu pescoço forte enquanto eu retorno o beijo com fervor crescente.

Depois de alguns minutos vertiginosos, ele relutantemente se afasta. Sua voz está rouca de frustração, sua mandíbula, tensa. — Precisamos ir logo.

Eu pisco para ele atordoada. Tenho certeza de que o calor abrasador entre nós fritou pelo menos algumas das minhas células cerebrais. — Sim. Eu... nós deveríamos.

Ele dá um passo para trás e me dá outra olhada com fome. — Você está deslumbrante.

Eu lambo meus lábios latejantes. — Obrigada. E

você deve sempre usar um terno, ou melhor ainda, nada.

Um sorriso sexy curva sua boca. — Anotado. Agora, onde estão os animais que você prometeu?

Animais. Certo. Tentando não pensar na minha libido superestimulada, agarro sua mão e o levo para a sala de estar, onde aponto para o aquário gigante. — Esse é Beaky.

Max estuda o polvo com uma mistura de espanto e inquietação. — Uau. Ele é como aquela foto que você me enviou. Definitivamente algo parecido com um filme de terror sobre ele.

Beaky não deve gostar de sua declaração. Isso ou é uma coincidência que ele mude de cor neste exato momento.

— Venha, vamos encontrar o gato. — Eu pego sua mão novamente e tento não derreter em uma poça de necessidade enquanto seus dedos fortes apertam suavemente os meus.

Enquanto procuramos Machete, eu percebo que é melhor que eu ainda não tenha arrebatado Max. E se o maldito gato atacar Maximus do jeito que ele fez com o pau e os kiwis de Bill?

— Aí está ele — diz Max, apontando para um canto da cozinha. Um sorriso caloroso ilumina seu rosto quando ele se aproxima do gato. — Ele é lindo.

As coisas acontecem rápido demais para eu reagir.

Max se curva e estende a mão – uma manobra kamikaze.

Machete avança para a mão.

Eu me encolho, esperando que garras afiadas arranhem a carne de Max.

Em vez disso, em um nanossegundo, Max está segurando o gato contra o peito, e a criatura maligna está realmente ronronando.

Que porra é essa?

Max é um encantador de gatos?

Deve ser algo que eles ensinam na escola de espionagem russa. Eles começam com como seduzir um humano, mas na lição sessenta e nove, é tudo sobre como seduzir um gato.

Afinal, um espião precisa ser um mestre em todos os tipos de *gatinhas*.

Eu estreito meus olhos para Machete. — Traidor.

O gato não dá a mínima para o que eu digo.

Machete aprova este humano. Seu rosto simétrico faz Machete querer se enrolar nele e tirar uma longa soneca.

Sem chance. A única gata nessa cara será a minha.

— Você vai sujar o seu terno — digo, recuperando o juízo.

— Certo. — Max gentilmente coloca Machete no chão.

O gato me lança – ou talvez ao mundo – um olhar mortal.

A pele de Machete é uma decoração. Uma medalha de honra que não é digna de mosquitos atrevidos.

Nós saímos do meu apartamento com todos os dedos e membros intactos, e Max me leva para um táxi. Enquanto lutamos contra o tráfego normal, ele me conta sobre seu voo para casa, que aparentemente incluía uma senhora idosa conversadora que se sentou ao lado dele no avião.

Enquanto eu o ouço descrever suas travessuras, não posso deixar de pensar que ela estava dando em cima dele. Que mulher heterossexual não o faria? Eu sei que estaria pronta para Maximus mesmo se estivesse chegando aos cem.

Finalmente, o táxi vira para Brighton Beach e passamos por lojas que têm placas escritas em russo. As pessoas que entram nas lojas não pareceriam deslocadas nas ruas de Moscou há cerca de vinte anos.

Eu observo o rosto de Max em busca de qualquer sinal de nostalgia.

Não. Ele não é um espião, está disfarçando suas feições ou não é do tipo sentimental.

Nosso táxi para.

Meu coração afunda ao ver o restaurante que é nosso destino. Aponto para os objetos horríveis à nossa frente. — Estou alucinando?

Max segue meu olhar e franze a testa. — Se você está falando sobre as pernas de frango gigantes que servem como colunas para o restaurante, eu também as vejo.

Estou falando sobre as pernas de pássaros gigantes. Se ele dissesse que elas pertencem a alguma galinha diabólica, eu acreditaria – não que isso tornasse a visão horrível ainda melhor.

Eu seguro minha cabeça em minhas palmas. — Por quê? Por que alguém faria isto? É alguma versão russa do Halloween?

Mesmo assim, algo tão aterrorizante seria o equivalente a usar cadáveres reais para assustar os truques de doces ou travessuras.

Max faz uma careta e dá um tapinha no meu ombro.

— Tenho certeza de que essas pernas fazem alusão aos contos de fadas de Baba Yaga. Se a versão russa é parecida com a ucraniana, Baba Yaga é uma bruxa malvada que come crianças e mora em uma cabana na floresta apoiada em pernas de galinha gigantes.

— Eu acho que combina. Nada transmite mau puro pior do que partes do corpo de pássaros. Eles poderiam ter facilmente dado a este restaurante as pernas de Freddy Krueger enquanto estavam lá.

— Você vai conseguir entrar? — ele pergunta, me olhando com preocupação.

Eu suprimo um estremecimento. — Eu penso que sim. Elas não são reais. Você acha que isso significa que eles servem muito frango?

Ele pega seu telefone e desliza pela tela por alguns segundos. — Não mais do que o normal. O que faz sentido. Se eu estiver certo sobre o tema, a carne das crianças seria uma preocupação maior, mas, felizmente, isso também não está no menu.

— Tudo bem, vamos lá. — Eu agarro sua mão tão forte quanto posso, e o deixo me levar em direção às pernas horríveis.

Deve ser assim que se parece a entrada do inferno. Quando estamos ao lado delas, fecho meus olhos e deixo Max me guiar como um cão-guia.

Por que Gia precisa se apresentar em locais com impedimentos relacionados a pássaros? Isso tem alguma coisa a ver com o Massacre de Tit Zumbi? Ela também estava lá. Talvez seja esta a forma dela de processar esse trauma?

Ouço uma porta abrir e fechar, seguida pelo zumbido de vozes e o leve barulho de talheres na porcelana. Cheiros saborosos e deliciosos invadem minhas narinas. Cautelosamente, abro os olhos e liberto meu aperto mortal na mão de Max.

— Você está bem? — ele pergunta com um sorriso suave.

Eu assinto, examinando nossos arredores com fascinação.

Estamos dentro do restaurante. O lugar está repleto de mármore e cristal, e há um palco no meio do grande espaço. Deve ser onde Gia fará seu show. Por enquanto, porém, o palco está ocupado por um cara barbudo rechonchudo vestindo uma roupa que parece uma explosão na fábrica de purpurina. Ah, e ele está cantando – ou mais como massacrando – *Wrecking Ball*, com um forte sotaque russo.

— Eu rezo para que ele não tire a roupa ou lamba ferramentas elétricas à la Miley Cyrus no vídeo — sussurro para Max.

Ele sorri. — Temos uma mesa designada?

Ótima pergunta. Eu mando uma mensagem para Gia.

Enquanto espero por uma resposta, noto como todos os clientes estão bem vestidos. Isso me lembra aquelas cenas de infiltração black-tie que aparecem em todos os filmes e programas de espionagem.

Talvez Max e eu devêssemos nos unir e roubar a receita do borscht da cozinha?

Em vez de responder por texto, Gia corre até nós.

Uau. Ela geralmente é ainda mais pálida do que Olive, mas sua maquiagem hoje faria a gueixa do Drácula parecer bronzeada em comparação.

— Obrigada por ter vindo — diz ela. — O show vai começar em alguns instantes. Por enquanto, por que vocês não se juntam a nós? — Ela aponta para uma grande mesa com a melhor vista do palco.

— Claro — respondo. — Vamos lá.

Gia olha para Max. — Você não vai nos apresentar primeiro?

Ah. Certo. — Max, esta é Gia, minha irmã e o entretenimento desta noite. Ela é uma mágica, então, tome cuidado com suas posses.

Opa. Por que eu o avisei sobre a última parte? Eu poderia aprender algo sobre ele se Gia roubasse sua carteira.

— Prazer em conhecê-la — diz Max, incisivamente cobrindo o bolso interno do paletó.

Gia sorri. — Obrigado por me mostrar onde você guarda algo que vale a pena roubar.

— Sem flertar com meu par — eu sussurro alto.

Ela revira os olhos. — Eu tenho o meu.

E, cara, ela tem. Quando chegamos à mesa, um cara *quase* tão gostoso quanto Max dá a ela um olhar de adoração. Este é o codinome Tigger. Seu nome verdadeiro é Anatolio Cezaroff.

Gia começa a apresentar a todos ao redor da mesa

no sentido horário. Enquanto ela faz, eu os avalio como um espião faria.

O aniversariante sombrio e taciturno é Vlad Chortsky. Ao lado dele está sua namorada, Fanny, uma beleza de rosto redondo que está corando por algum motivo desconhecido. Alex Chortsky é o irmão de aparência mais alegre de Vlad que é namorado da minha irmã Holly. Bom para ela – os Chortskys claramente têm ótimos genes.

Falando em bons genes, os Cezaroffs também são atraentes. Pelo menos o irmão de Tigger, Dragomir, é. Aparentemente, ele está namorando a irmã Chortsky, Bella – uma mulher que usa a femme fatale muito melhor do que eu. Faço uma nota mental para fazer amizade com ela e pedir dicas.

Por último, mas não menos importante, estão a matriarca e o patriarca do clã Chortsky, donos deste restaurante. Eles se chamam Boris e Natasha, e se parecem e soam exatamente como os personagens de *Alceu e Dentinho*. Natasha está usando mais maquiagem do que todos os amigos drag queen de Fabio juntos, enquanto Boris ostenta uma sobrancelha que uma lagarta pode querer ter um caso apaixonado.

— Feliz aniversário, Vlad. — Max aperta a mão do homem taciturno e coloca um envelope nela.

Um suborno para garantir que ele não o reconheça como um russo? É isso ou um presente de aniversário – uma ótima ideia que eu deveria ter pensado.

— Você está atrasado, então, tem que tomar doses — diz Boris.

Natasha estreita os olhos para o marido. — Por que

você se importa? Você não está bebendo vodka, lembra?

Interessante. Boris está segurando a maior caneca de cerveja que já vi com um pouco de cerveja escura. Ele é o único também. Todo mundo tem copos de vodka na frente.

Boris olha para a garrafa de vodka com saudade, do jeito que eu olharia para Maximus se Max o afastasse de mim. — Tradições são tradições, independentemente da minha sobriedade.

Beber cerveja é sobriedade?

— Que tal brindarmos à saúde do aniversariante — diz Max e pega a garrafa de vodka.

Ele então derrama doses para todos, exceto Boris.

Quando Max passa para Natasha, ela lhe dá uma olhada carnal e agradece com uma voz tão rouca que Max poderia usá-la como um cão de trenó no Canadá. Enquanto Max está enchendo o copo de Gia, Natasha pisca para ela. — Você e suas irmãs têm o dom de encontrar os homens mais atraentes.

Bella revira os olhos. — Mãe! Esses homens incluem seu filho. É muito pedir que você se comporte como uma mulher casada por uma noite?

Natasha parece que está prestes a dizer algo cortante para sua filha, mas Dragomir pula de pé e diz: — Eu queria adicionar meus votos calorosos aos de Max.

Todos concordam com os mesmos sentimentos, e Fanny beija o aniversariante na bochecha antes de corar como se tivesse acabado de ser pega dando-lhe uma punheta por baixo da mesa.

Bebemos as doses.

A única coisa boa que posso dizer sobre a vodka é que não é horilka.

No momento em que recupero o fôlego, Max já empilhou um monte de comida russa no meu prato. Algumas se parecem com as coisas que comemos em Salo, mas algumas são diferentes. É tudo delicioso, porém, e eu me concentro exclusivamente na refeição por alguns minutos.

Quando o limite da minha fome diminui, eu verifico os pratos das minhas irmãs.

Gia tem uma pasta semelhante à minha, mas Holly só tem uma coisa nela – os bolinhos chamados *pelmeni*. Especificamente, ela tem sete deles, o que significa que ela ainda gosta de seus números primos.

Eu pego seu olhar. — Ei, Mana, qual é o maior número primo conhecido?

Holly sorri timidamente. — É um primo de Mersenne, o que significa...

— Que é um número par menos um — digo, principalmente como uma forma de lembrá-la de que lido com números primos como parte da criptografia.

O sorriso de Holly fica radiante. — Isso não está exatamente errado, mas a definição precisa é 'uma potência de dois menos um'. Três e sete seriam exemplos, mas treze não. — Ela olha ao redor da mesa e seu sorriso diminui. — De qualquer forma, o maior primo conhecido até agora é dois elevado a 82.589.933 menos um.

Todos parecem prontos para outra rodada de bebida para bloquear nossa conversa, mas espero ter plantado a semente necessária para um encontro com Holly fora dos eventos familiares.

Holly olha em volta da mesa novamente. — Em

relação a isso... Alguém mais se junta a nós?

Ah. Certo. Somos doze à mesa, e ela prefere o primo, treze.

— Minha amiga Clarice está chegando — Gia diz para sua irmã gêmea de forma tranquilizadora.

Natasha faz beicinho. — Então, haverá treze de nós. Isso é azar.

— Besteira — retruca Holly, e todos ficam olhando para ela. — Desculpe — ela diz e respira fundo. Em um tom mais calmo, ela explica: — Treze não é azar na China e eles representam 17% da população da Terra.

Alex acaricia as costas de Holly. — Também não é azar na Índia. Outros dezessete por cento da humanidade.

Natasha abre a boca, mas esquece o que estava prestes a dizer quando Clarice aparece.

Não posso culpar Natasha. Não é todo dia que alguém entra em um restaurante vestido como um pirata. Ou em qualquer lugar que não seja uma festa de Halloween.

Como um recorde quebrado, Boris diz algo sobre a penalidade, e sua esposa o lembra que ele agora é um bebedor de cerveja. Antes que alguém possa salvá-la de pagar a penalidade, Clarice se serve de uma boa dose de vodka e a engole como uma russa profissional.

— Uau — diz Boris. — Ela vai dar a algum homem muita sorte algum dia.

Bella revira os olhos novamente. — Se ela fizer isso, não será por causa da bebida.

Desta vez, é Boris que parece estar prestes a dizer

algo maldoso para sua filha, mas Dragomir pula de pé mais uma vez. — É hora de piadas de Vovochka.

Todos parecem satisfeitos com isso, e eu me lembro que Vovochka é o alvo fictício de muitas piadas russas, um pouco como Joãozinho.

— Eu tenho uma — diz Vlad, para minha surpresa. De todos, eu não esperava que o sombrio fizesse uma piada, especialmente considerando que Vovochka é um diminutivo de Vladimir – a versão completa do nome de Vlad. — O jovem Vovochka se aproxima da pequena Fannychka e diz: 'Posso usar você... como mulher?' Ela franze a testa para ele. 'Você tem pensamentos tão sujos.' Ele olha para ela, confuso. 'Minha bola de tênis rolou para dentro do banheiro feminino.'

Fanny quase engasga com a comida e todos os outros riem.

— Eu tenho uma — diz Alex. — A professora vem para a aula com um pingente em forma de avião no colo. Ao longo da aula, Vovochka olha fixamente para o pingente sem piscar. Finalmente, a professora não aguenta mais e pergunta: 'O quê? Você gosta do avião?'. Vovochka balança a cabeça. 'Gosto do aeroporto'.

Mais risadas, e então Gia solta um grito. — Eu tenho uma, mas o crédito por ela pertence a Tigger.

— Eu não posso levar o crédito. — Tigger toca a mão dela com amor. — Um diplomata russo me contou.

— Bem, de qualquer modo — Gia diz — Vovochka está sentado em uma árvore com binóculos, observando sua professora se trocando. Ela o vê e grita: 'Que vergonha! Não se preocupe em vir para a escola sem seu pai'. Vovochka vira a cabeça. 'Pai, você a ouviu, certo?'

A maioria das pessoas ri, mas Tigger, Clarice, minhas irmãs e eu rimos ruidosamente em apoio.

— Eu tenho uma — Natasha diz e lança um olhar para Bella. — A filha pergunta à mãe: 'Do que você gosta mais, cachorrinhos ou borboletas?'. A mãe franze a testa. 'Sem tatuagens.' A filha desobediente também franze a testa. 'Mas, mãe, por favor. Vou colocá-la no lugar menos perceptível.' É quando Vovochka se vira para sua irmã e pergunta: 'No seu cérebro?'

Apenas Boris ri dessa vez. Todos nós percebemos alguma tensão mãe-filha nas entrelinhas dessa piada.

— Tem que ser piada de Vovochka? — Dragomir pergunta.

— Tradicionalmente. — Boris dá à palavra volumes de significado.

— Bem, eu adoraria ouvir algo diferente — Bella diz incisivamente.

— Ok — Dragomir diz. — Qualquer um que seja um defensor da tradição pode substituir Vika por Vovochka na próxima. — Ele limpa a garganta. — O pequeno Vika pergunta à mãe: 'Onde você insere um absorvente interno?'. Sua mãe quase engasga com uma maçã. Quando ela se recupera, ela diz: 'Bem... no mesmo lugar de onde os bebês vêm.' Vika olha boquiaberto para a mãe. 'Em uma cegonha?'

As risadas são mais entusiasmadas desta vez, mas antes que alguém possa contar outra piada, o cantor rechonchudo fala alto no palco. — Senhoras e senhores, juntem-se a mim na pista de dança.

Vlad e Fanny põem-se de pé, seguidos por Holly e Alex, e os outros casais correm atrás deles.

Max se levanta e estende a mão para mim. — Quer dançar?

Um urso caga nas ruas de Moscou?

Quando aperto sua grande mão, um zumbido sobe pelo meu corpo e sinto como se estivesse flutuando enquanto caminhamos para a pista de dança.

Uma música lenta desconhecida começa a tocar, com letras em russo que mal consigo entender. Max aperta minha mão em uma posição de dança de salão, enviando outro toque aos meus órgãos femininos. Em seguida, ele coloca a outra mão nas minhas costas, triplicando os disparos.

Começamos a balançar enquanto o cantor bigodudo canta algo em russo sobre amor, janelas e milhões de rosas vermelhas.

Meu coração bate mais rápido. Isso me lembra de cada cena em que James Bond ou algum espião imitador de smoking dançava com a femme fatale logo antes da parte do roubo da infiltração black-tie. Ou talvez isso seja mais como um duelo clássico de sedução, um que não tenho certeza de quem está ganhando. Maximus está a todo vapor contra minha barriga e, do meu lado, se fosse socialmente aceitável, eu daria um trato em Max aqui e agora. Do jeito que está, estou extremamente tentada a furar no programa de Gia e encontrar algum lugar privado para violentar meu par.

Mas não. Eu tenho que apoiar minha irmã.

Alguém me consiga uma medalha.

Falando em recompensas, posso pelo menos beijá-lo? Isso é ok para fazer em restaurantes russos? Mais importante, posso me impedir de me tornar uma exibicionista se nos beijarmos?

Max deve ter a mesma ideia. Ele se inclina, e nossos lábios estão prestes a travar quando alguém limpa sua garganta estúpida bem atrás de mim.

— O quê? — O tom de minha voz poderia cortar uma vaca.

Soltando Max, eu me viro e canalizo minha frustração sexual em um olhar furioso.

Eu já vi a mulher na minha frente antes. O nome dela é Harry, e ela é uma das milhões de amigas colegas de quarto de Gia. Ela gosta de truques com corda – o tipo de mágica, não escravidão. Talvez bondage também. Quem sabe?

— Desculpe — disse Harry timidamente. — Estávamos apenas procurando Gia. — Ela acena para um grupo de outras garotas, e eu percebo que essas são as colegas de quarto mencionadas acima.

— Ela está aqui na pista de dança ou na nossa mesa. — Eu aponto na direção do chapéu de pirata de Clarice.

— Obrigada — diz Harry e se afasta.

Eu volto para Max para continuar com o beijo, mas a música para.

— Agora, algo para fazer seu sangue bombear — diz o cantor. — *Gangnam Style*.

E assim, a música alegre da sensação do K-pop começa, e o cara bigodudo coloca todos em posição – pernas abertas, mas não da maneira que eu quero.

Espere, a letra dele está em russo?

Sim. Algo sobre cavalos, que acho que faz sentido, dada a dança de "segurar as rédeas" que todo mundo está fazendo.

É estranho que Max pareça gostoso fazendo isso? Quando ele executa o movimento do laço, eu quero ser a coisa que ele pega. Quando ele puxa as rédeas, quero ser aquela que ele está montando. Talvez eu queira brincar de pônei mais tarde?

Falando em "mais tarde", quando o show de Gia vai começar? Eu quero que isso acabe para que eu possa ter um pouco de privacidade com Max. Além disso, o que há com a multidão cada vez maior de pessoas indo para o restaurante? Elas estão aqui para o show de mágica?

Parece provável. Já que não há mais espaço para se sentar às mesas, elas não estão aqui para comer.

No meio do caminho para "Gangnam Style" no estilo russo, a natureza chama, então, digo a Max que volto logo e vou ao banheiro.

Há uma atendente aqui. Extravagante.

Saindo da minha cabine, fico cara a cara com Bella, a nova melhor amiga de Holly e a irmã Chortsky.

Ela sorri. — Você se parece tanto com Holly e Gia, é estranho.

Eu sorrio de volta. — Você deveria ver as outras cinco irmãs que eu tenho. Somos literalmente idênticas.

— Eu ouvi. — Ela começa a lavar as mãos. — Tenho que admitir, estou com ciúme. Com dois irmãos, sempre quis uma irmã.

— A grama é sempre mais verde. — Abro a torneira e a atendente despeja sabonete em minhas mãos estendidas. Eu aceno em agradecimento antes de dizer a Bella: — Acho que falo por meus pais e todas as minhas irmãs quando digo que sacrificaríamos pelo menos duas de nós por um irmão.

Bella seca as mãos. — Bem, se Holly se casar com Alex, você terá um dos meus. Eu daria a ele uma nota dez no que diz respeito aos irmãos. A Vlad também.

Huh. Então, Bella e eu podemos acabar relacionadas. Isso é legal.

Esfregando uma toalha nas mãos, pergunto algo que estou morrendo de vontade de saber. — Meu par parece russo para você?

Ela parece pensativa. — Gia nos perguntou isso também. Na minha opinião, ele não é. Meus irmãos também não acharam isso.

Minha alegria é visível no meu rosto?

— E seus pais? — pergunto.

— Não os incluímos aqui porque não sabem a definição da palavra *discreto*.

— Faz sentido — digo. — E obrigada.

— Sem problemas. — Ela olha para a atendente do banheiro e diz algo em russo. Acho que é mais ou menos "Você pode nos dar um momento?"

Apoiando minha tradução, a atendente assente e sai.

Esquisito. Isso é sobre o quê?

— Eu queria te pedir um favor — Bella diz. — E estou disposta a pagar pelo seu trabalho, é claro.

Ela não é dona de uma empresa que fabrica brinquedos sexuais? Como posso ajudar com isso? Se ela quiser minha permissão para fazer uma réplica de

Maximus, será um "não". Um "não" muito duro e de dar água na boca.

— Qual é o favor? — pergunto com cautela.

Ela pega o telefone. — Tenho uma nova linha de brinquedos que funcionam pela internet. Meu irmão paranoico desenvolveu o aplicativo, e Holly deu uma olhada e o considerou seguro, mas ainda me preocupo se algum pervertido pode hackear para gravar vídeos de usuários desavisados, daí, resolvi falar com você.

Oh. Isso soa bem meu tipo de trabalho. — Claro — digo. — Vamos trocar informações e direi o que preciso para dar uma olhada.

Ela estende a mão cuidadosamente manicurada. — Muito obrigada.

Eu dou uma sacudidela de negócios. — Qual é o nome do aplicativo?

Ela me diz e eu procuro na loja de app. Quando eu levanto meu olhar do meu telefone, ela está segurando um vibrador azul gigante nas mãos.

Eu pisco e olho para ela. De onde ela tirou isso? Ela é como o filme de femme fatales? Elas escondem armas em roupas justas como as dela, mas a habilidade básica é a mesma.

Eu dou um passo para trás. — Prefiro ser pago com bitcoin, se você não se importa. Dinheiro também está bom. Um cheque até.

Ela balança o vibrador. — Isto não é pagamento. É um dispositivo de amostra que o app controla. Achei que você...

— Você pode enviá-lo para minha casa? —

pergunto. — Eu não tenho um lugar para esconder algo desse tamanho agora.

Talvez ela me diga onde *ela* o escondeu?

Em vez disso, ela me entrega seu telefone. — Você pode se adicionar aos meus contatos?

Eu faço o que ela pede, e quando eu olho para cima, o consolo se foi – e eu não tenho ideia de onde ela o colocou, apenas suposições pervertidas.

— Devemos voltar — digo. — Se o show começar e eu perder, Gia me fará desaparecer.

Bella sorri. — Vamos lá.

É uma coisa boa voltarmos quando o fazemos. Assim que saímos do banheiro, o cantor anuncia que o show está prestes a começar.

Finalmente.

Quanto mais cedo a magia acabar no The Hut, mais cedo poderá começar no quarto de Max.

CAPÍTULO
Vinte E Nove

CORRO PARA O MEU LUGAR, apenas para dar uma segunda olhada.

Gia ainda está à mesa.

Como ela vai se apresentar no show se...

As luzes diminuem e um holofote incide no palco.

Uma mulher vestida com roupas que parecem amish está parada ali, um arco nas mãos.

— Isso faz parte de um dos seus truques? — Eu sussurro para Gia.

— Não, este é um show diferente — ela responde. — O meu é depois.

Uma música melancólica começa a tocar e um bando de dançarinos aparece no palco. Uma mulher com uma roupa extravagante e maquiagem pesada executa um estranho número de balé. Outra dança ao som de uma canção triste, e então, a senhora com o arco dança ao som de uma melodia heróica.

Por que isso é vagamente familiar?

Eu observo, fascinada, até perceber que a heroína tem um alfinete de pássaro em seu novo traje.

Que nojo. Pássaro.

Espere um segundo.

Esta é uma versão de balé não autorizada de *Jogos Vorazes*?

Este é um restaurante e, se eu estiver certa, a mensagem subliminar pode muito bem fazer as pessoas comprarem mais pelmeni do que deveriam.

Sim. A música tema é do filme, e agora que fiz a conexão, o próximo conjunto de danças se encaixa perfeitamente na teoria.

Acho que os russos não gostam muito de trivialidades como as leis de direitos autorais. Ou talvez The Hut realmente tenha licenciado os direitos?

De minha parte, gostaria que *Jogos Vorazes* – incluindo esta interpretação – não dependesse tanto de imagens de pássaros. O *mockingjay*, o pássaro fictício que Katniss usa em seu broche, é uma criatura de pesadelos, pois pode imitar melhor do que um papagaio. Não que o pássaro real do qual ele é derivado – o rouxinol – seja melhor. Todos os pássaros são bastardos zombeteiros. Essa é a principal razão pela qual eles produzem sons.

Como se sentisse minha inquietação, Max puxou sua cadeira para mais perto da minha e colocou um braço sobre meus ombros.

Eu amo isso, embora me faça querer partir ainda mais.

Na periferia da minha visão, vejo Gia e Tigger escapando.

Aha. Espero que isso signifique que seu show comece em breve.

A parte da arena do balé começa. Isso me lembra a dança dos quatro pequenos cisnes do *Lago dos Cisnes*, só que com mais dançarinos.

Eu estremeço. O *Lago dos Cisnes* é um balé de terror que glamouriza criaturas que podem guardar rancor para sempre. O que as tornam ainda mais apavorantes é que podem voar a noventa e seis quilômetros por hora e quebrar ossos com um golpe de suas asas.

Enquanto o balé surreal continua, não posso deixar de refletir sobre o que Bella disse sobre Max. Se Max realmente não é russo e, portanto, não é um espião, nossos planos mais tarde esta noite assumirão uma nova maravilha. Em vez de seduzir um inimigo, o que é legal, vou finalmente ficar com meu namorado, o que é incompreensível, já que significa que não terei que proteger meu coração.

Infelizmente, ainda não estou cem por cento certa de que ele *não* é um espião.

Voltando minha atenção para o show, eu percebo que Katniss deve estar dançando sua vitória – embora pareça a dança do "cisne negro" do balé de terror, também famosa pelo filme de mesmo nome, onde o pior destino possível se abate sobre Natalie Portman. Alerta de spoiler: ela se transforma em um pássaro.

Os dançarinos vão embora e o show de Gia é anunciado.

Uau.

Bato palmas, e minhas irmãs e amigos de Gia se juntam. Alguns até assobiam.

Gia sai com Tigger, o que explica por que eles saíram juntos. Ela está usando sua roupa e maquiagem mais parecidas com a de um vampiro, enquanto Tigger está vestido com uma malha extremamente decotada e colada à pele que expõe todo o seu peito musculoso.

Ou é chamado de tigralha quando *ele* a usa?

— Obrigada a todos por terem vindo ao meu show — Gia diz, e a multidão vai à loucura novamente.

Se eu tivesse dúvidas de que as pessoas extras no restaurante vieram vê-la, elas sumiram. O entusiasmo delas indica que este é o evento principal que estavam loucas para ver.

— Vou começar com um clássico — diz Gia, acenando para Tigger.

Ele pega duas cadeiras e as leva para o meio do palco. Gia faz alguns gestos misteriosos e parece que Tigger entra em um transe hipnótico. Ele realmente não quer, é claro. De acordo com um arquivo confidencial da CIA, a hipnose não é real, pelo menos na medida em que pode ser transformada em arma.

Movendo-se como um zumbi, Tigger caminha até as cadeiras e se deita de forma que sua cabeça fique em uma cadeira, enquanto seus pés estão na outra.

Gia está exibindo o coração forte do namorado?

Não. Gia puxa a primeira cadeira e Tigger fica balançando apenas em seu pescoço. Antes que alguém possa reagir, Gia puxa a outra cadeira e Tigger paira no ar.

Todos na multidão engasgam, exceto talvez os amigos mágicos de Gia.

Gia acena com as mãos.

Tigger levita mais alto.

Os suspiros ficam mais altos.

Gia interrompe seu vodu por um momento. — Posso ter um voluntário?

Um milhão de mãos disparam.

Ela escolhe um cara alto e pede a ele para verificar se Tigger tem fios.

Quando o cara não encontra nenhum, ela agradece e diz a ele para voltar ao seu lugar.

Com outro aceno da mão de Gia, os pés de Tigger começam a afundar no chão. Lentamente, ele levita para baixo antes de acordar e fazer uma reverência cortês.

Gia também se curva e todos aplaudimos, criando um ruído proporcional ao milagre que acabamos de testemunhar.

— Agora, algo mais leve — diz Gia. — Eu preciso de outro voluntário.

Desta vez, ela escolhe o cantor rechonchudo.

— Qual é o seu nome, senhor? — ela pergunta.

Ele torce o bigode. — Boris.

Espere, não é esse também o nome do patriarca da família Chortsky? Agora que penso nisso, os dois Boris meio que se parecem.

— Você pode verificar os mamilos do Tigger? — Gia diz.

Boris não está tão confuso com o comando quanto eu ficaria. Sorrindo lascivamente, ele belisca o mamilo direito de Tigger, depois o esquerdo.

Uau. Estou feliz que Gia optou por uma inversão de gênero com sua assistente.

As   sobrancelhas   de   Gia   franzem

despreocupadamente. — Eu disse que você poderia beliscar os mamilos do meu namorado?

Boris empalidece. — Eu sinto muito.

Ela sorri. — Ah, tá tudo bem. Eu só queria estabelecer quem está no comando aqui.

O público ri.

— Agora. — Gia aponta para o mamilo direito de Tigger. — Observem atentamente.

Ela se aproxima e cobre o mamilo com a palma da mão enluvada por um segundo. Quando ela puxa a mão, o mamilo se foi.

Eu – e todo o público – ficamos boquiabertos com a pele macia no peitoral direito de Tigger.

Como?

Por quê?

— Você pode tocá-lo — Gia diz a Boris imperiosamente.

Boris pega o peitoral de Tigger mais uma vez, parecendo cada vez mais confuso enquanto continua a acariciá-lo.

— Está lá? — Gia pergunta.

Boris balança a cabeça e se afasta. — Não. E, por favor, não faça nenhuma das *minhas* partes desaparecer.

Com um sorriso, Gia repete o truque com o mamilo esquerdo – que é quando seus amigos mágicos finalmente se juntam todos em um suspiro.

Crescendo com Gia, aprendi que os mágicos não repetem seus truques, já que isso pode revelar como eles são feitos. Gia acabou de quebrar essa regra e ainda não foi pega fazendo nada furtivo.

Boris verifica a segunda área do mamilo ausente.

Nada.

Parecendo muito presunçosa, Gia cobre ambas as áreas sem mamilos com as palmas por um momento, então, nos deixa ver que o tórax musculoso de Tigger voltou ao seu estado natural.

Os aplausos são estrondosos desta vez.

Gia e Tigger se curvam.

Para o próximo truque clássico, Gia está em uma estrutura de metal com os braços abertos. Uma música dramática começa a tocar e Tigger passa pelo meio de Gia, como no filme *Alien*.

Todos nós aplaudimos, mas provavelmente não sou a único a pensar: será que Tigger acabou de penetrar Gia na nossa frente?

O próximo truque também pode ser interpretado como um estranho vislumbre da vida sexual da minha irmã. Tigger a amarra com correntes e cadeados, depois, a deposita em um grande baú, como sua escrava pessoal. Ele então fica em cima do baú, segurando um pano. Com um flash de pirotecnia, Gia termina em cima do baú, e Tigger é encontrado lá dentro, agora ao bel prazer de Gia.

— Estou começando a achar que ele perdeu uma aposta para ela — sussurro para Max depois que os aplausos insanos diminuem.

Como se para confirmar minha teoria, Gia corta Tigger ao meio para seu próximo truque e o coloca em uma cela de tortura com água.

Ei, ele tem sorte que ela não executou o truque dos

copos e bolas usando suas bolas. Ou talvez isso esteja na agenda.

Não. Suas bolas estão seguras. Gia o senta em uma cadeira, o cobre com um pano e o faz desaparecer.

— Agora, terei que trabalhar duplamente duro, sem a distração fornecida pelo meu delicioso assistente — diz ela, e as mulheres na plateia assentem reconhecendo.

Os próximos truques são efeitos de mentalismo – que combinam bem com Gia. Ela diz a várias pessoas o que elas estão pensando, adivinha o número da conta bancária de alguém e depois desaparece com uma baforada de fumaça, como o Batman, em seu adeus.

Eu pulo de pé e bato palmas até minhas palmas doerem, como todo mundo faz.

Depois de alguns minutos disso, Tigger e Gia saem vestidos com seus trajes normais e fazem uma reverência.

As palmas enlouquecem de novo, e Boris começa outra música para que todos se acalmem.

— Você foi incrível — digo a Gia quando ela se junta a nós na mesa.

Ela sorri. — Isso é um grande elogio, vindo da família.

É verdade. Nós nos cansamos de magia depois de anos aprendendo e nos usando como cobaias.

Pelos próximos minutos, ela me questiona sobre quais truques eu mais gostei, e eu digo a ela minha opinião honesta.

— Obrigada — ela diz no final. — Ainda estou trabalhando no meu repertório.

— Sem problemas. — Eu olho furtivamente para Max, que por acaso está falando com Vlad. — Se você não vai se apresentar novamente esta noite, acho que podemos ir para casa.

Ela me lança um olhar compreensivo. — Boa sorte. Deixe-me saber como foi.

Eu pulo de pé e limpo minha garganta para chamar a atenção de todos.

Doze pares de olhos se concentram em mim.

— Max teve um longo voo hoje, então, vamos sair mais cedo esta noite — digo o mais calmamente que posso.

Max pisca para mim, e o resto do grupo parece que não está comprando o que estou vendendo.

Talvez diga "Eu quero foder Max" na minha testa?

— Foi ótimo conhecer todos vocês — digo enquanto agarro o cotovelo de Max. — E feliz aniversário de novo, Vlad.

Max cobre minha mão com a dele enquanto se despede, e corremos para a porta. Quando estamos passando pela entrada, fecho meus olhos novamente para evitar a sensação de que estou saindo dos fundos de uma galinha.

Max chama um táxi.

— Sua casa? — Eu sussurro sedutoramente em seu ouvido quando o táxi para no meio-fio.

— Caralho, sim — ele rosna e abre a porta para mim.

Caralho, sim, de fato. Transar com ele é o que eu precisava desesperadamente por muitos dias, e finalmente está acontecendo.

Assim que ele se junta a mim no carro, eu ativo o modo femme fatale turbinado e canalizo minha excitação em um beijo que derrete a calcinha que me faz dar uma gorjeta extra generosa ao motorista para compensar a limpeza da poça que eu poderia ter deixado para trás no assento.

———

O prédio de Max é chique, o que é um ponto contra ele ser um espião, eu acho, já que eles preferem parecer medianos. Bem, tudo o que ele realmente faz para viver deve pagar bem.

Nos beijamos no elevador e, ao entrarmos em seu apartamento, espero que deixemos um rastro de roupas no caminho para seu quarto, como migalhas de João e Maria. Espere, não. Eles faziam isso com doces, além de serem irmãos. Que tal eu esperar que arranquemos as roupas um do outro como algo saído de um filme de James Bond?

Sim. Isso é melhor.

Exceto que Max não inicia nenhuma dessas opções, em vez disso diz: — Você quer um tour pelo meu apartamento?

Se eu fosse uma femme fatale de carteirinha, diria a ele: — Porra, não, quero você dentro de mim. — Mas sendo a covarde sedutora que sou, eu assinto e digo a mim mesma que isso é apenas um reconhecimento antes de atacar.

Max me leva por um corredor com pôsteres de animais que me lembram daqueles em seu quarto de infância. Ele me mostra uma aconchegante sala de estar e um escritório com estantes decoradas de cima a baixo com estatuetas de animais, classificadas por espécies. Há também bichos de pelúcia, incluindo o panda que ele comprou no nosso primeiro encontro. Ele está sentado entre outros ursos.

É quando eu vejo isso.

Uma estante horrível cheia de pássaros.

Caramba. Eu nunca percebi como os pássaros de brinquedo podem ser assustadores. Eles me encaram com seus olhinhos redondos. Essas bonecas de filmes de terror que ganham vida não têm nada a ver com essas pequenas atrocidades.

Engolindo em seco, dou um passo para trás.

— Oh, merda, desculpe — diz Max quando percebe para onde estou olhando. — Eu não lembrei disso.

— Está tudo bem — minto.

— Não. — Ele me vira em sua direção e enquadra meu rosto com suas grandes palmas. Sua voz é profunda e suave, seus olhos brilhando como jade polido. — Vou me livrar deles, eu prometo.

Eles? Como, os pássaros? Por algum motivo, não consigo me lembrar de nenhum pássaro.

Eu umedeço meus lábios. — Você pode simplesmente mantê-los em uma caixa. Ou em um armário que vou evitar.

— Venha. — Ele me deixa ir sem um beijo.

Que diabos?

Eu o sigo até uma cozinha de aparência moderna.

— Você gostaria de um pouco de café para ajudá-la a ficar sóbria? — ele pergunta.

— Ficar sóbria? — Minha espinha se enrijece. — Quem disse que estou bêbada?

Ele aperta a ponte do nariz. — Eu sinto muito. Você bebeu vodka, então presumi que...

É por isso que ele ainda não me violentou? Ele tem medo de se aproveitar de mim?

É doce e paternalista ao mesmo tempo.

— Com essa suposição, você fez de mim e de você um idiota — digo com um bufo. — Estou pronta para operar máquinas pesadas. — Dou uma olhada furtiva em Maximus. — Mas, ei, você pode ir em frente e tomar uma xícara para colocar *seu* cérebro em funcionamento.

Ele sorri timidamente. — Acho que estou bem.

— Excelente. — Eu bato meu pé incisivamente. — Há outro cômodo que você queira me mostrar?

— Sim. — Seus olhos brilham com fome. — O quarto.

— Agora, mal posso esperar para ver — digo em um tom sedutor que me redimiria aos olhos da Associação da Femme Fatale da América.

— Tem certeza de que está pronta para ver isso? — A pergunta sai áspera, me fazendo querer ver "isso" ainda mais.

— Você está livre de DSTs? — pergunto.

Ele concorda. — Você?

Dou um passo em sua direção. — Estou limpa e tomando pílula.

— Ótimo. — Ele avança lentamente. — Mais alguma coisa que você queira saber antes do final da turnê?

Essa é minha chance. Eu estou o mais próximo que estive de tê-lo pelas bolas – até que isso aconteça literalmente, espero que em breve. — Tem certeza de que é ucraniano?

Ele interrompe seu avanço. — O que mais eu seria?

— Russo, talvez?

Uma sugestão de uma carranca estraga sua testa. — Não, sou ucraniano, como disse. E só para você saber, alguns ucranianos ficariam ofendidos com essa pergunta.

Agora me sinto uma idiota que não conhece sua geopolítica. O que eu conheço. Como todos os aspirantes a espiões devem conhecer. — Eu sinto muito.

— Está tudo bem — diz ele com um encolher de ombros. — Não sou daqueles que se ofendem facilmente. Sendo de segunda geração, não guardo a animosidade dos meus pais em relação à Rússia.

— Ainda assim, eu *sinto* muito. Não quis dizer que não há diferença entre a Rússia e a Ucrânia. — Eu respiro fundo. — Essa pergunta foi minha forma indireta de perguntar outra coisa.

Ele arqueia uma sobrancelha. — O quê?

— Relaciona-se ao meu trabalho. — Eu respiro fundo novamente, e quando eu solto, eu deixo escapar: — Você é um agente de inteligência estrangeiro?

Pronto. Sutil como um rinoceronte no gelo, mas pelo menos as cartas agora estão na mesa. Se ele puder me convencer de que não é um espião, vou aproveitar o que está prestes a acontecer muito mais, então, eu o observo de perto enquanto ele responde.

Para minha tristeza, ele está com uma cara de blefe. — *Não* sou um agente de inteligência estrangeiro.

Porcaria. Sua expressão pétrea e tom inexpressivo

são tentativas de esconder a verdade ou mágoa por ser acusado de tal coisa?

Estou inclinada para o último e, portanto, estou cerca de noventa e nove por cento convencida de que ele não é um espião.

Bom o bastante. Eu pego sua mão. — Mostre-me o quarto.

Um pouco da expressão dura deixa seu rosto e as manchas de mel em seus olhos escurecem com a fome reacendida. Apertando meus dedos em sua mão grande e quente, ele me leva a um quarto luxuoso onde alguém colocou pétalas de flores e velas em uma cena que é mais um filme Hallmark do que um filme de espionagem.

Meu batimento cardíaco acelera. Ele *estava* planejando me trazer aqui. Eu estava começando a me perguntar.

— Um segundo. — Ele solta minha mão e acende as velas.

Ugh. Muito provocador?

Quando ele termina, quase faço uma saudação militar. Estou claramente sob a influência do Sargento e do Capitão, que estão em posição de sentido.

— Então? — Eu digo e mordo meu lábio inferior de repente seco. Toda a umidade do meu corpo está obviamente em outro lugar.

Finalmente canalizando espiões de filmes, Max desce sobre mim e reclama meus lábios.

Sim!

Devorando-me, ele começa a tirar minha roupa.

Sim duplo.

Ele arranca a camisa e a calça do terno junto com a cueca, expondo Maximus em cheio.

— Finalmente — Suspiro.

Sua resposta soa como um rosnado de urso enquanto ele me pega e me deita na cama.

E lá vamos nós.

CAPÍTULO
Trinta

NÓS NOS BEIJAMOS NOVAMENTE, nossas línguas se enredando ferozmente enquanto ele avidamente corre suas mãos pelo meu corpo, enviando ondas de calor ao meu núcleo. Seu perfume de lavanda e bordo provoca minhas narinas e minha pele arrepia com um calafrio prazeroso quando ele me vira de bruços e começa a beijar minha nuca.

Porra. Isso é tão bom.

Ele desliza a língua pela minha espinha antes de parar para lamber as covinhas na parte inferior das minhas costas.

Estou ofegante agora, meu coração disparado a mil por hora. Por que está tão quente? Além disso, ele pode ver meu cu desbotado?

Pode ser. Ele rosna: — Você é linda pra caralho — e é possível que ele esteja falando com a minha bunda.

Recordando meu modo femme fatale, murmuro: — Eu quero você. Agora.

Ele mostra suas excelentes habilidades de

manipulação enquanto me vira. Apesar da decoração romântica, algo animalesco dança em seus olhos quando ele me observa. Algo bestial que eu amo.

Talvez ele seja um daqueles agentes disfarçados que não sabem o que são até ouvirem uma frase-gatilho que os "ativa". Para *O Soldado Invernal*, o gatilho passou a ser "saudade, enferrujado, dezessete, alvorada, fornalha, nove, benigno, retorno ao lar, um, vagão de carga", dito em russo. Mas, para Max, o gatilho poderia ser meu cu clareado.

Maximus se contorce quando Max dá uma mordida forte no Sargento.

A atenção no mamilo pode fazer você gozar?

Nenhuma pista, mas estou à beira de *algo* quando Max muda sua atenção para o Capitão, sugando-o habilmente.

Um gemido escapa dos meus lábios. De brincadeira de mamilo. Talvez ele tenha frequentado aquela escola de sedução, afinal?

Quando eu gemo de novo, ele encontra meus olhos e derrama beijos duros em minha barriga, movendo-se cada vez mais para baixo até que eu sinto sua respiração esfriar meu sexo superaquecido.

Ele dá uma lambida lenta no meu clitóris e rosna, seja para criar vibrações ou porque ele oficialmente entrou em modo animal.

Meu próximo gemido é mais desesperado e incentiva sua próxima lambida a ser ainda mais devastadora.

Meus olhos rolam para trás e minha respiração dispara.

Estou prestes a gozar e parece que sua língua inteligente está me mantendo lá, um pouco além da borda.

Malvado. Quero tanto ultrapassar esse limite que revelaria qual é o codinome confidencial do meu clitóris, junto com qualquer outra coisa que ele queira saber.

Não é à toa que ensinam técnicas de sedução nessas escolas.

Ele segura meu seio direito, seu polegar massageando o Capitão com habilidade. Sua voz é veludo áspero. — Goza para mim.

E assim, o comando e as vibrações que envia ao meu clitóris me levam ao limite. Meus dedos dos pés dobram, todos os músculos do meu corpo se contraem e eu sinto como se estivesse caindo da cama enquanto fogos de artifício explodem em minhas terminações nervosas, e eu gozo com o gemido mais alto até agora.

Ele me olha com uma satisfação puramente masculina. — Bom trabalho, sonechko.

Respirando com dificuldade, eu forço meus músculos flácidos a funcionarem e me sento. Porque isso é o que uma femme fatale faria. — Sua vez de ser bom.

Ele arqueia uma sobrancelha.

— Fique de pé na cama. — Meu comando rouco veio direto do livro de regras da Associação da Femme Fatale da América.

Murmurando "Caralho, sim", ele se levanta.

Eu fico de joelhos. Que fortuito – nossas alturas são

perfeitas para que eu fique no nível dos olhos de Maximus.

Os olhos de Max estão selvagens enquanto ele olha para mim.

Mantendo nosso contato visual, eu dou uma lambida de pirulito em Maximus.

Max resmunga.

Maximus se contrai.

Sentindo-me encorajada, canalizo meu gato interior enquanto dou voltas em Maximus para cima e para baixo.

Outro grunhido. Outra contração.

É hora de escalar. Eu coloco a cabeça de Maximus em minha boca.

Droga. É como a seda esticada sobre um vidro à prova de balas.

Eu o engulo mais profundamente.

As pupilas de Max aumentam.

Com um sorriso malicioso, seguro suas bolas (codinome Kiwis) com minha mão esquerda.

Max geme. — O que você está fazendo comigo?

Oh, eu não fiz nada ainda. Provocando a parte inferior da cabeça de Maximus com a minha língua, eu puxo suavemente os Kiwis.

Uma atormentada maldição de apelo é minha recompensa.

Eu acelero, fazendo o meu melhor para acompanhar o ritmo da punheta de Max – algo que estudei exaustivamente durante nossa semana de sexo virtual.

Kiwis se sentem mais apertados em minha mão.

— Estou perto. — Max soa como se estivesse com dor enquanto espreme essas palavras.

Puxo Maximus para responder: — Tudo bem. Eu quero que você goze direto na minha boca. — Com isso, eu volto aos meus cuidados, engolindo profundamente enquanto vejo os olhos de Max se arregalarem quase até o tamanho de kiwis – a fruta.

Eu menti, no entanto. Por mais sexy que fosse tê-lo gozando em minha boca, eu o quero dentro de mim muito mais, e se ele gozar, a penetração terá que esperar o tempo que Maximus levar para se recuperar.

Com esse pensamento, desacelero. Ele me manteve no limite antes, então, este é um caso de olho por olho.

Falando em olhos, fecho os meus para me concentrar no ritmo. Isso parece ajudar. Posso sentir as reações mais minuciosas de Maximus e Kiwis dessa maneira, e desacelero meu ritmo de acordo. Quando sinto um pouco da tensão deixar o corpo de Max, vou mais rápido novamente.

No terceiro ciclo, Max rosna como um urso faminto cujo mel foi roubado.

Eu me afasto e sorrio para ele. — Você não gosta quando eu provoco você, hein?

Sua mandíbula flexiona. — Eu não gosto disso. Eu amo isso.

Uau. Ele tem que ter cuidado com a palavra com "A" quando eu tenho Kiwis em uma posição tão vulnerável. Preciso de todo o meu treinamento para não apertar com muita força acidentalmente.

— Você merece um tratamento especial. — Eu incisivamente lambo meu dedo, certificando-me de cobri-lo com a baba que gerei quando ele estava na minha garganta.

Seus olhos parecem mais selvagens ainda.

Sorrindo tortuosamente, eu coloco Maximus de volta em minha boca e aperto Kiwis com minha mão direita enquanto direciono meu dedo recém-lubrificado à bunda de Max.

Esta é sua chance de me impedir.

Posiciono meu dedo de forma que meu destino fique claro como cristal.

Ele grunhe de prazer. Eu acho que ele está concordando. Estou feliz. Este é um material avançado para aulas da Associação.

Muito gentilmente, começo a pesquisar o codinome Noz.

Max parece congelar no lugar. Esperançosamente, isso é uma coisa boa.

Pronto. Macio, suave e interessante ao toque – deve ser Noz. Eu a massageio suavemente enquanto acelero meu ritmo com Maximus.

— Caraaaaalho! — Max grita.

Eu o machuquei? Afasto meu dedo de Noz, mas continuo chupando Maximus, imaginando que isso produzirá endorfinas suficientes para cancelar qualquer dor.

Ah. Não. Isso não foi dor.

Max grunhe quando Maximus fica duro como um diamante, então, explode direto na minha garganta.

Opa. Sou muito habilidosa para o meu próprio bem. O coito terá que esperar agora. Mas, ei, nunca me senti mais sexy do que quando pego o olhar de Max e engulo demonstrativamente.

Ele rosna algo em ucraniano que me lembra a palavra russa para "inacreditável".

Sim, acredite.

Ele se ajoelha na cama. — É a sua vez de novo.

Eu engulo audivelmente. — Minha vez?

Ele me olha como um predador. — Fique de quatro.

Eu obedeço, de bom grado. Esta é uma pose de femme fatale fundamental. Além disso, ele certamente notará meu trabalho de clareamento desta forma, se não o fez antes.

Ele aperta minhas nádegas.

Isso é interessante.

De repente, há uma língua entrando no meu sexo por trás.

Minha vez, de fato. Este desenvolvimento não é apenas interessante. É fascinante.

O dedo de Max faz contato com meu clitóris.

As surpresas nunca cessam.

Sua língua tão inteligente desliza sobre minhas dobras.

Se ele está sendo competitivo e tentando provar que sua escola de sedução é superior, é uma corrida armamentista que posso apoiar.

O dedo e a língua sincronizam.

Um orgasmo suculento cresce em meu núcleo enquanto minha respiração acelera.

Se ele vai me provocar de novo, eu vou conseguir aguentar?

Ele acelera.

Eu aperto os lençóis com minhas mãos.

Ele vai mais rápido ainda.

Quão longa é a língua dele? Eu poderia jurar que senti as terminações nervosas em meu colo do útero.

— Estou perto — digo sem fôlego, imaginando que é apenas educado avisá-lo do jeito que ele fez comigo.

Ele grunhe algo em um tom satisfeito, e a vibração desse som me catapulta direto para a terra do orgasmo.

Todos os músculos do meu corpo se retesam e relaxam enquanto eu grito, as ondas quentes de prazer zunindo pelas minhas terminações nervosas. Quando acaba, quase desmaio.

— Não, fique assim — ele murmura.

— Oh? — Eu olho atordoada por cima do ombro.

Ele lambe demonstrativamente o dedo que estava no meu clitóris. — Eu não terminei com você.

Com isso, ele coloca o dedo onde sua língua estava um segundo antes.

Eu me viro e fecho meus olhos.

O dedo infalivelmente localiza meu ponto G, ou presumo que seja isso. Eu sinto uma explosão de prazer que provoca o início de outro orgasmo assustador – que, se acontecer, seria um recorde para mim.

— Você é linda — diz ele asperamente.

Ele está falando com minha bunda de novo? Como se quisesse confundir a questão, sinto sua respiração bater bem no meio da área clareada.

O quão de perto ele está olhando...

Espere um segundo.

Sua língua se conecta com a área em questão.

Meu cérebro entra em curto-circuito.

Isso é bom, mas também estranho. Quente e sujo, e um pouco irritadiço.

Assim devem ser os exames finais da Associação da Femme Fatale da América. Exceto que talvez eu devesse estar fazendo isso com ele? Oh, tanto faz. Eu não consigo pensar direito.

Além disso, eu daria qualquer coisa para substituir aquele dedo dentro de mim por Maximus. Ainda assim, até mesmo o dedo está me deixando mais perto da liberação – mas antes que eu tombe, tanto a língua quanto o dedo são tortuosamente removidos.

— Esta pronta? — Max murmura roucamente.

Eu olho para trás por cima do ombro, além de frustrada. — Pronta para quê?

E, então, eu fico boquiaberta com o Maximus gloriosamente ereto. Parece que o orgasmo anterior aconteceu com outro pau.

Isso é um tempo de recuperação muito rápido. Eles podem ensinar *isso* na escola de sedução?

Percebendo que estou perdendo momentos preciosos durante os quais eu poderia ser fodida apropriadamente, eu suspiro: — Pronta. — Para dar a ele um incentivo extra, eu arqueio minhas costas e levanto levemente minha bunda.

Com o rosto tenso, Max provoca minha abertura com Maximus.

Enquanto o envolvo, um gemido escapa dos meus lábios.

Ele vai mais fundo, deslizando para dentro e para fora.

Meus gemidos aumentam de volume.

Ele empurra lentamente, uma, duas, três vezes.

— Mais — eu suspiro.

Ele aperta minha bunda com força, e suas estocadas se aprofundam. Só que ainda não é o suficiente, e me encontro implorando mais rápido e com mais força. Estou começando a pensar que Max gosta tanto de animais porque ele é um – na cama. Em resposta aos meus apelos, ele me ataca com ferocidade bestial, e a mãe de todos os orgasmos aparece no meu horizonte.

Ele acelera mais.

Eu acabei de uivar? Este é o estilo cachorrinho, então...

Ele estende a mão e aperta o Sargento com força.

Senhoras e senhores, estamos prestes a passar por alguma turbulência. Apertem os cintos de segurança.

Meu tsunami de orgasmo chega ao continente.

Enquanto eu grito e gemo, meus músculos internos se contraem sobre Maximus, ordenhando-o com desespero violento.

Com um grunhido, Max goza dentro de mim, causando um pequeno orgasmo pós-choque para seguir o louco do qual eu ainda não me recuperei.

— Bem, então — eu digo com a voz rouca. — Terminei.

Eu desabo na cama, meus músculos como *holodetos* gelatinosos.

Eu ouço Max sair. Alguns momentos depois, ele volta com uma toalha úmida e me vira para me limpar, mas estou muito cansada até mesmo para abrir meus olhos enquanto ele gentilmente passa a toalha em minhas dobras.

— Você sabe. — Eu posso ouvir seu sorriso, e isso me faz sentir como se um cobertor de lã tivesse sido enrolado em mim. — Normalmente é o cara que fica em coma depois.

Em vez de responder, rolo para o lado, pego seu travesseiro e finjo que ronco.

Com uma risada, ele me abraça, me transformando em sua colherinha. Seu hálito quente banha meu ombro, seu corpo grande e forte ao meu redor, e eu não posso evitar ficar inundada de contentamento.

Apenas um pensamento estraga a perfeição do momento enquanto eu flutuo suavemente no sono.

Isso foi bom. Talvez bom demais. Afinal, ele frequentou aquela escola russa de sedução?

CAPÍTULO
Trinta E Um

Eu ACORDO quando o primeiro raio do amanhecer aparece pela janela do quarto de Max.

Sonhei com aquela sessão épica na noite passada?

Não. Uma leve dor por dentro é a prova de que o que fizemos foi deliciosamente real.

Eu sorrio bobamente para Max, mas ele está dormindo como um urso hibernando. Um urso lindo e musculoso com cabelo que merece sua própria conta no Instagram e cílios que me fazem pensar se ele usa Latisse secretamente.

Movendo-me suavemente para não acordá-lo, eu me levanto, pego minhas roupas e localizo um banheiro no final do corredor.

Quão atencioso. Ele deixou uma escova de dentes lacrada para mim.

Enquanto escovo os dentes e começo a me vestir, um pensamento irritante se intromete em minha felicidade.

Max estava pensativo ou calculista na noite passada?

MISHA BELL

Se tudo for o que parece, então é o primeiro, e ele tira um A + como meu namorado. No entanto, se ele é um espião, pode ser o último, e ele também tira um A +, mas desta vez por me ter em suas mãos. Falando em mãos, o cabelo sexy em seus nós dos dedos faz parte de seu estratagema de sedução?

Uma vez que minha mente vai nessa direção infeliz, um monte de pontos de dados ressurgem, aqueles que eu consegui ignorar quando estava bêbada de vodka e luxúria. Por exemplo, qual foi o problema daquela tentativa de grampear o telefone de alguém no Hot Poker Club? Por que ele estava falando com aqueles banqueiros sob tais condições misteriosas? Por que seu telefone é protegido como Fort Knox?

Eu me olho no espelho enquanto meu humor eufórico desaparece. Como as coisas chegaram a este ponto? Como me permiti desenvolver sentimentos por Max sem resolver todas as minhas dúvidas?

Porque essa é a verdade incômoda: deixei meu coração desprotegido, e agora, a ideia de que ele pode ser um espião é tão aterrorizante quanto um avestruz zangado.

Eu luto contra a vontade de acordá-lo e iniciar um interrogatório. Se ele for um espião, ele vai prevaricar, e se ele for meu namorado, ele deixará de ser.

O que uma verdadeira espiã femme fatale faria nessa situação?

A resposta é óbvia e envia tentáculos de medo excitado pelo meu corpo.

E se eu bisbilhotar sua casa enquanto ele está

dormindo e encontrar evidências para apoiar uma das duas teorias?

Quase consigo imaginar um demônio no meu ombro (que se parece com Gia) me incentivando a ir em frente. Afinal, o que estou pensando é o pão com manteiga de alguém que trabalha na minha área, porque se Max for um espião, a segurança de nossa nação pode estar em jogo. Se houvesse um anjo no outro ombro, ela seria parecida com Olive, e seus argumentos se resumiriam a definir o conceito de invasão de privacidade.

Esquecendo o certo e o errado por um segundo, se eu fizer isso, como posso ter certeza de que não serei presa?

Eu não posso. O melhor que posso fazer é ter uma desculpa pronta para o porquê estou onde não deveria estar.

Um esquema se apresenta imediatamente. Não tão tortuoso quanto algo que Gia poderia inventar em seu cérebro distorcido por magia, mas deveria funcionar em uma pitada.

Eu pego meu telefone. Como pensei, ainda tenho cerca de vinte por cento de carga restante. Eu ligo o modo "economia de bateria" e, de repente, parece que meu telefone está quase sem bateria.

Pronto. Posso andar pela casa de Max com meu telefone na mão, e se ele me pegar bisbilhotando, direi a ele que estou procurando um carregador.

Acho que o diabo vence. Se eu não encontrar nenhum kompromat, contarei a Max meus maiores segredos para apaziguar minha consciência. Ou vou confessar... dez anos depois de nosso casamento.

Antes que eu perca a coragem, vou na ponta dos pés até a sala de estar e examino a mesa de centro.

Há um livro sobre safáris africanos. Excelente. Agora eu sei o que poderíamos fazer como um presente de aniversário legal para Max em nosso aniversário de diamante, pouco antes de eu contar tudo sobre hoje.

Não há carregador de telefone à vista, o que é bom. Estou totalmente justificada para continuar procurando.

Sou furtiva quando entro em seu escritório. Nenhuma arma fumegante aqui, e nenhum carregador de telefone também, o que é realmente estranho.

Eu suspiro. Estive deixando este cômodo para o final, mas não há como evitar. Eu entro no escritório e me encolho sob os olhares de bonecos pássaros malvados.

Eles são apenas brinquedos. Eles não podem machucar ninguém.

Eu viro minhas costas para os pássaros para me dar um segundo para recuperar o fôlego – e fico cara a cara com a parede segura.

Bingo. Um lugar clássico para guardar seus segredos. Falando em clássicos, a fechadura é do tipo dial, o que é uma inteligência de Max. Eles têm uma baixa taxa de falha e não requerem eletricidade para funcionar. E isso é uma sorte para mim, pois esse é exatamente o tipo de cofre que Gia me ensinou a abrir.

Eu lanço um olhar furtivo para a porta. Se eu começar a fazer isso e Max entrar, não vou conseguir me livrar disso. Ele não vai acreditar que sou estúpida o suficiente para procurar um carregador de telefone em um cofre trancado.

Apesar do risco, não consigo evitar. Encosto o ouvido na porta do cofre e giro o botão até ouvir dois cliques próximos um do outro. A partir daí, uso meu telefone para registrar os dados de que preciso para continuar e, depois do que parece uma hora, posso finalmente desbloquear o cofre.

Eu fico boquiaberta com o conteúdo lá dentro, meu estômago se enchendo de nitrogênio líquido.

Porra.

Porra.

Porra.

Afinal, ele é um espião.

A arma fumegante está bem aqui, e é literalmente uma arma. Além disso, uma pilha de moedas e uma variedade de passaportes.

Este deve ser o seu esconderijo de fuga, um clássico da espionagem por um motivo. Atordoada, abro o passaporte francês ao acaso. Felix Stone. É um nome falso ou Maxim Stolyar é falso? O passaporte expirou no ano passado, o que é desleixado, mas sua mera existência é condenável.

Eu verifico o alemão. Ainda outro nome, também expirou. Por que fazer isso se você não é um espião?

As implicações me atingiram como uma cotovelada no estômago.

Dormi com o inimigo pensando que ele poderia ser meu namorado.

Eu me sinto usada. Suja, e não no bom sentido. Embora eu tenha conhecido Max porque pensei que ele era um espião russo, me sinto para além de traída. De alguma forma, ele me convenceu de que não era o que eu pensava que era – ou consegui me convencer.

Eu não posso acreditar o quão surpresa e magoada estou. Não posso acreditar o quão profundamente estou de luto pela perda de um relacionamento que nunca existiu realmente.

Minha raiva aumenta, e eu nem sei o que é isso. Max é o mal encarnado. Como ele se atreve a me enviar todas aquelas lindas fotos de animais? Como ele ousa me dar todos aqueles orgasmos? Como ele ousa fingir que é um grande partido?

A pior parte é como me sinto impotente. Eu não tenho ideia do que fazer agora. Este não é apenas um caso de um coração partido. Tenho que decidir se devo denunciá-lo. Eu provavelmente *deveria* denunciá-lo. Mas mesmo agora, ferido por sua traição, estou preocupada com o que acontecerá com ele se eu fizer isso. Além disso, o que vai acontecer comigo? Vou perder meu emprego se minha agência descobrir que dormi com um agente estrangeiro? Eles vão pensar que sou um risco à segurança?

Por um momento traiçoeiro, me pergunto o quão ruim seria se eu não o denunciasse. Serei capaz de viver comigo mesma? Meu país vai sofrer?

Além disso, por um momento, me pergunto se devo levar as coisas na direção do final da série *Homeland – Segurança Nacional*.

Mas não. Não sou tão boa atriz quanto Claire Danes. Inferno, ela tem mais habilidade de atuação em seu queixo do que eu tenho em todo o meu corpo.

Além disso, e talvez eu seja louca, mas o que mais

me chateia não é que ele quisesse prejudicar meu país, mas que mentiu ontem à noite quando perguntei se ele era um espião. Ele sabia que eu estava perguntando isso como um pré-requisito para me permitir dormir com ele, mas ele mentiu – o que é como mentir que você é solteiro quando não é.

Talvez pior.

Ah, merda. Ele tem uma esposa na Rússia? Onde as mentiras terminam?

Espere um segundo. Esqueci o ponto mais importante de todos eles. Visto que ele é um espião, se ele me pegar aqui, minha vida estará em perigo. Ele está me machucando emocionalmente, então, é muito fácil imaginá-lo me machucando fisicamente também.

Bem, não se eu pegar esta arma.

Eu pego, mas acho que não está carregada. Nenhuma bala à vista também. Isso é meio inútil.

Ok, vou pegar algumas provas e fechar o cofre para poder escapar com elegância. Pego meu telefone e tiro uma foto de alguns dos passaportes. Mais tarde, posso descobrir se eles são emitidos pelo governo ou são falsos.

Meu batimento cardíaco dispara. Se ele não está interessado em mim como namorada, o que ele realmente quer? Ele trancou a porta da frente? Ele vai me deixar sair? Preciso configurar algo como a troca de uma mulher morta – agendar um e-mail para alguém no trabalho para informá-los sobre isso e excluí-lo mais tarde se eu sair viva.

Com as mãos tremendo, eu puxo um aplicativo que me dá acesso de emergência ao meu e-mail de trabalho.

O uso regular disso é desaprovado, mas isso é irrelevante agora.

Estou prestes a enviar minha mensagem quando vejo um e-mail em minha caixa de entrada. O assunto é "Re: Favor Pessoal" e é do especialista do Canadá.

Peço desculpas pelo atraso. Eu finalmente tive a chance de olhar para Maxim Stolyar para você. Não admira que você tenha tido problemas. Tive que entrar em contato com o pessoal do SISC sobre isso, e eles disseram que ele era um deles. Eles...

Eu paro de ler, atordoada.

A mudança de paradigma quase me tira o fôlego.

Eu deveria me sentir aliviada. Até emocionada. Max não é russo. Ele é canadense, assim como disse que era. SISC significa Serviço de Inteligência de Segurança Canadense. Eles têm um orçamento anual de meio bilhão e são um aliado formidável.

No entanto, por algum motivo, minha raiva não diminuiu. Qualquer um que seja – "um deles" – não pode alegar não ser um agente de inteligência estrangeiro.

Max ainda mentiu na minha cara ontem à noite. E ele tinha menos razão para fazer isso.

Fodido filho da puta. Por que ele não poderia ter dito "Não consigo responder à sua pergunta" ou "É confidencial"? Mas apenas mentir, quando eu disse a ele que fazia parte do...

Alguém pigarreia com raiva.

Porra.

Eu me viro e olho para a fonte do barulho.

É Max. Como em um espelho torcido, sua expressão mostra a fúria que assola dentro de mim.

— Que porra é essa? — ele pergunta com uma voz dura.

Enfio meu telefone no bolso e acompanho seu tom. — Você me diz.

Max dá um passo pesado para dentro do escritório. — Eu perguntei se você estava me procurando pelo seu trabalho. Você disse que não.

Ele parece magoado. A coragem desse cara.

Eu cerro meus dentes. — Isto não é para o meu trabalho. Mais como pesquisa pessoal.

Seus olhos verde-floresta ficam estranhamente frios. — Quão socialmente aceitável.

Os músculos do meu braço tremem enquanto luto contra a vontade de dar um tapa nele. — Ontem à noite, perguntei se você era um agente de inteligência estrangeiro. Você negou, mas da última vez que verifiquei, o Canadá não fazia parte dos EUA.

Aha. Ele parece culpado agora. Pelo menos por um momento. Então, seus lábios se apertam e seus olhos lançam novos pingentes de gelo. — Eu te disse a verdade. Eu não estou no SISC. Não mais.

— Besteira! — Grito com o pulso batendo em meus ouvidos. — Eu vi você conduzir operações clandestinas.

Porra. Talvez eu não devesse ter admitido isso.

Ele age como se eu *tivesse* dado um tapa nele. — Você o quê?

— Esqueça — rosno. — Qual é o objetivo desta conversa? Claramente, seja o que for, foi um erro, que agora acabou.

Correção. *Agora*, ele parece que eu dei um tapa nele. Talvez até lhe tenha dado uma joelhada na virilha. — Certo.

— Certo? — Eu giro em meu calcanhar. — Certo.

Com os olhos ardendo, corro para fora do apartamento e corro para o elevador como se fosse perseguida por um falcão raivoso.

CAPÍTULO
Trinta E Dois

Eu LUTO contra a vontade de chorar durante toda a corrida de táxi para casa. Quando Olive me cumprimenta, isso é tudo que consigo fazer para afastar sua preocupação e chegar ao meu quarto. Lá, eu finalmente deixo minhas emoções tomarem o melhor de mim, e no próximo não sei quanto tempo, eu soluço e chacoalho na autopiedade.

Em algum momento, uma criatura peluda se aproxima de mim. Eu o abraço no meu peito, me sentindo um pouco melhor quando ele começa a ronronar.

Machete não gosta de ninguém além de si mesmo perturbando sua humana insignificante. Basta apontar as garras de Machete na direção certa e desviar o olhar antes que a visão do massacre que se seguir deixe uma cicatriz para o resto da vida.

Eu começo a soluçar. Por mais que toda essa situação seja uma merda, não quero que Machete prejudique Max. Sem mencionar que há uma boa chance de que o traidor felino possa apenas esfregar-se contra a fonte da minha angústia. Afinal, eles pareciam um *bromance* à primeira vista.

Meu alarme dispara.

Merda. Eu esqueci do trabalho.

Minha viagem ao meu prédio acontece em transe. Cenas do meu tempo com Max passam pela minha mente: as sessões de vídeo, os encontros, o sexo incrível...

Por algum motivo, sempre pensei que terminar com alguém seria como arrancar um Band-aid – dói no começo, mas você se sente melhor logo depois de tomar a decisão certa. Besteira. Parece o contrário disso. Como arrancar o Band-Aid, mas obter aquela famosa "morte por mil cortes" como resultado.

Eu tomo café da manhã na minha mesa, e não tem gosto. O trabalho no projeto que meu chefe me dá acontece no piloto automático. Meu almoço tem gosto de papelão e pode até haver uma sessão de choro no banheiro.

Tenho que parabenizar meus colegas de trabalho. Nem um único fez a piada "Você está de bode azul?". Acho que eles têm um bom senso de autopreservação.

O resto do meu dia de trabalho é ainda mais robótico.

Enquanto vou para casa, recebo uma mensagem de Olive.

Desculpe pelo aviso de última hora, mas minha primeira entrevista foi tão boa que eles querem que eu vá para a Flórida para a próxima etapa. Consegui passagem muito barata para um voo hoje à noite. Você pode alimentar Beaky?

Isso é seguido por instruções detalhadas sobre como cuidar e alimentar o polvo.

Excelente. Agora até minha irmã me abandonou. O que vem a seguir? Uma pequena nuvem diretamente sobre minha cabeça, como em um comercial de antidepressivo?

———

Quando chego em casa, está vazia e solitária, e meu jantar é mais sem gosto do que café da manhã e almoço juntos. Depois de outro choro breve, eu alimento Beaky e mando uma mensagem para Olive dizendo que eu fiz isso.

Seu telefone apita nas proximidades.

Pobrezinha. Ela esqueceu na pressa de chegar à Flórida. Esperançosamente, nossos avós a deixarão pegar emprestado um deles.

Sentindo-me esgotada, pego Machete e acaricio seu pelo. Enquanto ele ronrona, a névoa raivosa em meu cérebro finalmente começa a se dissipar e eu começo a pensar de forma semi-coerente.

Então, Max é um espião. Ou foi. Viva meus instintos. O principal é que ele não é um espião agora, ou afirma não ser. Além disso, mesmo quando era, ele não era um agente inimigo, mas um de nossos aliados.

Se você olhar de um certo ângulo – algo que era difícil de fazer até agora –, posso ter exagerado um *pouco* quando terminei com ele. Ou seja, se for realmente verdade que ele não está mais no SISC. Se for esse o caso, ele não mentiu de verdade. Ele não é *atualmente* um agente de inteligência estrangeiro. Na verdade, isso explicaria os passaportes expirados.

Mas se ele não está com o SISC, o que ele estava fazendo agindo como um espião? Por que tentar grampear o telefone de alguém no Hot Poker Club? Por que usar modos furtivos durante suas reuniões com os banqueiros de investimento?

Pego meu e-mail de trabalho e volto para a mensagem do especialista do Canadá, caso possa lançar alguma luz.

Caralho.

Eu sou uma idiota.

Se eu tivesse acabado de ler o e-mail esta manhã, a conversa na casa de Max poderia ter sido muito diferente.

Pode ser. Ou talvez não. Ele ainda estaria chateado com a minha espionagem.

Em todo caso, reli tudo mais uma vez, do começo ao fim.

Peço desculpas pelo atraso. Eu finalmente tive a chance de olhar para Maxim Stolyar para você. Não admira que você tenha tido problemas. Tive que entrar em contato com o pessoal do SISC sobre isso, e eles disseram que ele era um deles. Eles não disseram o que ele fez por eles, mas ele sendo ucraniano de segunda geração é nossa pista. Dizem que ele se aposentou há alguns anos e agora é consultor de empresas, embora, lendo nas entrelinhas, tenho a sensação de que ele não saiu completamente do campo. Mesmo que seu trabalho no setor privado seja secreto, parece espionagem corporativa, do tipo legal.

De qualquer forma, espero que isso ajude – e que estejamos quites agora.

Eu li isso mais duas vezes.

Max está aposentado.

Aposentado.

Isso significa que ele não mentiu para mim. Ele não é um agente de inteligência estrangeiro.

Atualmente não.

Mas... ele faz espionagem corporativa, o que poderia facilmente explicar o que quer que ele estivesse fazendo com os banqueiros e aquele telefone. Também pode ser por isso que ele pareceu surpreso com a minha pergunta: "Você é um espião?". Você chama alguém que pratica espionagem corporativa de espião?

Eu penso que sim. Especialmente um ex-espião. Uma vez espião, sempre espião. Ainda assim, eu disse "agente de inteligência estrangeiro" e ele não é isso.

Também pode ser por isso que ele foi cauteloso quando me disse que era um "consultor corporativo".

Mas, por quê? Se ele tivesse me contado que se dedicava à espionagem corporativa, eu teria achado isso muito legal. Talvez eu até tivesse pedido um emprego a ele. Tenho estado tão preocupada com meus sonhos da CIA que nunca considerei essa direção, mas é uma opção muito mais realista para alguém como eu.

Eu pulo de pé e começo a andar, meu medo anterior se dissipando.

Foi um erro terminar com Max. Eu vejo isso claramente agora. Mas eu terminei com ele, e não posso mudar isso. A questão importante é: como posso corrigir isso?

Não faço ideia, mas um grande gesto provavelmente é necessário. E talvez rastejar. Afinal, também não fui totalmente sincera com ele.

Se eu fizer um gesto, qual deveria ser?

Eu ando de um lado ao outro, recebendo olhares estranhos de Beaky e Machete.

Finalmente, algo me atinge.

Posso ajudar Max com sua tarefa atual. Sim, é isso. Com o novo contexto de espionagem corporativa, finalmente vejo a conexão entre o Hot Poker Club e os banqueiros de investimento. Pelo menos, acho que sim.

É Bagunçado. É cujo telefone Max estava tentando grampear.

Bagunçado deve ser a chave, ou mais especificamente, a empresa de software para a qual ele trabalha – aquela que fabrica plataformas de negociação.

Isso! Eu amo essa sensação de coisas clicando.

Eu pulo no meu laptop e meus dedos dançam sobre o teclado.

Como teorizei, os dois bancos são clientes da empresa de Bagunçado e, se minha teoria estiver certa, eles também são clientes de Max.

Entro no modo analista e leio tudo que consigo até encontrar dois artigos sobre os bancos de investimento em questão. Aparentemente, os dois bancos perderam muito dinheiro quando alguns fundos de hedge anteciparam uma grande jogada que haviam acabado de fazer no mercado. Ambos os bancos disseram que houve algum jogo sujo. Nenhum dos dois tinha provas.

Excelente. Agora, tenho confirmação suficiente de

minha teoria para justificar fazer a parte um pouco menos legal de minha pesquisa.

Primeiras coisas primeiro. Eu lanço um conjunto de ferramentas que não são confidenciais, mas que prefiro não divulgar em detalhes.

O primeiro é o menos prejudicial. Na verdade, é algo que meu pai usa para seu trabalho perfeitamente legítimo como um testador de penetração, que – como meu pai diz – "não é tão sujo quanto parece."

O que estou fazendo é testar a segurança da empresa de software de Bagunçado. Isso não é uma coisa má. Na verdade, se eu contasse a eles meus resultados, seria um serviço público.

A segurança não é terrível no geral, mas péssima para vários tipos de ciência da computação. Eu poderia entrar e não correr o risco de ser pega, com certeza.

Essa próxima parte, espero que meu pai nunca faça. Eu entro na intranet da empresa de Bagunçado e, em seguida, localizo o repositório de código onde os arquivos da plataforma de negociação estão, focando nas partes pelas quais Bagunçado é responsável.

Que nojo. Bagunçado não é apenas descuidado com as fichas de pôquer; ele também é descuidado com seu código. No entanto, ainda encontro o que estou procurando.

Uma porta dos fundos.

Como eu suspeitava, o sorrateiro Bagunçado codificou para si mesmo uma maneira de aprender o que os clientes de sua empresa fazem com as plataformas de negociação que compram – como, digamos, injetar muito dinheiro em uma ação específica, o que resultaria em um aumento dramático do preço dessa ação.

Aposto todos os meus bitcoins que Bagunçado está vendendo essas informações obtidas ilegalmente pelo maior lance – o que explicaria como ele conseguiu o dinheiro para o valor do Hot Poker Club.

Encorajada, eu me visto e volto correndo para o trabalho.

O escritório está vazio, o que é bom.

Eu inicio **confidencial** e faço o que Max tentou, mas não conseguiu: entrar no smartphone de Bagunçado.

Uau. Bagunçado tem um problema de jogo. Um dos principais, se seus e-mails e mensagens de texto servirem de referência.

De acordo com alguns deles, ele deve dinheiro a pessoas obscuras. Na verdade, o idiota está no Hot Poker Club neste segundo, provavelmente perdendo seus fundos ganhos ilegalmente mais uma vez.

Espere.

Se ele está no jogo, Max poderia estar lá também? Afinal, ele nunca terminou sua operação de grampeamento telefônico no dia em que nos conhecemos, e posso ver que Bagunçado tinha feito uma pausa no Hot Poker Club até hoje.

Meu batimento cardíaco acelera. Eu imagino Max sendo pego com o bug e, então, sendo ferido por Bogdan, o perigoso dono do Hot Poker Club.

Idiota. Quais são as chances de Max já ter grampeado o telefone de Bagunçado fora do jogo? Baixas. Ele estava no Canadá até ontem. Hoje é provavelmente a primeira vez que ele teria a chance de repetir essa tentativa. Isso é o que eu faria.

Merda. Devo avisar a Max. Devo avisá-lo.

Mas como? Eu não posso exatamente ligar para ele. Eles fazem você desligar e guardar o telefone.

Minhas pernas começam a se mover antes mesmo que meu cérebro as alcance.

A resposta é simples. Tenho que ir no The Palace e falar com ele cara a cara.

Sim. É isso. Isso é o que vou fazer.

Em tempo recorde, vou para o meu Aston Martin e, assim que o motor começa a funcionar, ponho o pé no acelerador.

É hora de uma corrida de carros no estilo James Bond.

CAPÍTULO
Trinta E Três

DE ACORDO COM O GPS, essa viagem deve durar vinte e cinco minutos. Meu objetivo: chegar lá em dez.

Tudo corre bem no início. Então, quando viro a terceira esquina, meus pneus cantam e o carro derrapa, mas estou na próxima rua e viva, embora possa querer ser um pouco mais cuidadosa nas curvas daqui em diante.

O limite de velocidade é de quarenta quilômetros por hora. Que piada. Quando posso, vou quatro vezes mais.

Um táxi amarelo para em uma placa de pare – a coragem do cara. Eu desvio bruscamente, mudando de faixa em um piscar de olhos, então, passo por ele como se a placa não existisse. Eu faço o mesmo com um semáforo vermelho no próximo cruzamento.

Dois quarteirões depois, tenho que diminuir a velocidade para poupar a vida de alguns pedestres bêbados e, cinco quarteirões depois, vejo um carro da polícia, então, reduzo a velocidade novamente. Mesmo se eu pudesse usar um charme para escapar de uma multa, a parada seria um atraso que não posso me dar ao luxo.

Em nove minutos e trinta segundos, chego ao The Palace.

Quase tropeço quando saio do carro e jogo as chaves em um manobrista.

— Você pode mantê-lo aqui perto da entrada? — Coloco uma nota de cem dólares em sua mão como incentivo.

Ele assente, de olhos arregalados, e eu corro para a entrada.

Que é quando me lembro de um problema que bloqueei completamente da minha mente.

Um grande pesadelo.

Pássaros.

Muitos pássaros.

CAPÍTULO
Trinta E Quatro

POR UM SEGUNDO, espero que talvez alguém tenha adquirido bom senso e descontaminado o saguão. Quando eu entro, no entanto, essa esperança é esmagada, como um mirtilo sob o bico cruel de um pavão.

Os pássaros ainda estão aqui.

Pavões com suas caudas abomináveis e papagaios que se parecem ainda mais com palhaços malvados graças à adrenalina correndo em minhas veias.

Eu saio do saguão e pego o manobrista que acabei de falar. — Eu preciso usar a entrada dos fundos do hotel. Eu sei que existe uma. Eu usei outro dia.

Como se alguém tivesse me passado com os olhos vendados, mas ei, ainda sou eu "usando isso".

Ele balança a cabeça com veemência. — Ninguém tem permissão lá atrás. Precauções de segurança.

Porra. Não tenho tempo para discutir ou procurar essa entrada dos fundos. Acho que hoje é o dia em que me forço a andar por um saguão infestado de pássaros.

Eu só queria ter um daqueles ternos de combate a bombas, como eles usaram em *Guerra ao Terror*.

Respirando fundo, entro no saguão novamente.

Vai ficar tudo bem. Os papagaios estão em gaiolas. Quais são as chances de eles escaparem hoje, dentre todos os dias?

Isso ajuda. Um pouco.

Eu dou mais um passo.

Eu posso fazer isso. Eu sou uma espiã, droga.

Meu próximo passo é mais seguro.

Mas então, como se estivesse esperando por este exato momento, um pavão me avança.

Com um grito indigno, eu corro para longe da besta – e leva toda a minha força de vontade para correr na direção do elevador em vez de voltar para fora.

Outro pavão deve sentir o cheiro de sangue na água. Tenta bloquear meu caminho.

Eu ziguezagueio para a direita, fazendo um amplo círculo ao redor da criatura maligna. Minha garganta está em carne viva com o meu grito ininterrupto e parece que algo está rasgando os músculos das minhas pernas enquanto corro para o elevador com tudo o que tenho.

— Você está bem? — O concierge grita atrás de mim.

Não tenho energia para dizer a ele que, claro, nada está bem. O ok foi mergulhado em alcatrão, coberto de penas e está me perseguindo enquanto falamos.

Fechando a distância restante para o elevador, eu aperto o botão e me preparo para afastar qualquer pavão atacante com chutes de Krav Maga de esmagar ossos.

Os pavões devem perceber que encurralaram um

animal selvagem e que a luta pode não valer a pena. Afinal, provavelmente alguém neste hotel os alimenta – e eles não sabem o quão saborosa eu posso ser.

O elevador finalmente chega. Eu pulo para dentro e aperto o botão do porão como se minha vida dependesse disso – porque provavelmente depende. As portas se fecham, bloqueando os horrores do lado de fora. Fazendo o meu melhor para recuperar o fôlego, planejo meus próximos movimentos.

Estou prestes a ir para onde não deveria. Destruir um jogo privado. Como faço para sair impune?

Eu descarto um monte de ideias de cara. Fingir ser serviço de quarto não vai funcionar, por mais divertido que seja fazer o clássico do filme de espionagem em que roubo ou suborno uma empregada por sua roupa. Talvez eu deva ir para as saídas de ar? Não. Mais uma vez, por mais que eu gostaria de lançar um cabo em algum lugar, no estilo *Missão Impossível*, não acho que haja uma saída de ar dentro da sauna onde está o jogo Hot Poker, embora possa haver uma no vestiário.

Não. Vou usar o bom e velho princípio do MoMaSI, popular entre os desenvolvedores de software: Mantenha o Mais Simples, Idiota.

Se desafiada, estou procurando o banheiro. É isso.

Posso representar essa capa facilmente. Tudo o que tenho que fazer é lembrar como quase fiz xixi nas calças durante o ataque do pavão no saguão.

As portas do elevador se abrem. Eu saio e corro para o corredor mais próximo.

Não há pessoal aqui a esta hora. Isso é bom.

Eu cheiro o ar. Um leve cheiro de cloro e limão é

detectável, então, o Hot Poker Club não pode estar longe.

Eu corro no chão acarpetado, fazendo curvas usando meu nariz e intuição. Uma dessas coisas é confiável porque, na próxima curva, o carpete sob meus pés se transforma em ladrilhos – o que me lembro de minha visita anterior.

Excelente.

O cheiro que eu estava seguindo é extra forte na próxima curva, e então vejo uma porta ao longe.

Aposto que é o vestiário.

O problema é que dois caras corpulentos estão parados na frente dela.

À medida que me aproximo, reconheço um. Ele é a alma corajosa que assustou um pombo para mim.

Porcaria. Agora vou me sentir mal lutando para entrar – o que também pode não ser a melhor ideia, considerando que esses caras podem estar armados.

Eu mantenho meu plano simples e uso toda a minha habilidade de atuação para correr como uma mulher com uma bexiga prestes a estourar.

— Que porra é essa? — O guarda desconhecido diz enquanto eu corro em direção a eles.

— Eu preciso ir ao banheiro. — Danço de um pé para o outro como uma fonte prestes a jorrar de minha uretra.

O cara que reconheci parece me reconhecer de volta. Ele franze a testa. — Você vai jogar hoje? Eu não sabia que você é um regular agora.

— Só preciso ir ao banheiro — repito, e sem esperar que eles me parem, corro para o vestiário.

— Espera! — Alguém grita.

Eu não espero. Em vez disso, corro para a sauna a vapor como se todos os pavões e papagaios do mundo estivessem atrás de mim.

Quando entro na sala, o vapor bloqueia os jogadores no início.

Piscando, vejo o proprietário, Bogdan, com suas fichas em um arranjo de escultura novamente. Bagunçado também está aqui, sua pilha de fichas de pôquer previsivelmente desleixada.

Os dois seguranças invadem atrás de mim. Eles estendem a mão para me agarrar, mas Bogdan os impede com apenas um olhar.

Suando em bica, e não apenas por causa do calor, eu examino meus arredores mais uma vez – e percebo que duas coisas não fazem sentido.

Um: Max não está aqui.

Dois: Clarice está, embora eu não a reconheça a princípio sem sua roupa de pirata.

A falta de Max é misteriosa. Será que já o perdi? Parece duvidoso, pois não há cadeira vazia.

A presença de Clarice faz sentido quando penso nisso. Ela viria jogar aqui. Eu mesma dei a ela os fundos.

Acho que o dia do jogo dela é hoje.

Hmm. Seu cabelo sempre foi tão bonito sob aquele bicórnio, ou como quer que seu chapéu seja chamado? Além disso, por que ela está olhando com tanto desejo para Bogdan? Eu não disse a ela que ele é perigoso?

Falando em perigo, Bogdan estreita os olhos para mim. — O que você está fazendo aqui?

Clarice se vira dele para mim, seus olhos se arregalando. — Blue?

Merda. É hora de uma estratégia de saída. Minha mão mergulha na minha bolsa como se tivesse vontade própria.

Gia ficaria orgulhosa de meu próximo estratagema.

Minha mão sai com um tampão. Corro até Clarice e coloco em suas mãos com a seriedade de um atleta de corrida de revezamento entregando um bastão.

Previsivelmente, os homens agem como se o absorvente interno fosse um leproso, todos recuando como um só.

Por ser mágica, Clarice é tão adepta do engano quanto Gia. Ela agarra o tampão como Gollum faria com seu precioso anel. — Obrigada, Blue. Você é um salva-vidas.

Eu faço contato visual com Bogdan. — Desculpe pela interrupção. — Eu me preparo para dizer a ele que sou uma agente do governo e que me matar seria muito ruim para seus negócios e saúde.

— Como você encontrou este lugar? — Ele pergunta, sua expressão dura. — Eles não vendaram você no caminho da última vez? — Ele lança um olhar furioso para os seguranças.

— Oh, eles me vendaram muito bem — digo rapidamente. — Especialmente este cavalheiro. — Aponto para o cara que me resgatou do pombo. — Acontece que eu tenho um ótimo senso de direção e meu namorado me disse em qual hotel o jogo foi realizado. Ele é um regular.

Bogdan arqueia uma sobrancelha. — Maxim Stolyar?

— Como você sabia? — Eu deixo escapar.

Ele sorri. — Eu sempre vejo o que acontece na mesa.

Certo. Ele captou nossa linguagem corporal e extrapolou. Um homem perigoso em mais de um aspecto.

— Falando em Max, eu realmente o perdi hoje — digo. — Ele não veio aqui, veio?

Clarice balança a cabeça.

— Legal, legal. — Eu realmente *poderia* usar o banheiro neste momento. — Acho que vou embora?

Caramba. Um espião durão não faria essa última parte soar tanto como uma pergunta.

— Escolte-a — diz Bogdan aos seguranças imperiosamente.

Eu recuo. — Obrigada. — Eu aceno para Clarice. — Boa sorte.

Depois que saímos da sauna, pergunto: — Posso usar o banheiro?

Os seguranças praticavam revirar os olhos em sincronia assim, como garotas adolescentes?

O matador de pombos aponta para as cabines próximas. — Vá.

Eu uso as instalações e, então, humildemente, deixo os caras me conduzirem pelos corredores. Quando nos vejo indo para o elevador normal, eu paro. — Alguma chance de você me levar pela entrada dos fundos?

— Por quê? — O matador de pombos pergunta.

Eu estudo o tapete sob meus pés. — Há pássaros no saguão.

Mais revirar os olhos é seguido por um relutante: — Por aqui.

Isso! Eles me conduzem por uma porta nos fundos e depois me mostram o caminho até a frente do hotel.

O manobrista que dei uma gorjeta pega meu carro rapidamente.

Assim que entro, piso no acelerador, disparando para longe do lugar antes que alguém mude de ideia sobre me deixar sair.

Uma vez que estou longe o suficiente, pondero sobre meu destino.

Devo visitar Max em casa?

É tarde, então, pode ser um pouco estranho. Novamente, se eu não fizer isso, vou ficar acordada a noite toda, desejando ter ido lá.

Assim decidido, dirijo direto para lá ou, mais precisamente, corro.

———

Sete minutos depois, toco a campainha de Max. Ele não abre. Seu olho mágico também não escurece, então, é provável que ele não esteja em casa. Ou talvez ele seja tão bom. Ele sabe que sou eu e nem mesmo está se aproximando da porta.

Eu luto contra o desejo de arrombar a fechadura. Se ele está em casa, eu não estaria ajudando meu caso, e se ele não estiver, qual é o ponto de arrombamento e invasão?

Suspirando, volto para o meu carro e dirijo para casa

devagar, como se eu estivesse com o dobro do limite de velocidade.

———————

Depois de estacionar o carro no estacionamento do porão, pego o elevador e debato se devo ligar para Max, já que não consegui marcar um encontro cara a cara.

Antes que eu tome qualquer decisão, o elevador para no saguão e um homem conhecido entra.

De onde eu o conheço? E como ele me conhece? Porque ele conhece. Suas narinas estão dilatadas e sua mandíbula está apertada enquanto ele me encara, o que não é algo que você faz com estranhos.

Usualmente. A menos que você seja um psicopata.

— Você cortou a porra do cabelo? — ele range, seu hálito cheirando a destilaria.

Ah. Eu me lembro agora. Eu vi seu rosto em uma foto na casa de Olive.

Este é Brett, seu ex idiota. Ele pensa que eu sou ela. Mas o que ele está fazendo aqui?

— Como você me achou? — Eu pergunto, entrando no jogo.

Ele torce o lábio superior. — Vadia estúpida. Eu sempre posso te encontrar.

Meus olhos se transformam em fendas. — O que você acabou de dizer?

Em um flash, eu percebo que ele deve pensar que Olive está aqui por causa de algum aplicativo que ele colocou em seu telefone – o telefone que ela esqueceu na minha casa.

É hipócrita da minha parte considerá-lo um idiota muito maior por causa disso, considerando que eu mesma coloquei um rastreador em *seu* telefone? Embora eu tenha esquecido totalmente de configurar um alerta para me avisar se ele chegasse perto de Olive. Terei que corrigir esse erro – e pôr intervalo de 30 metros.

Além disso, graças a Deus, ele me encontrou em vez de Olive.

— Eu disse 'vadia estúpida' — Brett late, saboreando cada palavra.

Eu fico em uma posição Krav Maga. — Você está cometendo um grande erro. Você tem uma chance de sair e nunca mais pensar em mim novamente. Uma chance apenas.

Ele zomba. — Esse corte de cabelo faz você parecer uma bicha.

Eu cerro e abro meus punhos. — Certo. *Mais* uma chance. Não me faça machucar você.

O elevador para.

— Saia — eu digo friamente, saindo do elevador. — Enquanto você pode.

Com um escárnio, Brett se lança contra mim.

Acho que ele pretende agarrar meu cotovelo, mas isso não vai acontecer. Eu giro na ponta dos pés, e ele encontra ar onde o cotovelo estava. Antes que ele possa se recuperar, eu bato o punho em sua barriga.

O ar deixa seus pulmões com um assobio audível, mas soa como "Vadia", então, dou um tapinha nas costas dele.

Para seu crédito, ele se recupera rapidamente e tenta me dar um soco.

Eu me abaixo, mas antes que eu possa terminar esta luta com um chute de estourar a bola do Krav Maga, há um borrão de movimento atrás de mim.

Eu me viro e vejo com fascinação atordoada quando um punho forte se conecta com a mandíbula de Brett, nocauteando o idiota.

Eu pisco sem entender para Max, o dono do punho.
— O que você está fazendo aqui?

— Quem é? — Max chuta o corpo inconsciente de Brett com a ponta do sapato.

— Brett. Ex de Olive. Sério, eu só estava procurando por você.

— Um segundo. — Max pega seu telefone e disca um número.

— 911, qual é a sua emergência? — Uma voz animada diz na outra linha.

— Um homem acabou de atacar minha namorada — Max diz. — Você pode, por favor, mandar alguém? — Ele dá a ela o endereço.

Ele me chamou de namorada! Isso significa que ele me perdoou ou foi apenas a maneira mais fácil de explicar a situação para a operadora de telefone?

Quando Max desliga, estou prestes a perguntar o que ele está fazendo na minha casa quando ele diz: — Você tem algemas?

Certo. Brett pode recuperar os sentidos.

— Me dê um segundo. — Corro para o meu apartamento e quase tropeço em Machete.

Não se preocupe com a polícia. Deixe Brett sozinho com Machete. Ele nunca mais incomodará ninguém.

Eu localizo um par de algemas cobertas por pele de leopardo – algo que eu esperava usar em Max em algum momento.

Quando eu volto e as entrego a Max, ele prende Brett na escada antes de me estudar com uma expressão ilegível.

— Você estava procurando por mim? — ele pergunta.

Eu assinto vigorosamente. — Por que você está aqui?

Ele suspira. — Eu estava procurando por você. Obviamente.

— Por quê? — pergunto.

Brett começa a praguejar e lutar contra suas amarras.

Eu aceno para a minha porta. — Quer conversar lá dentro?

Max concorda.

Entramos no meu apartamento e eu fecho a porta, cortando os barulhos irritantes que saem da boca de Brett.

Machete cumprimenta Max esfregando-se na perna de sua calça.

Machete não sabe o que é tão agradável sobre este ser humano insignificante, mas Machete segue o fluxo e faz o que Machete deseja.

Beaky muda de cor e Machete foge.

Eu me jogo no sofá e bato na almofada ao meu lado.

Max se senta onde eu sugeri. — Eu queria me desculpar.

Quase pulo de pé. — Eu também!

Um sorriso toca seus olhos. — Eu primeiro.

Eu faço beicinho. — Isso não é muito cavalheiresco da sua parte, mas vá em frente.

Seu rosto está sério mais uma vez. — Quando você me perguntou se eu era um agente estrangeiro, deveria ter contado sobre meu passado no SISC.

Eu concordo. — E também sobre a espionagem corporativa.

Seus olhos se arregalam. — Eu estava quase... Como você sabe disso?

Sorrindo tortuosamente, digo a ele que não apenas sei sobre seu trabalho em geral, mas que descobri sua investigação atual especificamente e que resolvi para ele.

— Não tenho palavras — diz ele. — Ok, talvez três: você é perigosa.

Eu chego mais perto dele. — Perigosa de uma forma incrível, certo?

Seu olhar de floresta escura esquenta. — A maneira mais incrível.

Eu coloco minha mão em seu joelho. — Se quiser, posso fazer com que os delitos de Bagunçado sejam relatados à Comissão de Valores Mobiliários, e você pode dizer a seus clientes que foi você.

Ele cobre minha mão com a dele. — Repito, não tenho palavras.

— Bom — eu digo — Agora é minha vez. Lamento

ter invadido sua privacidade da maneira que fiz, e lamento especialmente ter dito que tínhamos acabado.

Ele se inclina em minha direção. — Não. Lamento não ter tentado convencê-la a ficar e conversar sobre as coisas. E que demorei o dia todo para perceber que preciso trazê-la de volta. Você é...

Eu o calo com meus lábios, e ele me beija de volta com a mais maravilhosa ferocidade.

Enquanto suas mãos percorrem meu corpo sobre minhas roupas, eu quero me despir, muito.

Por que está tão quente? Estamos prestes a fazer sexo de reconciliação?

Estendo a mão para abrir o zíper de sua calça quando minha campainha idiota toca.

Max se afasta. — Deve ser a polícia.

Oh. Certo. Eu esqueci sobre Brett, e o resto da raça humana.

Eu me levanto e reajusto minha roupa. — Sabe, eu não precisava que você me protegesse daquele idiota.

Max ri. — Oh, eu sei disso. Acho que estava, na verdade, protegendo as bolas daquele idiota. É uma coisa de solidariedade masculina.

Rindo, abro a porta para os policiais e ofereço café. Bebidas nas mãos, sentamos na minha cozinha e conversamos. Eu digo a eles que trabalho para o governo, que os conquista imediatamente. Em seguida, explico como Brett foi horrível com minha irmã de aparência idêntica, e que ele me confundiu com ela hoje, e que vou apresentar queixa. Eles me garantem que Brett vai para a prisão para tirar o álcool em seu sistema e recomendam que minha irmã obtenha uma medida de restrição.

— Então, onde estávamos? — pergunto a Max quando os policiais vão embora.

Ele balança as sobrancelhas. — Acho que você ia me mostrar o seu apartamento.

Eu agarro minhas pérolas inexistentes. — Há apenas um cômodo que você não viu neste momento: meu quarto.

Ele me olha com fome. — Mostre-me tudo.

Eu faço, de bom grado. No segundo em que estamos no quarto, atacamos um ao outro.

O sexo é mais urgente do que na noite passada. Mais suado e mais desesperado.

Enquanto nós deitamos lá no resplendor, Max se apoia em um cotovelo e encontra meu olhar. — Pedir desculpas era apenas um dos motivos pelos quais eu queria falar com você cara a cara — diz ele, em voz baixa e séria.

Eu mordo meu lábio. — Oh?

— Eu também queria te dizer uma coisa.

Meu batimento cardíaco dispara. — Eu também!

Seus olhos enrugam nos cantos. — Eu primeiro.

Eu sinto que vou explodir de emoção. — Mais uma vez, não muito cavalheiresco de sua parte, mas vá em frente.

Seus olhos brilham. — Você é um par perfeito. Um bambu para o meu panda. Uma...

— Um martíni batido, não mexido, para o seu James Bond — Deixo escapar. — Salo para o seu pão. Uma...

Ele segura minha bochecha com a mão. — O que

estou tentando dizer é que te amo, sonechko. Com tudo o que tenho.

— E era isso que eu estava tentando dizer também! Quer dizer, eu também te amo.

O sorriso que ele me dá ilumina todo o meu mundo, e quando nossos lábios se encontram novamente, eu sei que onde quer que formos a partir daqui, sempre me lembrarei deste momento. E espero que muitos desses momentos venham.

Epilogue

MAX

— O QUE É AQUILO? — Aponto para uma das duas criaturas minúsculas que parecem antílopes. Eles são meu favorito atual para o animal mais fofo que eu já vi.

Blue sorri radiante, algo que ela tem feito muito nesta viagem para a fazenda de seus pais. — O com chifre é Buzz — diz ela. — O sem chifres é Bean.

Eu balanço minha cabeça. — Você sabe que eu estava perguntando que tipo de criatura Bean e Buzz são. Não seus nomes.

Já fiquei perplexo mais vezes do que gostaria de admitir aqui na fazenda – e apenas em parte pelas espécies de residentes peludos. Mais frequentemente do que isso, fico perplexo com o comportamento dos adoráveis pais hippies de Blue, como a vez em que sua mãe nos deu um conjunto de dicas muito específicas para o quarto. Ou a vez em que ela nos deu um sermão sobre a importância da lubrificação. Ou quando o pai dela esfregou meus pés depois que Blue e eu voltamos de uma longa caminhada e cometi o erro de mencionar que meus pés estavam cansados. Ou a vez que o pai dela me deu uma massagem no ombro – isso foi depois que eu pedi sua bênção para fazer o que estou prestes a fazer – porque ele pensou que eu estava muito tenso. Ou a vez que seu pai massageava minha cabeça sem nenhum motivo. Ou...

— Isso é um dik-dik — diz Blue, interrompendo minha linha de pensamento.

Eu fico olhando para a minúscula criatura parecida com um antílope. — Um o quê?

— Você me ouviu direito. Isso é um dik-dik. — Ela sorri. — Eles são indígenas das regiões do sul da África.

Não me incomodo em verificar sua declaração duvidosa no meu telefone desta vez, como fiz outro dia com Salty – que acabou sendo exatamente o que Blue alegou: um tatu-fada rosa endêmico da Argentina central.

Eu jogo alguns mirtilos para Bean e Buzz. — Não acredito que vou dizer isso, mas dik-diks são fofos.

Ela bufa. — Eu acho que você quer dizer — ela torna sua voz mais profunda — 'Eu gosto de dik-dik.'

Resisto a fazer a piada óbvia sobre os gostos dela e meu pau – que ela considerava importante o suficiente para usar o codinome Maximus. — Os dik-diks são mais fofos que os tatus-de-rosa.

Ela suspira teatralmente. — Você está louco. Salty é a criatura mais adorável da fazenda. Quantos outros animais você conhece que são rosa?

Sei que não é preciso mencionar pássaros como o colhereiro e o flamingo, especialmente neste dia especial. — Você quer dizer aqui na fazenda? Porcos. Se você quer dizer em geral, existem os nudibrânquios e outras criaturas marinhas.

Ela morde o lábio. — Eu gostaria de cavalgar no seu 'nudibrânquio'.

Porra. O sangue sai do meu cérebro e desce para Maximus.

Talvez eu possa adiar meu plano e arrastá-la de volta para o nosso quarto?

— Mamãe está limpando a casa — diz Blue, claramente lendo minha mente. — Papai está retirando esterco de cavalo, então, até mesmo rolar no feno está fora de cogitação. — Ela se inclina, lambe minha orelha e diz com voz rouca: — Que tal fazer uma caminhada e parar naquele prado de novo?

Caralho, sim. Esse é o mesmo prado que eu iria levá-la de qualquer maneira, mas agora, vamos abater dois pássaros com uma pedra só – uma expressão que só uso mentalmente hoje em dia.

Nós saímos e discutimos sobre a fofura animal no caminho, especialmente quando alguma criatura cruza nosso caminho. Quando vejo pássaros, atiro neles com uma arma Nerf. Os pequenos dardos laranja não machucariam as criaturas emplumadas mesmo se eu os acertasse, mas miro no galho em que estão sentadas e sou um bom atirador.

Também falamos sobre a próxima missão que iremos realizar. Consegui convencer Blue a trabalhar para mim em vez da CIA. Ela afirma que bastou assistir *Duplicidade*, um filme de espionagem corporativa com Clive Owen e Julia Roberts.

— O que é isso? — Blue pergunta quando chegamos ao prado.

Eu sorrio.

A meu pedido, sua mãe pediu a ela para ter uma "conversa de garotas" hoje cedo, então, eu tive a chance de escapar e espalhar pétalas de rosas por todo o chão, aumentando o romantismo deste lugar já lindo.

Eu me viro para encará-la. — Eu quero te contar uma coisa.

Seus olhos se arregalam. — Eu também.

— Eu primeiro. — Coloco uma mecha de cabelo loiro-avermelhado atrás da orelha. Ele cresceu nos seis meses que estamos juntos, e agora combina com a peruca que ela usava no dia em que nos conhecemos. O dia em que ela entrou naquele jogo de pôquer quase nua.

O dia em que decidi torná-la minha.

Ela inclina a cabeça. — Ainda não é um cavalheiro, mas vá.

Pego a caixa do anel e aprecio a expressão de alegria espantada em seu rosto quando me ajoelho. Minha voz fica áspera. — Blue, sonechko... Não consigo imaginar minha vida sem o seu 'conjunto de habilidades muito particulares'. Você traz honra para a Associação da Femme Fatale da América, e agora, gostaria da honra de fazer de você minha esposa.

Respirando fundo, abro a caixa.

— Sim — ela engasga e enfia o anel no dedo antes mesmo de eu tirá-lo da caixa. — Agora se levante. É a minha vez.

Quando me levanto, experimento aquela sensação agora familiar de estar perplexo.

— Você ainda quer me dizer algo?

— Bem, sim. — Ela encara o anel com fascinação, virando o dedo para um lado e para o outro.

Parece que devo um grande favor ao amigo Fabio. Ele acertou em cheio quando afirmou que ela "ficaria doidinha" por este anel.

Finalmente, ela levanta o olhar para o meu rosto. — O que eu tenho a dizer gira em torno das criaturas fofas. Nesse caso, acho que também teremos um consenso. — Ela puxa um objeto parecido com um pedaço de pau do bolso e o coloca em minhas mãos. — Você pode não querer lamber isso — ela acrescenta. — Eu fiz xixi nele.

Eu fico olhando para o bastão de plástico. Existem duas linhas na pequena janela nele.

Um teste de gravidez.

Duas linhas e ao lado uma explicação.

Duas linhas significam grávida.

Grávida.

Choque e alegria irradiam calor por todo o meu corpo, como uma dose de horilka fervente.

Como? Quando? Na verdade, quem se importa? Estamos falando de uma pequena criatura que é parte de Blue. Certamente será mais fofo do que um panda. Talvez até mais bonito do que um dik-dik.

Blue soa estranhamente incerta quando ela diz: — Devíamos ter usado camisinha quando tomei o antibiótico, eu acho. Eu sei que é...

Eu a silencio com um beijo. Erguendo-a do chão, giro-a, como faria com o codinome Pequena Criatura.

— Você esqueceu que eu conheço Krav Maga? — ela diz entre risos.

Eu a coloco no chão com um sorriso. — Agora que você conseguiu o que precisava de mim, você está acertando os chutes estourando a bola?

— Não. — Ela desabotoa a blusa, expondo a pele macia e lambível e as protuberâncias de seus seios deliciosamente redondos. — Eu ainda preciso de seus kiwis. — A camisa cai na grama. — Necessidade urgente.

A besta dentro de mim desperta. Minhas roupas parecem tão apertadas no meu corpo como se eu estivesse prestes a me transformar em um homem-urso, com o pau primeiro. Ela alcança o fecho do sutiã e eu me atiro nela, me despindo no caminho.

Rindo, ela começa a correr, e eu a persigo até o meio da campina, onde eu coloquei preventivamente um cobertor. Pegando-a lá, eu a derrubo como um dik-dik, mas com cuidado.

Porque ela é uma grávida dik-dik.

Colocando os braços sobre a cabeça, eu sorrio para seu rosto corado. — Eu te amo — digo a ela em ucraniano.

Ela sorri de volta. — Eu também te amo. A propósito, quem está seduzindo quem agora?

Eu mordo o lóbulo da orelha do jeito que ela gosta e inalo seu doce perfume feminino. — Eu, você?

— Não é justo — ela respira.

Eu mordo seu pescoço delicado. — Essa é a coisa sobre espiões. Nunca jogamos limpo.

Ela geme. — Isso é verdade. Verdade, caralho.

Nós entrelaçamos nossos dedos e eu começo com minha sedução. Ou talvez ela comece com a dela – é difícil dizer.

Muito difícil.

Enquanto nos abraçamos depois, com seu traseiro curvilíneo aninhado contra Maximus agora satisfeito, eu olho para o céu azul e imagino nosso futuro juntos, bem como o codinome Pequena Criatura pode ser.

Um grande sorriso estende meu rosto. Esse nosso futuro será cheio de aventura, amor e alegria. E brincadeiras 'traseiras'.

Eu nunca diria isso em voz alta, mas não corro o risco de ficar triste com Blue ao meu lado.

Agradecimentos

Se você gostou da história de Blue e Max, por favor, deixe um comentário/resenha.

Procurando por uma comédia romântica de morrer de rir? Se ainda não encontrou, você tem que conhecer a família Chortsky! Leia a história de Vlad em *Meu Código Exato*; a história de Bella em *Seu Acessório Perfeito*, e a história de Alex em *Nossos Dados Sincronizados*.

Quer mais histórias da irmãs Hyman? Leia a história de Holly em *Nossos Dados Sincronizados* e história de Gia em *Truque Real*.

Para ser notificado(a) sobre os próximos lançamentos, visite www.mishabell.com/pt/ e inscreva-se para receber minha newsletter.

Misha Bell é um trabalho em conjunto entre marido e mulher, equipe de escritores, Dima Zales e Anna Zaires.

Quando eles não estão fazendo você explodir de rir como Misha, Dima escreve ficção científica e fantasia, e Anna escreve romance dark e contemporâneo. Confira *O Titã de Wall Street*, de Anna Zaires, para mais bilionários gostosos!

Vire a página para ler trechos de *Truque Real* e *O Titã de Wall Street*!

Trecho de Truque Real

Um príncipe intrépido quer me pagar muito dinheiro para treiná-lo para prender a respiração debaixo d'água por dez minutos? Estou dentro!

Exceto que sou uma ilusionista, não uma consultora de dublês. Meu mergulho recorde sem ar foi um truque. Claro, eu não posso dizer isso para meu cliente, o regiamente gostoso Anatolio Cezaroff, também conhecido como Tigger. Não se eu quiser pagar meu aluguel.

Além disso, não me sinto exatamente confortável com germes. Todos os germes, incluindo aqueles que se escondem em homens extremamente atraentes. Portanto, me apaixonar por meu cliente irresistível está fora de questão, e pretendo manter distância.

Isto é, até que ele se oferece para me treinar na cama.

— Holly? — uma voz masculina desconhecida chama da rua.

Eu olho para o recém-chegado e, de repente, é minha vez de ficar boquiaberta.

Eu não sabia que esse tipo de perfeição masculina existia fora de Hollywood.

Traços bem esculpidos. Nariz romano. Olhos castanhos vagamente felinos que se concentram no meu rosto de forma predatória, fazendo-me sentir como uma gazela prestes a ser devorada.

Eu engulo a superabundância de saliva em minha boca com um gole alto.

O torso musculoso e de ombros largos do estranho está vestido com uma camiseta branca justa e, apesar dos jeans rasgado caindo em seus quadris estreitos, há algo de nobreza nele – uma impressão apoiada pelo desenho estranho na fivela de seu cinto. Assemelha-se a um brasão que um cavaleiro medieval coloca em seu escudo.

Disseram-me que comparo muito as pessoas com as celebridades, mas é difícil fazer com esse cara. Talvez se o romance entre Jake Gyllenhaal e Heath Ledger em *Brokeback Mountain* tivesse dado frutos?

Não, ele é ainda mais bonito do que isso.

Percebendo que estou olhando para seu rosto muito intensamente para que seja considerado educado, eu abaixo meu olhar e noto que ele está segurando duas tiras de couro em seus punhos. Coleiras, provavelmente.

Meio esperando ver escravas sexuais dispostas na outra ponta daquelas coleiras, em vez disso encontro dois cães estranhos.

Pelo menos, acho que as criaturas são cães.

Um tem manchas pretas e brancas que o fazem parecer um panda. Na verdade, dado o tamanho gigantesco da criatura, não posso descartar a possibilidade de que *seja* um urso. E, se parecer uma espécie ursina em extinção não fosse estranho o suficiente, a fera está usando óculos de proteção.

É por causa da visão ruim ou o panda está prestes a praticar snowboard?

A segunda criatura não tem óculos e me lembra um coala, apenas muito maior e com uma língua canina pendurada.

Eu forço meu olhar de volta para seu dono ridiculamente bonito. — Ei — é tudo o que consigo dizer. Meus hormônios hiperativos parecem ter me roubado a capacidade de falar.

O estranho estreita os olhos castanhos. —Você *é* Holly, certo?

Esta é a sua chance, minha maga interior dispara. *Engane o estranho gostoso. Engane-o completamente.*

Banindo a luxúria com um esforço heróico de vontade, eu esfrego minhas mãos internamente, à la vilão do mal. Até eu adotar minha atual persona de pele clara e cabelos negros, eu era confundida com minha gêmea idêntica regularmente, até mesmo por pessoas mais próximas a nós. Nossos rostos ovais são exatamente os mesmos, até as maçãs do rosto altas e um nariz forte. Eu nasci literalmente para esse engano em particular.

Adicionando o mais leve toque de elegância à minha voz, eu digo: — Quem mais eu seria?

Pronto. Se ele souber que Holly tem uma irmã gêmea chamada Gia (que sou eu), ele vai expressar esse palpite agora e eu vou desistir.

Pode ser.

Aposto que posso blefar com ele, mesmo que ele saiba que eu existo.

Ele me encara atentamente. — Você mudou seu cabelo.

— Cosplay da *Família Addams* — digo na minha melhor voz de Morticia Addams. Não é a minha mentira mais convincente, mas o cara parece que está prestes a aceitar, de qualquer maneira. Então, eu vejo um problema. Wally, piscando confuso, está prestes a falar. Chuto a perna dele por baixo da mesa e pergunto alegremente ao estranho: —Você conheceu Wally?

Espero que o gostosão estenda a mão e se apresente, permitindo-me saber seu nome.

Minha manobra maligna é frustrada pelo panda. Ele puxa a perna da calça do gostoso com os dentes. Vendo isso, o coala faz o mesmo do outro lado, exceto que seus movimentos são desajeitados, como os de um cachorrinho, deixando um buraco nas calças.

Se é assim que os cães chamam sua atenção, não admira que ele use algo tão esfarrapado. Além disso, ui. Espero que ele lave a saliva daquele cachorro da calça o mais rápido possível.

— Um segundo, pessoal — o estranho diz a seus

amigos peludos em um tom caloroso e paternal que atinge algo em meu peito. — Vocês não veem que estou falando com Holly?

Ponto para mim! Ele acredita que eu sou Holly.

Desviando os olhos dos cachorros, o estranho dá uma olhada em Wally. Ele também acha que meu amigo se parece com Willem Dafoe, porém, quando ele interpretou o mentor de *Aquaman*, não o Duende Verde do *Homem-Aranha*?

Antes que eu possa perguntar, o olhar do estranho volta para mim. — Esse não é o seu namorado.

Eu pisco. Ele conhece o namorado de Holly? Onde minha irmã encontra todos esses pedaços de mau caminho? Este é ainda mais sexy do que seu Alex.

— De fato — eu digo, canalizando-a novamente. — Esse cara é apenas um *amigo*-amigo.

O sorriso malicioso do estranho é como um toque no meu clitóris.

— Não acho que homens e mulheres possam ser apenas amigos.

Claro que podem. Minhas irmãs e eu somos amigas de um cara em particular desde sempre, e ele nunca se meteu com nenhuma de nós. Claro, ele é gay, mas ainda assim.

Wally se levanta, toda dignidade ferida. — Olha, camarada, eu sou alérgico a cachorros, então, se você não se importa...

— Camarada? — Os olhos felinos do estranho estão zombando enquanto capturam os meus. — Viu? Ele não gosta que eu invada seu território.

O calor que percorre meu corpo não é mais luxúria. A audácia desse cara.

— Eu não sou território de ninguém. — E certamente não de Wally. Ele nunca deu em cima de mim, não em todos os dezoito meses em que nos conhecemos.

O rosto de Wally fica vermelho e ele aperta a faca que nunca devolveu.

Sério? A testosterona pode torná-lo *tão* estúpido?

— Ela está certa, camarada — diz Wally em sua voz mais ameaçadora, que, se formos honestos, soa um pouco como se ele estivesse fazendo uma representação do *Cookie Monster*. — É melhor você se mandar.

O estranho torce o lábio superior para ele. Se ele está ciente da faca, ele não mostra. Outra vítima de envenenamento por testosterona, sem dúvida.

— Me mandar? — Ele olha para mim. — Onde você encontrou esse *Wally*?

Ok, já chega. Eu sou a única com permissão para fazer piadinhas de "Onde está Wally?" às custas do meu amigo.

O estranho gostoso acaba de ultrapassar um limite.

Empurro minha cadeira para trás e fico com a altura de um metro e sessenta e cinco.

— Que tal 'dê o fora daqui'?. Essa escolha de palavras é melhor para você?

É quando o panda rosna para Wally – um som ameaçador que ninguém esperaria que viesse de um cachorro tão fofo, embora grande. Isso me lembra a notícia sobre um homem que tentou abraçar um panda no zoológico, apenas para acabar no hospital depois que o urso assustado o atacou.

Empalidecendo, Wally coloca a faca na mesa. Há claramente pelo menos dez células cerebrais dentro daquele crânio grosso dele.

O estranho dá um tapinha na cabeça da fera de óculos e murmura algo calmante em uma língua que soa do Leste Europeu.

Huh. Ele não tinha sotaque quando falou comigo, mas o inglês deve ser sua segunda língua. Caso contrário, ele não iria dirigir-se a seus cães nessa língua estrangeira.

Droga. Com a nossa sorte, o gostosão é um mafioso russo.

— Sente-se — sibilo para Wally e, para meu alívio, ele faz o que eu digo.

Corrija para vinte células cerebrais.

Os belos olhos do estranho vagam pelo meu rosto antes de se estreitarem novamente.

— Você não é Holly. Ela é legal — Um toque daquele sorriso malicioso retorna a seus lábios, e sua voz se aprofunda. — Enquanto *você* é safada.

Já deu. Chega de Sra. Maga Boazinha.

Eu vagarosamente ando até ele.

Embora... talvez isso não seja uma boa ideia.

Agora que estou mais perto, percebo o quão alto ele é. E ombros largos. Os cães gigantes tiraram minha perspectiva, criando uma ilusão visual de que seu dono era de tamanho normal. Ele não é. Pior ainda, ele cheira divino, como ondas do mar e algo inefavelmente masculino.

Um truque nessas condições testará todas as minhas habilidades.

Espera aí. Será que os cachorros ficarão bravos por eu estar tão perto?

Como se estivesse lendo minha mente, o estranho lhes dá uma ordem severa, e eles timidamente se acalmam atrás dele.

Essa ordem tinha a intenção de *me* fazer querer me comportar como uma cadela boa e obediente? Porque eu meio que quero.

Não, dane-se. Estou seguindo meu plano, que exige que eu fique à distância de um batedor de carteira.

— Você quer ver o quão safada eu posso ser? — Eu pergunto com a voz mais sensual que posso reunir.

É normal que os olhos humanos fiquem rasgados assim, como se ele fosse um leão?

— Quão safada é isso, *myodik*? — o estranho murmura.

Ele acabou de dizer "meu pau", em seja lá que língua é essa? Não. Era algo em qualquer linguagem que ele usa com os cães. Ainda assim, seu pau está agora firmemente em minha mente, o que não ajuda a situação de sobrecarga hormonal.

Encorajando as imagens proibidas para menores, eu propositalmente lambo meus lábios.

— Vou roubar sua carteira. Ou seu relógio. Sua escolha.

A suposta escolha é a errada, obviamente. Meu verdadeiro alvo não é nenhuma dessas coisas, mas ele não precisa saber disso.

Suas narinas dilatam quando seu olhar cai para os meus lábios.

— É roubo se você me avisar?

Se fosse possível esquecer minhas preocupações com os germes e considerar colocar meus lábios nos de outra pessoa, eu faria isso agora. É o desejo mais forte que já senti.

— Qual é o problema? — Eu digo sem fôlego. — Amarelou?

Ele dá um tapinha no bolso direito da calça jeans.

— Que tal você roubar minha carteira?

Eu respiro fundo. — Obrigada por me mostrar onde está.

Antes que ele possa responder, eu procuro naquele bolso. Preciso de uma grande distração para o que estou realmente tentando roubar.

Pelas sobrancelhas de Houdini, é isso o que eu acho que é?

Sim. Não há como se enganar. Enquanto passo meus dedos enluvados na carteira, sinto algo mais por trás do tecido da calça.

Algo grande e muito duro.

Bem... Alguém está extremamente feliz por ser roubado.

Talvez ele estivesse mesmo dizendo "meu pau" antes?

Eu faço o meu melhor para sustentar seu olhar e não limpar minha garganta repentinamente seca.

— Você consegue sentir que estou te roubando?

Enquanto eu falo, trabalho para abrir a fivela sofisticada – seu cinto sendo meu verdadeiro alvo.

Suas pálpebras abaixam pela metade, e sua voz se aprofunda ainda mais.

— Seus dedos ágeis estão exatamente onde eu os quero.

Porcaria. Entre minhas luvas e seu apelo sexual ridículo, estou tendo problemas com o fecho.

Mas não. Eu não posso ser pega. Isso seria como revelar um segredo mágico – o maior tabu que posso imaginar.

— Esses dedos? — Eu pergunto com a voz rouca e acaricio sua dureza através das camadas de tecido, usando a direção errada que esse movimento de distração cria para puxar com mais força o fecho com minha outra mão, finalmente abrindo.

Eu gostaria de ver David Blaine fazer *isso*.

O gemido baixo e gutural do estranho é animalesco e faz meus mamilos ficarem tão duros que parecem prestes a virar do avesso. Ele agora parece um leão prestes a atacar.

Engolindo em seco, tiro minha mão de seu bolso e tento dar-lhe um sorriso sorrateiro. Em vez disso, sai vacilante.

— Eu mudei de ideia. Vou roubar o seu relógio.

Eu agarro seu pulso e aperto com força enquanto puxo o cinto com a outra mão.

Sim! Peguei. Escondendo o cinto nas minhas costas, faço beicinho para o relógio.

— Pensando bem, acho que vou deixar você ficar com seus pertences.

Ele parece triunfante, provavelmente convencido de que seu apelo sexual derrotou minhas habilidades de batedora de carteira. Já que quase aconteceu, eu realmente não posso culpá-lo por pensar isso.

Eu cuidadosamente recuo. — Oh, a propósito, você perdeu isso?

Eu mostro a ele meu prêmio.

Com os olhos arregalados, ele muda seu olhar de um lado ao outro entre minha mão e sua calça.

— Como? — ele pergunta.

A pergunta é música para meus ouvidos.

— Extremamente bem — digo, mas não consigo controlar minha fanfarronice usual.

Ele estende a mão para pegar o cinto de volta. — Você é uma mulher perigosa.

Duas coisas acontecem simultaneamente quando me aproximo dele para devolver o cinto.

O panda tenta chamar sua atenção novamente puxando a perna esquerda da calça. Não querendo ficar para trás, o coala faz a mesma coisa do lado direito – só que desta vez, não há nenhum cinto segurando a calça e ela escorrega para baixo.

Totalmente

Caralho.

A maior ereção da história dos falos se projeta e – embora possa ser minha imaginação – pisca para mim.

Ele estava sem cueca todo esse tempo?

"Meu pau", de fato.

Eu fico boquiaberta com a enormidade. Mesmo que eu tenha tocado e sentido seu tamanho quando estava remexendo em seu bolso, eu nunca teria imaginado isso assim.

Suave. Reto. Deliciosamente com veias. Implorando

para ser tocado, chupado ou lambido, mas não posso por razões que são difíceis de lembrar agora.

Deve ser preciso uma licença de transporte oculto para carregar esse tipo de calor. E também qualquer licença necessária para operar máquinas pesadas. E uma licença de caça. Talvez até uma licença do tipo 007 para matar...

Atrás de mim, ouço Wally arfar. Coitado. Aposto que até ele está pronto para se ajoelhar para provar e, pelo que sei, ele é hétero.

Eu não consigo desviar meu olhar.

Se aquele pau fosse uma varinha mágica, seria uma das *Relíquias da Morte* – aquela que Voldemort empunhava no final. E se fosse uma banana, seria o lanche do tamanho certo para *King Kong*.

O estranho deveria estar ficando vermelho de vergonha e lutando para se cobrir, mas em vez disso, um sorriso arrogante levanta os cantos de seus lábios.

— Gosta do que vê?

Sim. Tanto que eu quero pegar meu telefone e tirar uma selfie com ele.

Para minha enorme – e eu quero dizer *enorme* – decepção, ele puxa a calça. Sua voz está rouca. — Como eu disse. Safada. Muito safada.

Pegando o cinto dos meus dedos nervosos, ele o coloca de volta na calça e sai andando com seus cachorros, deixando-me parada ali, boquiaberta.

— Você acredita naquele cara? — Wally pergunta em algum lugar distante, seu tom indignado.

Não. Eu não acredito.

Eu não posso acreditar no que acabou de acontecer, ponto final.

Tudo o que sei é que não era isso que eu tinha em mente quando pensei em armar para aquele cara.

———

Truque Real está disponível. Visite nossa página www.mishabell.com/pt/ para saber mais.

Trecho de O Titã de Wall Street de Anna Zaires

Um bilionário que quer uma esposa perfeita ...

Aos 35 anos, Marcus Carelli tem tudo: riqueza, poder e o tipo de aparência que deixa as mulheres sem fôlego. Bilionário, ele dirige um dos maiores fundos de investimentos de Wall Street e pode derrubar grandes corporações com uma única palavra. A única coisa que ele não tem? Uma esposa que seria uma conquista tão grande quanto os bilhões em sua conta bancária.

Uma aficcionada por gatos que precisa de um encontro...

Emma Walsh, 26 anos, vendedora numa livraria, sabe que é uma Senhora dos Gatos. Ela não concorda necessariamente com essa afirmação, mas é difícil argumentar com os fatos. Roupas fora de moda cobertas com pelos de gato? Check. Último corte professional no cabelo? Há mais de um ano. Ah, e três gatos em um pequeno estúdio no Brooklyn? Sim, ela tem.

E, sim, ela não tem um encontro desde... Bem, ela não se lembra. Mas essa parte pode ser mudada. Não é para isso que servem os sites de namoro?

Um caso de erro de identidade...

Uma casamenteira da alta roda, um aplicativo de namoro, uma confusão que muda tudo... Os opostos até se atraem, mas isso pode durar?

––––––––

Estou quase pulando de emoção quando me aproximo do Sweet Rush Café, onde eu deveria encontrar Mark para o jantar. Essa é a coisa mais louca que já fiz em longo tempo. Entre o meu turno da noite na livraria e o horário de aula dele, não tivemos a chance de fazer mais do que trocar algumas mensagens, então, tudo o que tenho são aquelas fotos desfocadas. Ainda assim, tenho um bom pressentimento sobre isso.

Eu sinto que Mark e eu podemos nos conectar.

Cheguei alguns minutos mais cedo, então, paro na porta e tiro um momento para tirar pelo de gato do meu casaco de lã. O casaco é bege, o que é melhor do que o preto, mas o pelo branco é visível em tudo o que não é branco puro. Eu acho que Mark não se importa muito – ele sabe o quanto os persas perdem pelo –, mas eu ainda quero parecer apresentável para o nosso primeiro encontro. Demorei cerca de uma hora, mas fiz meus cachos ficarem semi-comportados, e estou até usando um pouco de maquiagem – algo que acontece com a frequência de um tsunami em um lago.

Respirando fundo, entro no Café e olho em volta para ver se Mark já está lá.

O lugar é pequeno e aconchegante, com assentos em forma de bancos dispostos em semicírculo em volta do balcão. O cheiro de grãos de café torrados e moídos é de dar água na boca, fazendo meu estômago roncar de fome. Eu estava planejando ficar só no café, mas decidi pegar um croissant também; meu orçamento deve dar para isso.

Apenas alguns dos lugares estão ocupados, provavelmente porque é uma terça-feira. Eu os examino, procurando por alguém que possa ser Mark, e noto um homem sentado sozinho na mesa mais distante. Ele está de costas para mim, então, tudo o que consigo ver é a parte de trás de sua cabeça, mas seu cabelo é curto e castanho escuro.

Pode ser ele.

Reunindo minha coragem, aproximo-me do local. — Com licença — digo. — Você é Mark?

O homem se vira para mim e meu pulso dispara na estratosfera.

A pessoa na minha frente não é nada como as fotos no aplicativo. Seu cabelo é castanho e seus olhos são azuis, mas essa é a única semelhança. Não há nada arredondado e tímido nas expressões rígidas do homem. Do queixo de aço ao nariz aquilino, seu rosto é ousadamente masculino, marcado por uma autoconfiança que beira a arrogância. Uma barba por fazer escurece suas bochechas magras, fazendo suas maçãs do rosto salientes se destacarem ainda mais, e suas sobrancelhas são grossas e escuras sobre os olhos penetrantes e pálidos. Mesmo sentado atrás da mesa, ele parece alto e poderosamente bem-definido. Seus ombros são muito largos em seu terno bem cortado e suas mãos são duas vezes maiores que as minhas.

Não é possível que seja o Mark do aplicativo, a menos que ele tenha gasto algum tempo em ginástica desde que as fotos foram tiradas. Seria possível? Uma pessoa poderia mudar tanto? Ele não indicou sua altura no perfil, mas eu presumi que a omissão significava que ele era tão prejudicado verticalmente quanto eu.

O homem que eu estou olhando não é prejudicado de qualquer forma, e ele certamente não está usando óculos.

— Eu sou... Eu sou Emma — gaguejo enquanto o homem continua olhando para mim, seu rosto duro e inescrutável. Tenho quase certeza de que tenho o cara errado, mas ainda me forço a perguntar: — Você é Mark, por acaso?

— Eu prefiro ser chamado de Marcus — ele me choca, respondendo. Sua voz é um estrondo masculino profundo que puxa algo primitivamente feminino dentro de mim. Meu coração bate ainda mais rápido e minhas palmas começam a suar quando ele se levanta e diz abruptamente: — Você não é o que eu esperava.

— Eu? — *Que diabos?* Uma onda de raiva afasta todas as outras emoções enquanto eu fico boquiaberta com o gigante rude na minha frente. O idiota é tão alto que tenho que esticar o pescoço para olhar para ele. — E quanto a você? Não se parece nada com suas fotos!

— Eu acho que nós dois fomos enganados — diz ele, com a mandíbula apertada. Antes que eu possa responder, ele gesticula em direção ao banco — Você pode muito bem sentar e fazer uma refeição comigo, Emmeline. Eu não vim até aqui para nada.

— É *Emma* — eu corrijo, fumegando. — E não, obrigada. Eu vou apenas seguir meu caminho.

Suas narinas se abrem e ele caminha para a direita para bloquear meu caminho. — Sente-se, *Emma*. — Ele faz o meu nome soar como um insulto. — Vou ter uma conversa com Victoria, mas, por enquanto, não vejo por que não podemos compartilhar uma refeição como dois adultos civilizados.

As pontas das minhas orelhas queimam com fúria, mas eu deslizo no banco em vez de fazer uma cena. Minha avó incutiu polidez em mim desde cedo, e mesmo sendo adulta vivendo sozinha, acho difícil ir contra os ensinamentos dela.

Ela não aprovaria eu dando joelhadas nas bolas dele e mandando-o se foder.

— Obrigado — diz ele, deslizando para o assento em frente a mim. Seus olhos brilham azulados quando pega o cardápio. — Isso não foi tão difícil, foi?

— Eu não sei, *Marcus* — digo, colocando ênfase especial no nome formal. — Eu só estive perto de você por dois minutos, e já estou me sentindo homicida. — Revido o insulto com um sorriso feminino, aprovado pela vovó, e ponho minha bolsa no canto do meu banco, pego o menu sem me preocupar em tirar o casaco.

Quanto mais cedo comermos, mais cedo posso sair daqui.

Uma risada profunda me faz olhar para cima. Para meu choque, o idiota está sorrindo, seus dentes brilhando brancos em seu rosto levemente bronzeado. Sem sardas, noto com inveja; sua pele é perfeitamente uniforme, sem nem um grama extra na bochecha. Ele não é classicamente bonito – suas características são ousadas demais para serem descritas dessa maneira – mas ele é chocantemente bonito, de uma maneira potente e puramente masculina.

Para meu espanto, uma onda de calor lambe meu núcleo, fazendo meus músculos internos se apertarem.

De jeito nenhum. Esse idiota *não* está me excitando. Eu mal posso ficar próxima a ele.

Rangendo os dentes, olho para o meu cardápio, observando com alívio que os preços neste lugar são realmente razoáveis. Eu sempre insisto em pagar minha parte da comida em encontros, e agora que eu conheci Mark – desculpe-me, *Marcus* – eu não deixaria que ele me arrastasse para um lugar chique onde um copo d'água da torneira custa mais do que uma dose de *Patrón*. Como eu poderia estar tão errada sobre o cara? Claramente, ele mentiu sobre trabalhar em uma livraria e ser um estudante. Para que fim, eu não sei, mas tudo sobre o homem à minha frente grita riqueza e poder. Seu terno risca-de-giz abraça sua estrutura de ombros largos como se fosse feito sob medida para ele, sua camisa azul é engomada, e eu tenho certeza de que sua gravata sutilmente quadriculada é uma marca de grife que faz a *Chanel* parecer uma marca do *Walmart*.

Quando todos esses detalhes se registram, uma nova suspeita me ocorre. Alguém poderia estar fazendo uma piada comigo? Kendall, talvez? Ou Janie? Ambas conhecem o meu gosto para rapazes. Talvez uma delas tenha decidido me atrair para um encontro dessa maneira – embora o motivo pelo qual elas montariam isso com *ele*, e ele concordaria com isso, seja um enorme mistério.

Franzindo a testa, olho para o menu e estudo o homem à minha frente. Ele parou de sorrir e está folheando o cardápio, com a testa franzida em uma carranca que o faz parecer mais velho do que os vinte e sete anos listados em seu perfil.

Essa parte também deve ter sido uma mentira.

Minha raiva se intensifica. — Então, *Marcus*, por que você escreveu para mim? — Soltando o cardápio na mesa, olho para ele. — Você tem gatos?

Ele olha para cima, sua carranca se aprofundando. — Gatos? Não, claro que não.

O escárnio em seu tom me faz querer esquecer tudo sobre a desaprovação de vovó e lhe dar um tapa direto no rosto magro e duro. — Isso é algum tipo de brincadeira para você? Quem colocou você nisso?

— Desculpe-me? — Suas sobrancelhas grossas sobem em um arco arrogante.

— Ah, para de bancar o inocente. Você mentiu em sua mensagem para mim, e tem a ousadia de dizer que eu não sou o que você esperava? — Eu posso praticamente sentir a fumaça saindo dos meus ouvidos. — *Você* mandou uma mensagem para *mim*, e eu fui totalmente sincera no meu perfil. Quantos anos você tem? Trinta e dois? Trinta e três?

— Tenho trinta e cinco — diz ele lentamente, sua carranca voltando. — Emma, o que você está falando...

— Chega. — Agarrando minha bolsa pela alça, deslizo para fora do banco e fico de pé. Com ensinamentos da vovó ou não, não vou fazer uma refeição com um idiota que tenha me enganado. Não tenho ideia do que faria um cara como esse querer brincar comigo, mas eu não vou ser o alvo de alguma piada.

— Aproveite a sua refeição — rosno, dando a volta, e sigo para a saída antes que ele possa bloquear o meu caminho novamente.

Estou com tanta pressa para sair que quase derrubo uma morena alta e esbelta que se aproxima do Café e o cara baixo e rechonchudo que a segue.

———

O Titã de Wall Street está disponível. Visite nossa página www.annazaires.com/book-series/portugues/ para saber mais.

Sobre a Autora

Amo escrever humor (muitas vezes do tipo impróprio), finais felizes (ambos os tipos) e personagens peculiares o suficiente para serem chamados de excêntricos (porque... por que não?). Se você ama uma boa comédia, cheia de vibrações positivas, visite www.mishabell.com/pt/ e inscreva-se para receber minha newsletter.

www.ingramcontent.com/pod-product-compliance
Lightning Source LLC
Chambersburg PA
CBHW011146100726
47899CB00010B/3194